LE MASQUE
Collection de romans d'aventures
créée par
ALBERT PIGASSE

La Troisième fille

Agatha Christie

La Troisième fille

Nouvelle traduction de Michel Averlant

LIBRAIRIE DES CHAMPS-ÉLYSÉES
17, rue Jacob, 75006 Paris

Titre de l'édition originale :
THE THIRD GIRL

À Nora Blackmore

1

Hercule Poirot trônait à la table de son petit déjeuner. À portée de sa main droite, une tasse de chocolat fumant dégageait des effluves enivrants. Il ne cesserait jamais d'aimer les douceurs. Pour accompagner dignement son chocolat, il avait élu une brioche. Rien ne se combinait mieux avec le divin breuvage. Il hocha la tête, au bord du ravissement. Cette brioche provenait de chez le quatrième des fournisseurs qu'il lui avait fallu essayer. Il s'agissait d'un *Delikatessen* danois, infiniment supérieur au demeurant à la prétendue pâtisserie française qui faisait le coin de la rue. Celle-là, ce n'était ni plus ni moins qu'imposture et contrefaçon.

Il était comblé sur le plan gastronomique. Son estomac était en paix. Son esprit aussi, encore que... oui... en paix, peut-être cet organe essentiel l'était-il même un peu trop. Il avait mis la dernière main à son grand œuvre, pertinente analyse des meilleurs auteurs de romans policiers. Il y avait osé des commentaires peu amènes sur Edgar Allen Poe, déploré la cruelle absence d'ordre et de méthode dont souffraient d'après lui les égarements romanesques de Wilkie Collins, porté aux nues deux Américains pratiquement inconnus, tressé des lauriers à l'intention de ceux qui méritaient d'être ainsi couronnés et impitoyablement vilipendé la cohorte des autres, qui selon ses critères ne valaient pas tripette. Il avait veillé sur son ouvrage jusqu'à sa sortie des presses, l'avait accompagné au brochage et, en dépit de l'invraisemblable quantité de coquilles typographiques et autres fautes d'impression relevées après coup, avait décrété l'ensemble remarquable. Il s'était délecté de ce parcours littéraire, avait adoré la quantité invraisemblable de lectures qu'il lui avait fallu faire, n'avait pas détesté renifler de dégoût chaque fois qu'il avait envoyé promener un ouvrage exécré à travers la pièce (sans jamais omettre cependant de se lever, d'aller le ramasser pour le précipiter au fin fond de la corbeille à papier) et avait par-dessus tout joui de ce plaisir incommensurable : hocher benoîtement la tête dans les rares occasions où une telle approbation de sa part lui paraissait justifiée.

Et maintenant ? Il s'était certes accordé un agréable interlude de repos complet, indispensable après un tel effort intellectuel. Mais on ne saurait se reposer toujours, on brûle très vite de passer à la suite. Hélas ! la suite en question, il n'avait pas la moindre idée de ce qu'elle pourrait être. Une nouvelle incursion dans le domaine littéraire ? Il n'y songeait pas. Donne le meilleur de toi-même, et puis passe la main. Telle était sa maxime. Non, le fin mot de l'affaire, c'est qu'il s'ennuyait. Ce long effort cérébral auquel il s'était astreint... hé oui, avait eu au bout du compte un curieux effet. Ça lui avait donné de mauvaises habitudes, il en était resté agité, nerveux. Il ne tenait plus en place.

C'était assommant ! Il secoua la tête et but délicatement une nouvelle gorgée de chocolat.

La porte s'ouvrit soudain et l'impeccable Georges, son valet, entra. Ses manières étaient toujours déférentes et il donnait invariablement l'impression de s'excuser. Il toussota comme il se doit et murmura :

— Une... (Il s'interrompit, marqua un temps et reprit :) Une... euh... jeune personne demande à voir Monsieur.

Poirot le toisa d'un air de surprise teintée d'horreur.

— Je ne reçois pas à pareille heure, le tança-t-il d'un ton de reproche.

— En effet, monsieur.

Maître et serviteur s'entre-regardèrent. Communiquer, en ce qui les concernait, se révélait parfois malaisé. Il revenait alors à Georges — par une inflexion, une insinuation, voire le choix du vocable approprié — de signifier que bien des choses pourraient être tirées au clair pour peu que la question adéquate soit posée. Poirot songea à ce qu'elle pourrait bien être en l'occurrence.

— Elle est jolie, votre jeune personne ? s'enquit-il avec circonspection.

— Selon mes critères, non, monsieur. Mais Monsieur sait comment il en va des goûts et des couleurs.

Poirot médita la réponse. Il se rappelait le léger temps d'arrêt marqué par Georges avant d'en arriver au « jeune personne ». Georges n'était pas du genre à badiner avec l'ordre social. Faute d'avoir su déterminer le statut de la visiteuse, il avait cependant cru bon de lui accorder le bénéfice du doute.

— Seriez-vous d'avis, mon bon Georges, qu'il s'agirait effectivement là d'une jeune personne plutôt que, dirons-nous, d'une simple jeune fille ?

— J'inclinerais à le penser, monsieur, encore que, de nos jours, la question soit parfois difficile à trancher.

Le ton de Georges trahissait la profondeur de son regret.

— Vous a-t-elle fait part de la raison pour laquelle elle souhaitait cette entrevue ?

— Elle m'a dit... (Georges prononça les mots avec répugnance et comme si, par avance, il priait qu'on l'en excusât :)... qu'elle voulait vous consulter au sujet d'un meurtre qu'il se pourrait qu'elle ait commis.

Hercule Poirot écarquilla les yeux. Et ses sourcils partirent à l'assaut de son front :

— Un meurtre qu'il se *pourrait* qu'elle ait commis ? Elle ne *sait* pas si elle l'a commis ou non ?

— C'est ce qu'elle m'a dit, monsieur.

— Voilà qui laisse à désirer, mais qui pourrait se révéler intéressant, réfléchit Poirot.

— Il pourrait s'agir... d'une plaisanterie de mauvais goût, monsieur, hasarda Georges.

— On peut toujours, bien évidemment, s'attendre à tout, admit Poirot, mais de là à penser que... (Il leva sa tasse :) Laissez-la moisir cinq minutes et ensuite amenez-la moi.

— Bien, monsieur, acquiesça Georges en se retirant.

Poirot sirota sa dernière gorgée de chocolat. Puis il repoussa sa tasse et se mit sur ses pieds. Il alla jusqu'à la cheminée et vérifia, dans le miroir qui en surmontait le manteau, la double volute parfaite de ses moustaches. Satisfait, il regagna son fauteuil pour y guetter tout à son aise l'arrivée de sa visiteuse. Il ne savait pas au juste à quoi s'attendre...

Sans doute avait-il espéré quelque chose qui se rapprocherait davantage de son idéal féminin ? La bonne vieille expression « beauté en détresse » ne lui était-elle d'ailleurs pas venue à l'esprit ? Il n'en tomba que davantage de son haut quand Georges introduisit la visiteuse. Intérieurement — si tant est qu'on puisse se livrer intérieurement à cet exercice —, il secoua la tête et soupira. Il n'y avait là nulle beauté — et pas la moindre détresse apparente non plus. Une légère perplexité aurait été le terme le plus approprié.

« Pouah ! songea Poirot, écœuré. Ces filles ! Comment peuvent-elles ne pas essayer de tirer parti de ce que la nature leur a donné ? Convenablement maquillée, joliment vêtue, les cheveux arrangés par un bon coiffeur, peut-être celle-ci parviendrait-elle à être passable. Mais attifée comme ça ! »

Sa visiteuse pouvait avoir 20 ans et des poussières. Ses longs cheveux, de couleur indéfinissable, lui pendouillaient sur les épaules. Ses yeux, très grands et d'un bleu tirant sur le vert, n'exprimaient guère que le vide et l'absence. Bottes de cuir noir à l'écuyère, gros bas de laine d'une propreté douteuse, jupe réduite au strict minimum et pull-over chiffrant trois tailles au-dessus, elle portait ce qui semblait décidément l'uniforme de sa génération. N'importe quel contemporain de Poirot n'aurait eu qu'un désir : la plonger toutes affaires cessantes dans un bain. Poirot lui-même n'éprouvait-il d'ailleurs pas le même sentiment chaque fois qu'il mettait le nez hors de chez lui ? Des filles de cet acabit, on en croisait quotidiennement des centaines. Elles avaient toutes l'air de disparaître sous une couche de crasse. Et pourtant — contradiction dans les termes — celle-ci donnait très nettement l'impression d'avoir été tout récemment tirée d'une rivière après y avoir fait un long séjour entre deux eaux. Ces filles, après tout, n'étaient peut-être pas invariablement crasseuses. Tout au plus se décarcassaient-elles pour en donner l'impression.

Il se leva avec sa courtoisie habituelle, lui serra la main et lui offrit un fauteuil :

— Vous avez insisté pour me voir, mademoiselle ? Asseyez-vous donc, je vous en prie.

— Oh ! s'exclama la fille d'une petite voix sans timbre et en le dévisageant d'un air égaré.

— Eh bien ? la pria Poirot.

Elle hésita :

— Je crois que je préférerais... rester debout.

Ses yeux immenses continuaient de le dévisager avec incrédulité.

— Comme vous voudrez.

Poirot regagna son fauteuil et se mit en devoir d'attendre. La fille se balança sur ses pieds, les contempla un instant puis regarda de nouveau Poirot :

— Vous... vous êtes *vraiment* Hercule Poirot ?

— Sans l'ombre d'un doute. En quoi puis-je vous être utile ?

— Oh ! eh bien... c'est assez difficile. Je veux dire...

Estimant qu'elle avait sans doute besoin d'un coup de main, Poirot décida de se montrer secourable :

— Mon majordome m'a déclaré que vous souhaitiez me consulter parce que vous pensiez qu'« il se pourrait que vous ayez commis un meurtre ». Je ne me trompe pas ?

La fille hocha la tête :

— Non, c'est bien ça.

— C'est pourtant là matière qui n'admet pas le moindre doute. Vous êtes quand même la mieux placée pour savoir si vous avez commis un meurtre ou pas.

— Euh... eh bien, je ne sais pas au juste comment formuler ça. Je veux dire...

— Allons, fit gentiment Poirot. Asseyez-vous. Décrispez-vous. Détendez-vous. Et racontez-moi tout ça.

— Je ne crois pas que... oh ! mon Dieu, je ne sais pas comment vous... Vous comprenez, c'est tellement compliqué. J'ai... j'ai changé d'avis. Je ne voudrais pas me montrer grossière, mais... euh... je crois que je ferais mieux de m'en aller.

— Allons ! Un peu de courage, voyons !

— Non, je n'y arriverai pas. Je m'étais dit que je pourrais venir et... et vous demander ce que je devrais faire... mais, vous voyez, je n'y arrive pas. Tout est tellement différent de ce que...

— Différent de quoi ?

— Je suis navrée, absolument navrée, et je ne voudrais vraiment pas me montrer grossière, mais... (Elle poussa un énorme soupir, regarda Poirot, regarda ses pieds, regarda vers la porte et soudain laissa échapper :) Vous êtes trop vieux. Personne ne m'avait dit que vous étiez si vieux. Je ne voudrais pas me montrer grossière mais... mais c'est comme ça. Je suis vraiment navrée. Vous êtes trop vieux.

Elle pivota brusquement sur ses talons et sortit de la pièce en se cognant dans les meubles, un peu comme un papillon de nuit égaré dans un faisceau lumineux.

Poirot, bouche bée, entendit claquer la porte d'entrée.

— Nom de nom de nom d'une pipe ! lança-t-il à tous les échos.

2

Le téléphone sonna.

Hercule Poirot ne sembla même pas s'en aviser.

La sonnerie retentissait, stridente, insistante.

Georges entra et se dirigea vers l'appareil, non sans jeter à son seigneur et maître un regard interrogateur.

Lequel seigneur et maître agita la main dans un geste péremptoire accompagné de l'injonction :

— Laissez, mon bon !

Georges obéit et se retira sur la pointe des pieds. Le téléphone continua de sonner. Irritant. Exaspérant. Et soudain la sonnerie s'interrompit. Une minute ou deux plus tard, elle se remit cependant à striduler de plus belle.

— Ah, sapristi ! explosa Poirot. Ça doit être une femme... ça ne peut être qu'une femme !

Il soupira, s'arracha à son fauteuil et se dirigea vers l'odieux instrument.

Il décrocha :

— Allô !

— Êtes-vous... vous êtes bien monsieur Poirot ?

— En personne.

— Ici, Mrs Oliver... Votre voix est tellement différente. Je ne l'ai pas reconnue tout de suite.

— Bonjour, très chère madame... vous allez bien, je gage ?

— Oh ! je me porte comme un charme.

La voix d'Ariadne Oliver, au bout du fil, était aussi

tonitruante et chaleureuse qu'à l'accoutumée. Le célèbre auteur de romans policiers et Hercule Poirot étaient les meilleurs amis du monde :

— Il est encore certes un peu tôt pour vous appeler, mais j'ai une faveur insigne à vous demander.

— Ah bon ?

— Il s'agit de notre dîner annuel du Club des auteurs de romans policiers. Je me demandais si vous accepteriez d'en être cette fois l'invité d'honneur et l'orateur. Ce serait tellement gentil de votre part !

— Quand a-t-il lieu ?

— Le mois prochain... le 23.

Un profond soupir fit chuinter l'appareil :

— Hélas ! je suis trop vieux.

— Trop vieux ? Que diable me chantez-vous là ? Vous n'êtes pas vieux du tout.

— Vous trouvez ?

— Mais évidemment. Vous serez extraordinaire. Vous nous raconterez des anecdotes divines sur tout un tas de vrais crimes bien réels.

— Mais qui voudra les écouter ?

— Mais enfin tout le monde, voyons ! Ils... Monsieur Poirot, qu'est-ce qui ne va pas ? Vous avez des ennuis ? Un malheur vous a-t-il frappé ? Vous n'avez pas l'air dans votre assiette.

— Je ne suis pas dans mon assiette. Je suis... je suis blessé au vif. Mais après tout... bah ! ça n'a aucune espèce d'importance.

— Vous allez pourtant me dire de quoi il retourne.

— Pas du tout. Pourquoi en ferais-je une histoire ?

— Mais pourquoi n'en feriez-vous pas une, bien au contraire ! Le mieux est que vous veniez me raconter tout ça. Quand pouvez-vous ? Cet après-midi ! Venez prendre le thé avec moi à 17 heures.

— Je ne prends jamais le thé à 17 heures.

— Alors vous prendrez une tasse de café.

— Ce n'est pas non plus à cette heure-là que je bois d'ordinaire mon café.

— Un chocolat, en ce cas ? Coiffé de crème Chantilly ? Ou une tisane. Vous adorez vous goberger de tisane. Ou un citron pressé. Ou encore une orangeade. Ou bien accepteriez-vous à la rigueur un café décaféiné si je parvenais à en trouver ?

— Ah ! ça non, par exemple ! C'est une abomination.

— Un de ces sirops dont vous raffolez tant, alors. C'est ça. Il me reste dans mon buffet une demi-bouteille de Ribena.

— De Ribena ? Qu'est-ce que c'est que ça ?

— Un truc immonde parfumé au cassis.

— Ma parole, comment ne pas capituler ! Vous vous mettez réellement en quatre, chère madame. Votre sollicitude m'émeut. C'est avec grand plaisir que j'irai prendre chez vous une tasse de chocolat cet après-midi.

— Bon ! s'épanouit-elle. Et vous me raconterez par le menu ce qui a bien pu vous mettre dans un tel état.

Sur quoi, elle raccrocha.

Poirot réfléchit un moment. Puis il composa un numéro. Et bientôt il s'enquit :

— Mr Goby ? Ici, Hercule Poirot. Êtes-vous surchargé en ce moment ?

— Couci-couça, répondit la voix de Mr Goby. Couci-couça. Mais pour vous dépanner, monsieur Poirot, et s'il y a urgence, comme c'est d'ordinaire le cas avec vous, eh bien... je n'irai pas jusqu'à prétendre que ma jeune équipe ne peut pas se débrouiller seule de ce que nous avons actuellement sur les bras. Bien sûr, les bons éléments ne sont plus monnaie courante comme autrefois. Nos jeunes gens d'aujourd'hui tendent à se montrer un peu trop imbus d'eux-mêmes. Ils croient tout savoir avant que d'avoir seulement commencé à apprendre. Mais que voulez-vous ! On ne saurait non plus s'attendre à trouver de vieilles têtes sur de jeunes épaules. Je ne serai que trop heureux de me mettre personnellement à votre entière disposition, monsieur Poirot.

Peut-être pourrai-je même atteler un ou deux de mes meilleurs grouillots à la tâche. J'imagine qu'il s'agit de la routine habituelle... la simple quête de renseignements ?

Dodelinant de la tête, il écouta Poirot lui indiquer le détail de ce qu'il souhaitait au juste. Quand il en eut terminé avec Mr Goby, Poirot appela Scotland Yard où, au prix de quelques prières, il se fit mettre en communication avec un sien ami. Lorsque ce dernier fut à son tour au fait des *desiderata* du détective, il ne put s'empêcher de fulminer :

— Ce qu'il vous faut, ce n'est au fond qu'une broutille, hein ? N'importe quel meurtre, *où que ce puisse être.* Date ? vous ne savez pas. Heure ? pas davantage. Lieu et victime ? inconnus. Vous m'avez tout l'air, mon bon, de vous lancer à la chasse aux coquecigrues. (À quoi il ajouta, un tantinet réprobateur :) C'est triste, mon pauvre vieux, mais j'ai comme l'impression que vous ne savez décidément plus rien *à rien.*

*

À 16 h 15, ce même jour, Poirot sirotait avec délectation une énorme tasse de chocolat coiffée d'une crème Chantilly aérienne que son hôtesse venait de placer sur une table basse à portée de sa main. Elle y avait adjoint une coupelle débordant de *langues de chat.*

— Chère, *chère* madame, c'est trop de bontés !

Levant le nez, il contempla non sans quelque surprise la coiffure de Mrs Oliver ainsi que le papier peint flambant neuf qui tapissait les murs du salon. L'une comme l'autre lui étaient nouveaux. La dernière fois qu'il avait rencontré l'illustre romancière, elle avait le cheveu plat et la mèche austère. Or, son crâne s'adornait maintenant d'une profusion de rouleaux, bouclettes et tortillons variés qui escaladaient les sommets selon une architecture complexe. La prodigieuse exubérance de l'ensemble, à son humble avis, devait beaucoup à l'artifice. Et il se demanda *in petto* combien de mèches étaient susceptibles de choir inopinément au cas où Mrs Oliver serait saisie de transes créatrices, ce qui ne saurait, tôt ou tard, manquer d'arriver. Quant au papier mural...

— Cette avalanche de cerises, c'est tout récent ? hasarda-t-il en désignant l'ensemble d'un ample mouvement de sa petite cuillère.

On se serait en fait cru dans une cerisaie sous les premiers feux de l'été.

— Vous trouvez qu'il y en a trop ? s'inquiéta Mrs Oliver. C'est ça ce qu'il y a de terrible avec le papier peint : on ne peut jamais savoir ce que ça va donner. D'après vous, l'ancien était mieux ?

Poirot tenta de se remémorer ce qui lui semblait avoir été naguère une forêt équatoriale peuplée d'une extravagante quantité d'étranges volatiles multicolores. Tenté d'émettre un commentaire de type « Plus ça change et plus c'est la même chose », il préféra néanmoins observer un silence prudent.

— Et maintenant, décréta Mrs Oliver tandis que son hôte replaçait sa tasse sur sa soucoupe et se rencognait contre le dossier de son fauteuil avec un soupir de satisfaction tout en essuyant les dernières traces de crème fouettée qui lui déshonoraient les moustaches, et maintenant dites-moi au juste de quoi il retourne !

— Ça, je peux vous le résumer sans problème. Une jeune fille est venue faire mon siège ce matin. J'ai suggéré qu'elle prenne un rendez-vous. On a son quant-à-soi, comprenez-vous. Là-dessus, elle m'a renvoyé dire qu'elle tenait à me voir séance tenante parce qu'elle pensait qu'il se pourrait qu'elle ait commis un meurtre.

— Comment peut-on proférer une énormité pareille ? Est-ce qu'elle n'en *savait* vraiment rien ?

— Précisément. C'est ça qui est *inouï*. Et c'est ce qui m'a poussé à demander à Georges de la faire entrer. Sur quoi elle est restée plantée au milieu du tapis. Elle a refusé de s'asseoir. Elle s'est contentée de rester là sans bouger, à me dévisager comme si elle n'en croyait pas ses yeux. L'image même de la demeurée. J'ai essayé de l'encourager. Sans succès. Et puis tout à coup elle m'a dit qu'elle avait changé d'avis. Qu'elle ne voulait pour rien au monde se montrer grossière mais que... — vous ne me croirez jamais ! —... mais que j'étais *trop vieux*...

Mrs Oliver s'empressa de trouver les mots qui consolent :

— Bah ! les filles sont toutes les mêmes. Tout individu de plus de 35 ans leur paraît avoir déjà un pied dans la tombe. Elles n'ont pas le sens commun, mettez-vous bien ça dans la tête.

— N'empêche qu'elle m'a blessé, gémit Hercule Poirot.

— Allons donc ! Si j'étais vous, je m'en soucierais comme d'une guigne. Cela dit, c'était très mal élevé de sa part.

— Ce n'est pas ça qui m'importe. Car il n'y a pas que mon amour-propre qui en ait pris un sérieux coup. Je me fais du souci. Oui, je me fais du souci.

— Encore une fois, si j'étais vous, j'oublierais tout ça.

— Vous ne me comprenez pas. C'est au sujet de cette fille que je me fais du souci. Elle est venue me trouver parce qu'elle avait besoin d'*aide*. Et puis elle a décidé que j'étais trop vieux. Trop vieux pour lui être d'aucun secours. Elle avait tort, bien évidemment, cela va sans dire... Mais ce qu'il y a de sûr, c'est qu'elle est partie. Or, je vous répète qu'elle a *besoin* d'aide.

— Je parierais volontiers que non, repartit Mrs Oliver, lénifiante. Ces créatures se font des montagnes pour des riens.

— Non. Vous avez tort. *Elle a besoin d'aide.*

— Vous n'imaginez tout de même pas qu'elle ait réellement pu commettre un meurtre ?

— Pourquoi pas ? C'est en gros ce qu'elle a dit.

— Oui, mais... (Mrs Oliver s'interrompit avant de reprendre avec lenteur :) Ce qu'elle a dit, c'est qu'il se pourrait qu'elle en ait commis un. Mais que peut-elle entendre par là ?

— C'est là où je voulais en venir. Ça ne rime à rien.

— Qui a-t-elle tué ou qui pense-t-elle avoir tué ?

Poirot haussa les épaules.

— Et pourquoi a-t-elle — ou aurait-elle — tué quelqu'un ?

Là encore, Poirot haussa les épaules.

— Alors, là, très cher, ce sont les hypothèses qui manquent le moins !

La romancière commença à s'animer, au rythme de son imagination jamais en défaut :

— Elle pourrait avoir renversé quelqu'un avec sa voiture et ne pas s'être arrêtée. Elle pourrait avoir été agressée par un homme qui voulait lui faire subir les derniers outrages au sommet d'une falaise, s'être défendue avec l'énergie du désespoir et l'avoir précipité dans le vide. Elle pourrait avoir administré par erreur à quelqu'un le médicament qu'il ne fallait pas. Elle pourrait être allée à une de ces drogue-parties à la mode et avoir eu une altercation avec quelqu'un. Passé l'effet de la drogue, elle aurait pu découvrir qu'elle avait poignardé le susnommé Quelqu'un. Elle...

— *Assez*, madame, je vous en conjure. *Assez !*

Mais Mrs Oliver était lancée :

— Elle pourrait avoir été anesthésiste en salle d'opération et s'être trompée dans ses dosages. Ou bien elle pourrait... (Elle s'interrompit soudain, en manque évident de détails complémentaires :) À propos, de quoi avait-elle l'air ?

Poirot réfléchit deux secondes :

— D'une Ophelia, le potentiel de sexualité en moins.

— Seigneur ! frémit Mrs Oliver. Maintenant que vous m'avez dit ça, c'est comme si je la voyais presque. C'est fou, non ?

— Elle est désarmée, sans défense aucune. Voilà comme je l'imagine. Elle n'est pas du genre à se débattre face aux difficultés de l'existence. Elle n'est pas du genre à flairer le danger. En revanche, c'est le type même de la fille dont tout un chacun décrète au premier coup d'œil : « Il nous fallait une victime. Celle-là fera l'affaire. »

Mais Mrs Oliver ne l'écoutait plus. Elle avait empoigné à deux mains l'échafaudage compliqué qui lui couronnait l'occiput dans un geste que Poirot ne connaissait que trop bien.

— Attendez ! exhala-t-elle dans un râle d'agonie. Attendez !

Poirot attendit, sourcils à mi-front.

— Vous ne m'avez pas dit son nom, lui reprocha-t-elle.

— Elle ne me l'a pas dit non plus. Ce qui d'ailleurs est fâcheux, je suis bien d'accord avec vous.

— Attendez ! implora encore Mrs Oliver, plus que jamais à l'agonie.

Elle desserra l'étreinte de ses mains, poussa un soupir issu des tréfonds et ce qui devait arriver arriva. Rompant leurs amarres, boucles et frisettes vinrent s'écrouler sur ses épaules tandis que, brisant tout, un altier chignon à l'impériale se déroulait avant de choir sur le parquet. Toujours discret, Poirot le ramassa et, mine de rien, le posa sur la table basse.

— Allons bon ! soupira Mrs Oliver, qui en avait soudain recouvré son calme. (Elle remit en place une ou deux épingles et barrettes et dodelina de la tête tout en réfléchissant à voix haute :) Qui avait parlé de vous à cette fille, monsieur Poirot ?

— Personne, autant que je sache. Mais il va sans dire qu'elle me connaissait tout naturellement de réputation.

Mrs Oliver jugea ce « tout naturellement » peu en rapport avec la réalité. S'il était certes tout naturel que Poirot s'estime universellement connu, nombreux en revanche étaient ceux — surtout parmi les membres de la jeune génération — chez qui l'énoncé de son nom ne provoquerait pas la moindre réaction.

« Mais comment, s'inquiéta-t-elle, lui faire comprendre ça sans qu'il en reste ulcéré ? » Elle se lança :

— Je crois que vous faites erreur. Les jeunes filles... les jeunes filles... les jeunes gens en général, veux-je dire... euh... eh bien, ils ne savent plus grand-chose des détectives et des affaires criminelles. On n'en parle guère dans leur milieu.

— Enfin tout le monde doit forcément avoir entendu parler d'Hercule Poirot ! s'écria l'intéressé avec superbe.

C'était chez lui profession de foi.

— Mais ils sont tous tellement incultes, de nos jours ! rappela la romancière. Les seuls noms qui leur disent quelque chose sont ceux des chanteurs pop, des groupes de rock ou des disc-jockeys... ce genre-là, quoi. S'il leur faut sortir de leurs préoccupations premières, s'ils ont besoin d'un médecin, d'un détective ou d'un dentiste, ils n'ont que la ressource de se renseigner, de demander chez qui aller. Et alors leur interlocuteur leur répond : « Chérie, il faut absolument que tu te précipites chez ce kiné génial de Queen Ann's Street. Il te pliera en trois les jambes derrière la tête et tu seras sauvée » ou bien « On m'avait chapardé tous mes diamants et Henry en aurait piqué une attaque, ce qui fait que je ne pouvais pas m'adresser à la police, mais on m'a aiguillée sur un détective hallucinant de talent, et avec ça discret comme la tombe, qui a remis la main dessus sans que Henry en sache rien ». C'est comme ça que ça se passe. *Quelqu'un* vous a envoyé cette fille.

— J'en doute fort.

— Vous seriez homme à en douter jusqu'à ce qu'on vous le prouve. *Eh bien, je vais vous le prouver tout de suite.* Ça me revient à l'instant. C'est *moi* qui vous ai envoyé cette créature.

Poirot écarquilla les yeux :

— Vous ? Pourquoi ne pas me l'avoir dit d'entrée de jeu ?

— Parce que ça vient tout juste de me revenir. Quand vous avez cité Ophelia, j'ai commencé à me sentir en terrain familier... Une fille plutôt mocharde, avec de longs cheveux de noyée... Ça m'a paru la description d'une gamine que j'avais déjà vue. Vue récemment. Et puis je viens de comprendre tout d'un coup de qui il s'agissait.

— De *qui* s'agit-il ?

— Je ne sais en fait pas son nom, mais je peux le découvrir sans problème aucun. Nous bavardions — détectives privés et filatures en tous genres — et je me suis mise à parler de vous et de quelques-unes de vos prouesses les plus remarquables.

— Et vous lui avez donné mon adresse ?

— Bien sûr que non, jamais de la vie. Je n'imaginais même pas qu'elle cherchait un détective ni rien de ce genre. Je pensais que nous ne faisions que jacasser. Il se trouve seulement que j'ai mentionné votre nom à plusieurs reprises et qu'à partir de là il n'était pas sorcier de vous dénicher dans l'annuaire du téléphone avant de débarquer chez vous.

— Vous avez parlé meurtres ?

— Pas que je m'en souvienne. Je ne me rappelle même pas comment nous en étions venues à parler de détectives. À moins que, oui, c'est ça... à moins que ce soit *elle* qui ait abordé le sujet...

— En ce cas dites-moi, je vous conjure... et même si vous ignorez son nom, dites-moi tout ce que vous pouvez, tout ce que vous savez sur son compte !

— Eh bien, ça remonte au week-end dernier. J'étais descendue chez les Lorrimer. Ils n'ont rien à voir avec ce qui nous occupe, à ceci près qu'ils m'ont emmenée prendre un verre chez des amis à eux. Il y avait foule et j'aurais préféré être ailleurs parce que, comme je ne bois guère, mes hôtes se croient toujours obligés de me dénicher un jus de fruit quelconque, ce qui les assomme. Et puis parce que les gens se décarcassent pour me *faire* la conversation, pour me dire combien ils raffolent de mes livres, et depuis combien de temps ils rêvaient de me rencontrer... et tout ça me fait monter le rouge aux joues, me rend mal à l'aise et me donne l'air idiot. Jusque-là, j'arrive quand même, vaille que vaille, à m'en tirer. Seulement ils enchaînent en m'expliquant par le menu à quel point ils adorent mon effroyable héros, cet abominable Sven Hjerson. S'ils pouvaient savoir à quel point je le *hais* ! Mais mon éditeur passe son temps à m'interdire de l'avouer en public. Quoi qu'il en soit, j'imagine que c'est à partir de là que nous en sommes venus à parler des détectives dans la vie courante. Je suis alors devenue intarissable à votre sujet, et cette fille est restée plantée là à ne pas perdre une miette de ce que je disais. Quand vous avez évoqué une Ophelia, potentiel de sexualité en moins, ça a fait *tilt*. Et je me suis demandé : « Allons bon, ça me rappelle quelque chose, mais quoi ? » Et puis, un peu plus tard, ça m'est revenu tout d'un coup : « Mais bien sûr ! La fille à ce verre, l'autre jour ! » J'ai comme l'impression qu'elle faisait partie de la maisonnée, à moins encore que je ne la confonde avec une autre.

Poirot soupira. Face à Mrs Oliver, il fallait toujours avoir des trésors de patience en réserve :

— Comment s'appelaient ces gens chez lesquels vous êtes allée prendre un verre ?

— Trefusis, je crois bien, à moins qu'il ne s'agisse de Treheme. Un nom dans ce goût-là. Lui, c'est un gros bonnet. Riche. Il est je ne sais trop quoi à la City, encore qu'il passe le plus clair de son temps en Afrique du Sud...

— Il est marié ?

— Oui. À une très jolie femme. Beaucoup plus jeune que lui. Blonde comme les blés. C'est un second mariage. Sa fille est du premier lit. Et puis il y avait un oncle, vieux comme Mathusalem. Et sourd comme un pot. Ancien amiral, ou ancien général d'aviation, ou ancien Dieu sait quoi encore. Couvert de décorations. Astronome par-dessus le marché, je crois bien. En tout cas, il a une espèce de grand télescope qui pointe son nez sur le toit de la maison. Mais peut-être que ce n'est après tout là qu'une marotte. Il y avait aussi une jeune fille, une étrangère, qui ne lâche pas le pauvre vieux d'une semelle. Elle l'accompagne à Londres, je crois, histoire de veiller à ce qu'il ne se fasse pas écrabouiller dès qu'il met le nez dehors. Elle est assez jolie, ma foi.

Fort occupé à trier et classer les renseignements fournis par sa vieille amie, Poirot se faisait l'effet d'être promu au rang d'ordinateur humain :

— Vivent donc dans cette maison Mr et Mrs Trefusis...

— Ce n'est pas Trefusis... ça me revient aussi maintenant... C'est Restarick.

— Ça n'a pas grand-chose à voir avec Trefusis.

— Bien sûr que si ! C'est un nom qui est également typique des Cornouailles.

— Vivent donc sous ce toit Mr et Mrs Restarick, leur vieil oncle couvert de médailles... Est-ce qu'il s'appelle Restarick, lui aussi ?

— Non, lui, c'est sir Roderick Je-ne-sais-trop-quoi.

— ... Ainsi que la fille au pair, si tant est qu'elle soit au pair, plus la fille de la maison. Au fait, pas d'autres enfants ?

— Je ne crois pas... mais en réalité je n'en sais rien. La fille ne vit pas là, à propos. Elle n'était venue que pour le week-end. Elle ne s'entend pas avec sa belle-mère, j'imagine. Elle a un job à Londres et s'est déniché un petit ami qui, d'après ce que j'ai cru comprendre, ne plaît pas trop à la famille.

— Vous m'avez l'air très documentée sur ces gens.

— Bah ! on a l'oreille qui traîne. Et puis les Lorrimer sont bavards comme des pies. Toujours à déblatérer sur leurs amis et connaissances. On en arrive avec eux à accumuler un maximum de ragots sur les voisins. Au point de finir par les mélanger. Ce que j'ai probablement fait. Je donnerais cher pour me rappeler le prénom de cette fille. Ça a à voir avec une chanson... Thora ? *Avoue-le-moi, Thora.* Thora, Thora. Un truc dans ce goût-là, ou bien alors Myra ? Myra, *oh ! mon cœur est tout à toi.* Quelque chose comme ça. *J'ai rêvé de palais enchantés.* Norma ? Ou ne serait-ce pas plutôt Maritana ? Norma... Norma Restarick. C'est ça, j'en donnerais ma main à couper.

» Norma... Elle est troisième fille, ajouta-t-elle assez incongrûment.

— Vous m'aviez pourtant dit que vous la pensiez fille unique !

— Oui, c'est bien son cas... du moins, je le crois.

— Alors que vient faire là cette histoire de troisième fille ?

— Seigneur Dieu ! ne sauriez-vous donc pas ce qu'est une troisième fille ? Ne me dites pas que vous ne lisez pas le *Times* !

— Je le lis pour les naissances, les mariages et les enterrements. Ainsi que pour les quelques articles de fond susceptibles de m'intéresser.

— Non, je vous parle des petites annonces de première page. Encore qu'elles ne figurent plus désormais à la une. Ce qui me fait d'ailleurs envisager de me désabonner. Mais je vais vous montrer.

Elle fonça vers un guéridon, empoigna le *Times*, le feuilleta et le lui apporta :

— Tenez... Regardez : « *Troisième fille pour confortable appartement deuxième étage, chambre privative, chauffage central, Earl's Court.* » « *Cherchons troisième fille pour partager appartement. 5 guinées / semaine. Chambre privative.* » « *Quatrième fille souhaitée. Regents Park. Chambre privative.* » C'est comme ça que les filles aiment à vivre de nos jours. C'est mieux qu'une chambre chez l'habitant ou la pension de famille. La première fille prend un appartement meublé et cherche à partager le loyer. La deuxième est généralement une amie. Ensuite de quoi elles se rabattent sur les petites annonces pour dénicher une troisième fille si elles n'en ont pas déjà une sous la main. Et, comme vous pouvez le constater, il arrive qu'elles se tassent pour en caser une quatrième. La première fille jette son dévolu sur la meilleure chambre, la deuxième paye trois sous de moins, la troisième encore moins et n'a droit qu'à un trou à rat. Elles décident d'un commun accord qui disposera de l'appartement telle soirée par semaine et ainsi de suite. Ça fonctionne d'ordinaire assez bien.

— Et où cette jeune fille, qui se prénommerait selon vous éventuellement Norma, habite-t-elle donc à Londres ?

— Je vous l'ai déjà dit, je ne sais vraiment pas grand-chose sur son compte.

— Mais vous pourriez en apprendre davantage ?

— Oh ! oui... *a priori*, rien de plus facile.

— Vous êtes sûre qu'il n'a pas été question — qu'il n'a pas même été fait mention — d'une mort inattendue ?

— Vous voulez dire une mort... à Londres ou chez les Restarick ?

— Au choix.

— Je ne crois pas. J'essaie de voir ce que je peux glaner ?

Les yeux de Mrs Oliver brillaient d'excitation. Il était manifeste qu'elle s'engageait de grand cœur dans la partie.

— Ce serait très gentil de votre part.

— Je vais appeler les Lorrimer. Cette heure-ci doit convenir à merveille. (Elle se dirigea vers le téléphone :) Il va falloir que je trouve une excuse quelconque... (Et, avec un regard dubitatif à l'adresse de Poirot :) Que j'en invente une au besoin...

— Cela va sans dire. Mais vous êtes une imaginative... vous vous en tirerez sans mal aucun. Seulement... restez dans le domaine du raisonnable. De la modération en tout.

La romancière lui décocha un regard entendu.

Elle appela l'inter et demanda le numéro souhaité. Puis, tournant la tête, elle chuchota sur un ton de conspirateur :

— Vous avez un stylo et du papier... ou un carnet... quelque chose sur quoi noter noms, adresses et tout le fourbi ?

Poirot, qui avait déjà son calepin sous le coude, acquiesça de la tête.

Mrs Oliver revint au combiné qu'elle tenait d'une main ferme et se lança dans un flot de paroles. Quant à Poirot, il fit en sorte de ne pas perdre une miette de cette moitié de la conversation en cours :

— Allô ! Pourrais-je parler à... Oh ! c'est vous, Naomi ! Ariadne Oliver à l'appareil. Oh ! oui... ma foi, c'était une telle cohue... Oh ! vous voulez dire l'exquis vieillard ?... Non, vous savez, je ne... Pratiquement aveugle ?... Je croyais qu'il partait pour Londres avec cette petite étrangère... Oui, ce doit être parfois assez angoissant pour eux... encore qu'elle semble très bien se débrouiller de la situation... Une des raisons de mon coup de fil était de vous demander, entre autres, l'adresse de la fille... Non, de la petite Restarick, j'entends... Quelque part dans South Kent, n'est-ce pas ? Ou bien est-ce Knightsbridge ? Figurez-vous que je lui ai promis un de mes romans mais que j'ai, comme de bien entendu, perdu son adresse. Je n'arrive même pas à me rappeler son prénom. C'est Thora ou Norma ?... Oui, je me disais aussi que c'était Norma... Attendez une seconde, je prends de quoi écrire... Voilà, j'y suis... 67, Résidences Borodene... Je sais... cet énorme pâté de maisons qui fait si fort songer à la prison de Wormwood Scrubs... Oui, il paraît que les appartements y sont très confortables, avec le chauffage central et tout... Qui sont les deux autres filles avec lesquelles elle le partage ? Des amies à elle ?... ou des petites annonces ?... Claudia Reece-Holland... c'est la fille du député, non ? Et qui est l'autre ?... Non, c'est vrai, ça, pourquoi la connaîtriez-vous... elle doit être exquise elle aussi, j'imagine... Et que font-elles, toutes trois ? Ces gamines semblent toujours être secrétaires, n'est-ce pas ?... Oh ! l'autre fille, croyez-vous, est décoratrice ?... ou a quelque chose à voir avec une galerie d'art ?... Non, Naomi, il va de soi que je ne *tiens* en aucun cas à le savoir... ça ne m'intéresse en rien... c'était juste une question en l'air... on ne peut s'empêcher de s'interroger : que *font* toutes ces jeunes filles, de nos jours ?... que voulez-vous, cela m'est utile pour mes livres... il faut savoir rester dans le bain, comme on dit...

» Au fait, que m'aviez-vous glissé dans le tuyau de l'oreille au sujet d'un petit ami ?... Oui, mais on n'y peut tellement rien, n'est-ce pas ? Je veux dire, les filles n'en font jamais qu'à leur tête... il est vraiment atroce à ce point ? C'est le genre crasseux-pas rasé ?... Oh ! c'est *ce* genre-là... Gilet de brocart, et longues ondulations châtain... cascadant sur les épaules... oui, tellement difficile de dire si c'est fille ou garçon, n'est-ce pas ?... Oui, on dirait effectivement parfois des Van Dyck, quand ils sont beaux... Que me dites-vous ? Qu'Andrew Restarick le hait positivement ?... Oui, c'est d'ordinaire le cas chez les hommes... Mary Restarick ?... Oui, j'imagine qu'il est banal de se crêper le chignon avec sa... sa marâtre. J'imagine que cette dernière a poussé un ouf quand la petite a décroché un job à Londres... Que voulez-vous dire à propos de ces gens qui racontent des choses ?... Mais enfin comment n'ont-ils pas pu diagnostiquer ce qu'elle avait ?... *Qui* a dit ça ?... Oui, mais *qu'est-ce qu'*ils se sont arrangés pour étouffer ?... Oh !... une infirmière ?... qui en aurait parlé à la gouvernante des Jenner ? Vous voulez dire son *mari* ? Oh ! je vois... Les médecins n'ont pas pu découvrir... n'ont pas pu tirer au clair... Non, bien sûr, mais les gens sont tellement méchants ! Je suis bien d'accord avec vous. Ces choses-là ne reposent généralement sur *rien*... Oh ! gastrique, oui, évidemment, n'est-ce pas ?... Mais c'est grotesque. Comment ? les gens sont allés jusqu'à dire que... comment s'appelle-t-il ?... qu'Andrew... Vous voulez dire que ce serait facile avec tous ces herbicides, désherbants et j'en passe qui traînent maintenant partout... Oui, mais pourquoi ?... Je veux dire, on n'est pas dans le cas de figure de la dondon qu'il haïrait depuis des années... il s'agit de la seconde épouse... beaucoup plus jeune que lui, et très séduisante... Oui, je suis bien d'accord avec vous que *ça*, en revanche, ça n'est pas impossible du tout... mais pourquoi cette petite étrangère marcherait-elle dans la combine ?... Vous voulez dire qu'elle pourrait n'avoir pas digéré certains propos de Mrs Restarick à son égard... Elle a un petit minois qui n'est pas vilain du tout... j'imagine sans mal qu'Andrew ait pu s'en amouracher... rien de sérieux, bien sûr... mais Mary a pu voir rouge, tomber à bras raccourcis sur la fille, et de fil en aiguille...

Du coin de l'œil, Mrs Oliver s'avisa de ce que Poirot lui adressait des signaux frénétiques.

— Juste une seconde, chérie, dit-elle dans l'appareil. C'est le boulanger. (Poirot frémit sous l'outrage.) Ne quittez pas.

Elle posa le combiné et se précipita vers Poirot qu'elle poussa dans un recoin.

— Qu'est-ce qui vous arrive ? demanda-t-elle dans un souffle.

— Un boulanger ! s'étrangla Poirot. Moi !

— J'ai sauté sur la première idée qui me passait par la tête. Pourquoi ce numéro de sémaphore ? Est-ce que vous avez compris ce qu'elle...

Poirot la coupa :

— Vous me raconterez ça plus tard. J'en sais suffisamment. Ce que j'attends maintenant de vous, c'est qu'avec votre fulgurante faculté d'improvisation, vous me concoctiez un prétexte plausible pour aller rendre visite aux Restarick... un vieil ami à vous, qui sera très prochainement dans le voisinage. Peut-être pourriez-vous préciser...

— Laissez-moi faire. Je trouverai un biais. Vous comptez le faire sous un faux nom ?

— Certainement pas. À tout le moins essayons de nous cantonner dans la simplicité.

Mrs Oliver hocha la tête et retourna en courant vers l'écouteur abandonné :

— Naomi ? Je ne me souviens plus de ce que nous étions en train de dire. Pourquoi faut-il immanquablement que quelque chose vienne vous interrompre au moment précis où on en arrive aux potins les plus palpitants ? Je n'arrive même plus à me rappeler la raison exacte de mon coup de fil... Oh ! si... l'adresse de cette petite Thora... Norma, veux-je dire... et vous me l'avez donnée. Mais il y avait autre chose que je voulais vous... oh ! ça y est, j'y suis. Un vieil ami à moi. Un petit bout d'homme incroyablement fascinant. En fait, c'est de lui que je parlais là-bas l'autre jour. Hercule Poirot, il s'appelle. Il va séjourner tout près de chez les Restarick et il brûle du désir de rencontrer le vieux sir Roderick. Il sait tout sur son compte et a une admiration folle pour lui, et pour je ne sais quelle merveilleuse découverte qu'il a faite pendant la guerre... ou je ne sais quelle expérience scientifique à laquelle il s'est livré... bref, il meurt d'envie d'être « admis sous son toit et de pouvoir lui présenter ses respects » ainsi qu'il le formule lui-même. Est-ce envisageable, d'après vous ? Vous les préviendrez ? Oui, il risque de débarquer à l'improviste. Conseillez-leur de le faire parler, qu'ils le supplient de raconter quelques-unes de ses merveilleuses histoires d'espionnage... Il... quoi ? Oh ! vos tondeurs de gazon ? Oui, bien sûr, il faut vous y précipiter. Au revoir !

Elle raccrocha et s'effondra dans un fauteuil :

— Seigneur Dieu ! je suis brisée. Je n'ai pas été trop mauvaise ?

— Vous n'avez pas été mal du tout, condescendit à lui accorder Poirot.

— J'ai préféré tout coller sur le dos du vieil oncle. Une fois dans la place, à vous de jouer pour rencontrer le lot au grand complet, ce qui est sans doute votre objectif. Et on peut toujours se montrer un peu vaseuse sur le plan scientifique quand on est une femme. Vous veillerez vous-même au côté plausible de la chose avant d'aller sonner à leur porte. Et maintenant, est-ce que vous voulez savoir ce qu'elle a raconté ?

— Ce ne sont pas les ragots qui ont manqué, d'après ce que j'ai cru comprendre. Ils avaient trait à la santé de Mrs Restarick, non ?

— Exact. Il semble qu'elle ait été sujette à certains troubles mystérieux — d'origine gastrique — qui ont laissé le corps médical perplexe. Ils l'ont hospitalisée et très vite tirée d'affaire, sans pour autant comprendre ce qui lui était arrivé. À la suite de ça, elle est rentrée chez elle... et tout a recommencé — sans que les médecins y voient plus clair que la première fois. C'est alors que les gens ont commencé à jaser. Une infirmière s'est montrée assez gourde pour en toucher un mot à sa sœur, qui s'est empressée d'en parler à sa voisine, laquelle est partie faire ses ménages et distribuer la bonne parole en insistant sur le côté « c'est pas pour dire, mais il y a du louche » de la situation. De jaser, les gens en sont tout aussitôt passés à insinuer : « Ce serait le mari qu'essayerait de lui faire son affaire que ça m'étonnerait pas. » Le genre de propos qu'on tient toujours — à ce détail près que ça n'a l'air, en l'occurrence, de rimer à rien. Ce qui nous a amenées, Naomi et moi, à nous interroger sur le cas de la fille au pair, seulement elle n'est guère qu'une sorte de secrétaire et dame de compagnie dans le sillage du vieil oncle... ce qui fait qu'il n'y a aucune raison d'aucune sorte pour qu'elle ait pu faire ingurgiter une rasade de désherbant à Mrs Restarick.

— Je vous ai cependant entendu en suggérer quelques-unes.

— Il ne faut jamais éliminer les « possibles ».

— *Un meurtre désiré...* murmura pensivement Poirot. Mais non encore commis.

3

Mrs Oliver entra en voiture dans la cour intérieure des Résidences Borodene. Six véhicules emplissaient déjà le parking. Comme l'auguste romancière hésitait, l'un d'eux fit marche arrière et se dirigea vers la sortie. Mrs Oliver s'empressa d'occuper la place vacante.

Elle mit pied à terre, claqua sa portière et leva les yeux. De construction récente, le pâté de maisons occupait un vaste espace préalablement nettoyé par la déflagration d'une mine terrestre au cours de la dernière guerre. Il aurait tout aussi bien pu, à son humble avis, être prélevé tel quel dans une de ces cités qui poussent comme des champignons en bordure des grandes voies de communication, perdre en route le panneau publicitaire à la gloire des « Lames de Rasoir Machinchouette » qui l'y avait immanquablement coiffé et se voir déposer en bloc *in situ*. Il paraissait fonctionnel à l'extrême et son architecte en avait banni toute velléité de décoration.

C'était l'heure de pointe. Voitures et piétons entraient et sortaient de la cour comme pour bien marquer que la journée était finie.

Mrs Oliver consulta sa montre. Dix-huit heures cinquante. Le moment propice, autant qu'elle pût en juger. L'heure à laquelle on peut imaginer que les filles qui travaillent ont regagné leur domicile, soit pour rafraîchir leur maquillage, se glisser dans des pantalons moulants ou autres selon leur philosophie vestimentaire personnelle et puis ressortir, soit encore pour s'adonner aux joies ménagères et laver lingerie intime et bas Nylon. De toute façon, le meilleur moment pour tenter sa chance. Aile est ou aile ouest, le bâtiment était rigoureusement symétrique, avec de grandes portes battantes en son centre. Mrs Oliver opta pour le hall à gauche pour découvrir aussitôt qu'elle faisait fausse route. Il était réservé aux numéros 100 à 200. Elle rebroussa chemin et prit la direction opposée.

Le numéro 67 nichait au sixième étage. Mrs Oliver posa le doigt sur le bouton d'appel de l'ascenseur. La cabine s'ouvrit à deux battants avec un claquement menaçant, telle une bouche à la mâchoire quasiment décrochée par un bâillement gargantuesque. Mrs Oliver s'engouffra en trombe dans cette gueule béante. Les ascenseurs modernes l'avaient toujours terrorisée.

Crac ! Les portes se refermèrent. La cabine décolla comme une fusée pour s'arrêter presque immédiatement — ça aussi, c'était terrorisant ! Mrs Oliver en déboula comme un garenne terrifié.

Elle prit le corridor à droite et marcha jusqu'à une porte marquée du numéro 67 en chiffres métalliques cloués en son centre. Le 7 se détacha d'ailleurs comme pour saluer son arrivée et lui tomba sur le pied.

« Cet endroit ne m'aime pas », songea-t-elle en grimaçant de douleur et en ramassant le chiffre toujours muni de son clou qu'elle remit en place.

Elle sonna. Peut-être tout le monde était-il sorti.

La porte s'ouvrit cependant presque tout de suite. Une grande et belle fille se tenait sur le seuil. Elle portait un ensemble noir bien coupé à la jupe ultracourte, un corsage de soie blanche et des chaussures élégantes. Ses cheveux noirs étaient relevés en chignon, son maquillage se révélait parfait de discrétion et le tout n'en fit pas moins éprouver à Mrs Oliver, sans qu'elle en perçoive d'ailleurs la raison, un vague sentiment d'inquiétude.

— Oh ! s'exclama-t-elle, battant le rappel de toutes ses facultés afin de ne pas dire ce qu'il ne fallait pas. Miss Restarick serait-elle par hasard chez elle ?

— Non, je suis désolée, elle est sortie. Souhaitez-vous lui laisser un message ?

— Oh ! répéta Mrs Oliver en désespoir de cause.

Elle enchaîna aussitôt en se livrant à une sorte de pantomime et en exhibant un paquet mal emballé dans un vilain papier marron :

— Je lui avais promis un livre. L'un des miens qu'elle n'avait pas lu. J'espère m'être bien souvenue duquel il s'agissait. Elle ne sera pas rapidement de retour, j'imagine ?

— Je n'en ai pas la moindre idée. Je ne sais pas ce qu'elle fait ce soir.

— Oh ! seriez-vous miss Reece-Holland ?

La fille manifesta une légère surprise :

— Oui, en effet.

— Je connais votre père, affirma Mrs Oliver. Je suis Mrs Oliver. J'écris des romans, ajouta-t-elle en prenant l'air coupable qu'elle ne pouvait s'empêcher d'adopter chaque fois qu'elle faisait une telle déclaration.

— Souhaitez-vous entrer un instant ?

Mrs Oliver ayant accepté l'invitation, Claudia Reece-Holland la pilota jusqu'au salon. Tout l'appartement était tapissé de papier peint imitation bois. L'ameublement, moderne et basique, se composait de placards, de rayonnages, d'un vaste canapé et d'une table à rallonges, auxquels les locataires avaient tout loisir d'adjoindre les compléments et les éléments de décoration de leur goût. C'est ainsi qu'un gigantesque Arlequin était affiché sur un mur tandis qu'un singe au pochoir sautant de branche en branche lui tenait lieu de vis-à-vis.

— Je suis sûre que Norma sera folle de joie de recevoir votre livre, Mrs Oliver. Voulez-vous boire quelque chose ? Sherry ? Gin ?

Cette fille avait les manières et l'abattage d'une parfaite secrétaire de direction. Mrs Oliver refusa.

— Vous avez d'ici une vue splendide, s'émerveilla-t-elle en allant regarder par la baie vitrée et en clignant des paupières pour avoir pris les rayons du soleil couchant en plein dans les yeux.

— Oui, mais c'est moins drôle quand l'ascenseur est en panne.

— Je n'aurais jamais imaginé que *cet* ascenseur-là oserait tomber en panne ! Il a tellement l'air d'un... d'un... d'un robot !

— Récemment installé, mais pas plus fiable pour autant, trancha Claudia. Tout le temps besoin de révisions et de tout ce qui s'ensuit.

Une autre fille fit irruption dans la pièce :

— Claudia, est-ce que tu n'aurais pas une idée de l'endroit où j'ai pu fourrer...

Apercevant Mrs Oliver, elle s'interrompit.

Claudia se livra à de rapides présentations :

— Frances Cary... Mrs Oliver. Mrs *Ariadne* Oliver.

— Oh ! c'est fantastique ! marmonna Frances.

C'était une grande fille du genre liane, avec de longs cheveux noirs, un visage blafard lourdement maquillé et des sourcils grimpant à l'oblique — effet souligné par un généreux trait de mascara. Elle portait un pantalon fuseau en velours et un gros pull-over. C'était l'antithèse de l'efficace et mondaine Claudia.

— J'ai apporté un livre que j'avais promis à Norma Restarick, expliqua Mrs Oliver.

— Oh !... quel dommage qu'elle soit encore à la campagne.

— Elle n'en est pas revenue ?

Un ange passa. Avec lenteur. Mrs Oliver crut surprendre un regard échangé entre les deux jeunes filles.

— J'étais persuadée qu'elle travaillait... qu'elle avait une situation à Londres, avança Mrs Oliver en se battant les flancs pour parvenir à exprimer une surprise innocente.

— Oh ! bien sûr, la renseigna Claudia. Elle a un poste dans une firme de décoration intérieure. Il lui arrive de partir montrer des échantillons en province. (Elle sourit :) Nous menons ici des vies très indépendantes. Nous allons et venons comme bon nous chante... sans trop nous soucier de laisser des messages. Ce qui ne me fera pas pour autant négliger de lui remettre votre ouvrage dès qu'elle sera de retour.

Rien n'aurait pu être plus convaincant que cette explication parfaitement terre à terre.

Mrs Oliver se leva :

— Eh bien, je vous remercie infiniment...

Claudia la raccompagna jusqu'à la porte :

— Je dirai à mon père que j'ai fait votre connaissance. Il est grand lecteur de romans policiers.

La porte refermée, elle regagna le salon.

La dénommée Frances était adossée à la baie vitrée.

— Navrée, fit-elle. J'ai gaffé ?

— Je venais de lui dire que Norma était sortie.

Frances haussa les épaules :

— Je ne pouvais pas deviner. Claudia, où peut bien être cette fille ? Pourquoi n'est-elle pas rentrée lundi ? Où a-t-elle bien pu passer ?

— Je n'en ai pas la moindre idée.

— Elle ne serait pas restée chez ses parents ? C'est là-bas qu'elle était allée pour le week-end.

— Non, je leur ai téléphoné pour en avoir le cœur net.

— J'imagine que ce n'est pas bien grave... N'empêche qu'elle est... comment dire ?... qu'elle a quelque chose qui ne tourne pas rond.

— Mais non. Elle tourne tout aussi rond que n'importe qui.

La protestation, néanmoins, manquait de conviction.

— Mais si, insista Frances. Il y a des fois, elle me donne la chair de poule. Je t'assure qu'elle n'est pas normale. (Elle éclata soudain de rire.) Norma-n'est-pas-normale ! martela-t-elle. Et tu le sais très bien, Claudia, même si tu te refuses à l'admettre. Par loyauté envers ton employeur, j'imagine.

4

Hercule Poirot arpentait la grand-rue de Long Basing. Si tant est, toutefois, qu'une rue puisse prétendre à une telle dénomination quand elle ne dispose pas de plus petite que soi à qui se mesurer, ce qui était présentement le cas. Long Basing était de ces villages qui tendent à toujours s'allonger au lieu de songer à prendre de l'embonpoint. Il pouvait se glorifier d'une église de belle taille, flanquée d'une haute tour et d'un if d'âge canonique, plantée au beau milieu de son cimetière. Il disposait de la panoplie complète d'échoppes et de magasins communément rencontrés dans les agglomérations campagnardes. On y dénombrait deux antiquités-brocante, l'une majoritairement consacrée aux manteaux de cheminée en pin décapé, l'autre qui offrait un déballage insensé où s'empilaient pêle-mêle cartes anciennes, porcelaines plus ou moins ébréchées, commodes de chêne piquées aux vers, argenterie victorienne dépareillée, la présentation y souffrant du manque d'espace. On pouvait s'abreuver dans deux estaminets, à égalité dans le registre craspec. Suivaient une vannerie, un bureau de poste qui se diversifiait dans les fruits et légumes, ainsi qu'un drapier-mercier-chausseur pour enfants. Il y avait un papetier-marchand de journaux avec son rayon tabac et sucreries. Trônait ensuite le magasin de laines-et-tricot, qui se voulait ostensiblement l'aristocrate de la confrérie. Deux matrones aux cheveux blancs y officiaient avec sévérité parmi un nombre extravagant de rayonnages bourrés d'écheveaux de tous les grammages et qualités imaginables. Une section consacrée aux patrons — patrons de robes et patrons de tricot — vous aiguillait ensuite insidieusement vers le comptoir des broderies et autres ouvrages d'art. Ce qui naguère encore était l'épicerie locale venait de se métamorphoser en « supérette » avec son régiment de paniers métalliques et ses alignements de paquets de céréales, de paquets de lessive et de paquets de tout ce qui peut se mettre en paquets — multicolores de préférence. Et puis venait une microscopique boutique dotée d'une unique vitrine arborant le nom de LILLAH en lettres fantaisie et où un affriolant déshabillé étiqueté « Dernier chic » et placé en vedette voisinait avec une jupe bleu marine et un pull rouge à rayures « vendus séparément » — ces deux derniers articles occupant le fond du décor comme s'ils y avaient été jetés par une main négligente mais néanmoins artiste.

Tout cela, Poirot l'observait d'un air détaché. Toujours dans les limites de l'agglomération, deux rangées de maisonnettes vieillottes se faisaient vis-à-vis de part et d'autre de la rue, certaines gardant encore leur virginité du temps des rois George, la plupart montrant cependant quelques signes d'améliorations d'époque victorienne tels que vérandas, *bowwindows* et miniserres. Une ou deux bicoques avaient eu droit à un récent ravalement complet et n'en paraissaient pas peu fières. Il y avait encore quelques délicieux vieux cottages à l'ancienne, certains affectant d'avoir cent ans ou plus que ce à quoi ils pouvaient légitimement prétendre, les autres d'une parfaite authenticité, toute adjonction de confort moderne, eau courante ou autre, y ayant été soigneusement rendue invisible au profane.

Poirot cheminait à petits pas en digérant tout ce qu'il voyait. Son impétueuse complice, Mrs Oliver, l'eût-elle accompagné qu'elle aurait aussitôt exigé de savoir pourquoi diable il perdait ainsi son temps, la maison vers laquelle il se rendait se trouvant à quelque 500 mètres du village. Il lui aurait répondu qu'il s'imprégnait de l'atmosphère locale, qu'il s'agissait là d'un élément qui pouvait avoir son importance.

Aux confins du village, la transition était brutale. En retrait de la route et précédé par une bande de gazon, se dressait d'un côté un alignement de logements sociaux égayé par des portes d'entrée dont chacune avait été gratifiée d'une couleur différente. Au-delà, la campagne reprenait ses droits avec son maillage de cultures et de haies bocagères parsemé de ce que les prospectus d'agents immobiliers qualifiaient d'ordinaire de « maison de maître entourée de son parc aux arbres centenaires », toutes présentant cette même apparence un peu guindée et cet air replié sur soi qu'affichent invariablement les propriétés privées. Un peu plus loin et après un tournant de la route, Poirot aperçut une bâtisse dont le dernier étage s'ornait d'un peu banal appendice bulbeux. Cette excroissance semblait un ajout relativement récent. C'était sans doute aucun la Mecque vers laquelle le conduisaient ses pas. Il arriva à un portail orné d'un panonceau indiquant « Crosshedges » et détailla la maison, qui devait dater du début de siècle. Elle n'était ni belle ni laide. Banale était sans doute l'épithète convenable. En revanche, le jardin, nettement plus intéressant, avait dû être l'objet d'infiniment de soins et d'attentions en son temps. De sa splendeur révolue il avait conservé les vertes pelouses passées au peigne fin, les parterres de fleurs, les massifs d'arbustes judicieusement situés afin de donner de l'ampleur à l'ensemble. Le tout était bien entretenu et Poirot estima qu'un professionnel devait y être employé à plein temps. À moins que la maîtresse de maison ne s'y consacrât elle aussi, car il venait de remarquer, à l'angle du bâtiment, une femme courbée sur une plate-bande et en train, se dit-il, de tuteurer des dahlias. Dans le soleil, sa chevelure rayonnait comme une sphère d'or éclatant. Elle était grande, mince, mais assez large d'épaules. Comme Poirot poussait la grille et se dirigeait vers la maison, elle tourna la tête d'un air interrogateur et, immobile, un écheveau de raphia dans la main gauche, attendit qu'il lui adressât la parole.

Poirot nota qu'elle paraissait perplexe.

— Oui ? fit-elle enfin.

Plus franco-belge que jamais — et bien décidé, pour les besoins de la cause, à forcer encore la note sur le chapitre des manières et de l'accent —, Poirot ôta son chapeau dans un style très grand siècle et plongea dans une de ses traditionnelles courbettes :

— Ai-je l'honneur de parler à Mrs Restarick ?

La jeune femme semblait hypnotisée par ses moustaches :

— Oui. Je...

— J'ose espérer, madame, que je ne vous dérange point.

Elle esquissa un léger sourire :

— Pas du tout. Seriez-vous...

— J'ai pris la liberté de vous rendre visite. Une mienne amie, Mrs Ariadne Oliver...

— Oh ! bien sûr. Je vous situe très bien, monsieur Poiret.

— Monsieur Poirot, rectifia-t-il, portant toute son emphase sur la dernière syllabe. Hercule Poirot, pour vous servir. Je passais dans le voisinage et j'ai eu l'impertinence de m'aventurer jusqu'ici dans l'espoir d'être autorisé à présenter mes respects à sir Roderick Horsefield.

— Oui. Naomi Lorrimer nous avait laissé entendre que vous pourriez surgir à l'improviste.

— J'espère ne pas être importun.

— Pas le moins du monde. Ariadne Oliver nous a rendu visite ce dernier week-end. Elle nous avait été amenée par les Lorrimer. Ses romans sont amusants au possible, non ? Mais peut-être les romans policiers ne vous amusent-ils pas. Vous-même êtes détective, n'est-ce pas ? Détective... dans la réalité.

— Je me situe on ne peut davantage dans la réalité, madame.

Il remarqua qu'elle réprimait un sourire et l'étudia de plus près. Belle, elle l'était sans conteste mais l'artifice y était sans doute pour beaucoup. Ses cheveux dorés étaient coiffés avec raideur. Il se demanda si elle n'était pas fondamentalement peu sûre d'elle et si son côté dame de la bonne société britannique absorbée par ses travaux de jardinage n'était pas après tout un rôle qu'elle s'appliquait à jouer. Il s'interrogea aussi sur le milieu dont elle pouvait être issue.

— Vous avez là un bien beau jardin, la complimenta-t-il.

— Vous aimez les jardins ?

— Pas comme le font les Anglais. Vous possédez en Angleterre un talent tout particulier pour les jardins. Ils signifient pour vous tout autre chose que pour nous.

— Que pour les Français, vous voulez dire ?

— Je ne suis pas français. Je suis belge.

— Oui, c'est vrai. Je crois que Mrs Oliver nous avait signalé que vous aviez autrefois appartenu aux forces de sûreté belges.

— C'est exact. Je suis un vieux chien policier belge.

Il eut un petit rire mondain et poursuivit en agitant les mains :

— Mais vos jardins à vous, Anglais, je les admire. Nous ne vous arrivons pas à la cheville. Les Latins aiment les jardins formels, les jardins de château, les petits Versailles, et ils ont aussi, bien entendu, inventé le potager. C'est primordial, le potager. Ici, en Angleterre, vous possédez certes l'art du potager, mais cet art vient de France et vous n'aimez pas votre potager autant que vous aimez vos fleurs. N'est-ce pas ? Je ne me trompe pas ?

— Non, je crois que vous avez raison, acquiesça Mary Restarick. Mais entrons. Vous êtes après tout venu pour voir mon oncle.

— Je suis venu, c'est bien vrai, pour me prosterner aux pieds de sir Roderick, mais je me prosterne également aux vôtres, madame. Je me prosterne toujours aux pieds de la beauté quand il m'arrive de la croiser en chemin, fit-il... en se prosternant.

Elle eut un petit rire teinté d'embarras :

— Vous ne devriez pas vous montrer aussi galant.

Elle lui désigna une porte-fenêtre et il la suivit.

— J'ai brièvement fait sa connaissance en 1944.

— Le pauvre chéri, il se fait bien vieux. Il est, hélas ! très sourd.

— Notre rencontre remonte à si loin ! Il ne s'en souviendra plus. C'était une affaire d'espionnage tournant autour d'une remarquable invention. Une invention dont tout le mérite revenait au génie de sir Roderick. Il condescendra, je l'espère, à me recevoir.

— Oh ! je suis certaine qu'il en sera ravi, affirma Mrs Restarick. Par bien des côtés, son existence actuelle est assez morne. Je suis obligée d'être beaucoup à Londres... nous y cherchons une maison convenable. (Elle soupira :) Les vieilles personnes peuvent parfois se révéler bien difficiles à vivre.

— Je sais, sourit Poirot. Je le suis fréquemment moi-même.

Elle éclata de rire et se récria :

— Allons donc, monsieur Poirot ! Vous n'allez pas vous prétendre vieux !

— Il m'arrive même parfois de l'être trop, expliqua Poirot. Certaine jeune fille en tout cas me l'a dit, ajouta-t-il d'un ton funèbre.

— C'était très grossier de sa part. C'est probablement le genre d'énormité dont notre fille serait capable.

— Tiens ! vous avez une fille ?

— Oui. Ou plutôt une belle-fille.

— J'aurai infiniment de plaisir à la rencontrer.

— Oh ! elle n'est pas là. Elle est à Londres. Elle y travaille.

— Ces jeunes filles... elles ont toutes un métier, désormais.

— Tout le monde est maintenant censé en avoir

un, commenta Mrs Restarick. Même mariées, les femmes sont incitées à retourner dans l'industrie ou l'enseignement.

— Vous a-t-on incitée vous aussi, madame, à retourner dans une branche quelconque ?

— Non. J'ai été élevée en Afrique du Sud. Je ne suis arrivée ici avec mon mari qu'il y a relativement peu de temps... Et tout y est... tout y est encore assez déroutant pour moi.

Le regard qu'elle jeta autour d'elle parut à Poirot manquer singulièrement d'enthousiasme. La pièce était élégamment meublée, mais sans originalité aucune. Seule touche personnelle : deux grands portraits aux murs. Le premier était celui d'une femme aux lèvres minces, vêtue d'une robe du soir de velours gris. Lui faisant face sur la paroi opposée, un homme dans la bonne trentaine au dynamisme contenu.

— Votre fille, j'imagine, trouve la campagne ennuyeuse ?

— Oui, Londres lui convient bien davantage. Elle n'aime pas être ici...

Elle s'interrompit brusquement avant de reprendre, comme si ces derniers mots lui étaient arrachés :

— ... et surtout elle ne m'aime pas.

— Impossible ! protesta Poirot dans un élan de courtoisie bien française.

— Oh ! que si. Bah ! j'imagine que c'est un sentiment fréquent. Ce doit être très dur pour une fille que d'accepter la présence d'une belle-mère.

— Votre fille éprouvait-elle un attachement profond pour sa véritable mère ?

— Je le présume. C'est une enfant difficile. La plupart des filles le sont, je le crains bien.

Poirot soupira :

— Pères et mères n'ont plus sur leurs filles le contrôle qu'ils exerçaient autrefois. Rien n'est plus comme dans le bon vieux temps où les mœurs étaient policées.

— Ce n'est que trop vrai.

— On répugne à le dire, madame, mais je vous

avouerai regretter qu'elles fassent montre de si peu de discernement dans le choix de leurs... comment appeler ça ?... de leurs petits amis.

— Norma a posé de sérieux problèmes à son père dans ce domaine. Cependant, rien ne sert de nous plaindre. Chacun doit faire ses propres expériences. Mais je vous conduis chez l'oncle Roddy... il a ses propres quartiers au premier.

Elle marcha vers la porte et il la suivit en tournant la tête pour jeter un coup d'œil par-dessus son épaule. Une pièce ennuyeuse, une pièce sans caractère... à l'exception peut-être des deux portraits. À en juger par la robe que portait la femme, ils devaient dater de quelques décennies déjà. Et, s'il s'agissait de la première Mrs Restarick, Poirot songea qu'il n'aurait guère aimé la rencontrer.

— Ces portraits sont excellents, madame.

— Oui. Ce sont des Lansberger.

C'était le nom d'un peintre et portraitiste fameux, encore très en vogue quelque vingt ans plus tôt. Son naturalisme méticuleux était désormais passé de mode et, depuis sa mort, son nom n'était plus que rarement cité. Ses contempteurs rabaissaient volontiers ses modèles au rang de vulgaires « portemanteaux », mais Poirot estimait qu'ils valaient beaucoup mieux. Sous les dehors si lisses et convenus que Lansberger peignait avec une telle facilité, il devinait l'ironie mordante qui y était soigneusement dissimulée.

Tout en le précédant dans l'escalier, Mary Restarick lui signala :

— On vient de les sortir du garde-meuble, de les faire nettoyer et...

Elle s'interrompit brusquement et se figea, une main sur la rampe.

En haut des marches, un personnage venait d'entamer sa descente. Un personnage étrangement incongru en ces lieux. On aurait dit un travesti, ou en tout cas quelqu'un qui ne s'accordait guère avec le conformisme de la maison.

Il avait un genre que Poirot connaissait bien, qu'on recontrait partout à Londres, et même dans les soirées mondaines. C'était un digne représentant de la jeunesse actuelle. Il portait une veste cintrée noire, un gilet de velours d'un raffinement extrême, un pantalon moulant. D'opulentes boucles châtain lui cascadaient dans le cou. Il était ostentatoire et assez beau, et il fallait un bon moment avant de pouvoir se montrer catégorique en ce qui concernait son sexe.

— David ! glapit Mary Restarick. Que diable faites-vous ici ?

Le jeune homme n'en parut pas troublé outre mesure :

— Je vous ai fait peur ? Vous m'en voyez navré.

— Qu'êtes-vous venu faire ici... dans cette maison ? Vous êtes avec Norma ?

— Norma ? Non, j'espérais au contraire la trouver là.

— La trouver là ? Que voulez-vous dire ? Elle est à Londres.

— Alors, ça, ma grande, vous vous fourrez le doigt dans l'œil. Elle n'y est pas. Pas au 67, Résidences Borodene en tout cas.

— Comment ça, elle n'y est pas ?

— Elle n'y est tout bonnement pas. Comme elle n'est pas rentrée de week-end, je me suis dit qu'elle était probablement restée auprès de vous. Et je suis venu voir quelle mouche la piquait.

— Elle est partie d'ici dimanche soir comme d'habitude. (Le ton de la jeune femme monta :) Pourquoi n'avez-vous pas sonné pour nous signaler votre présence ? Qu'est-ce que vous faites à errer dans la maison ?

— Vraiment, ma grande, on jurerait que vous me croyez capable de partir avec les petites cuillères. Quoi de plus naturel que d'entrer dans une maison en plein jour ? Quel mal y a-t-il à ça ?

— Nous sommes peut-être vieux jeu, mais nous avons horreur de ces manières.

— Oh ! là ! là ! soupira David. Que les gens sont donc compliqués ! Eh bien, ma grande, puisque personne ne va semble-t-il m'accueillir à bras ouverts et que vous n'avez pas l'air de savoir où est passée votre belle-fille, sans doute vaudrait-il mieux que je prenne congé. Faut-il que je retourne mes poches avant de sortir ?

— Ne soyez pas grotesque, David.

— En ce cas, *ciao* ! *ciao* !

Le jeune homme les croisa, agita une main désinvolte, poursuivit sa descente, traversa le hall et s'en fut par la grande porte.

— L'abominable créature, grinça Mary Restarick avec une rancœur qui impressionna Poirot. Je ne peux pas le supporter. Je ne peux tout bonnement pas le supporter. Pourquoi l'Angleterre regorge-t-elle désormais d'individus de cet acabit ?

— Oh ! madame, ne perdez pas votre sang-froid. Ce n'est qu'une question de mode. Et des modes, il y en a toujours eu. On en voit peu à la campagne. Mais, à Londres, ils fourmillent.

— Il est immonde, frémit Mary. Absolument immonde. Il est efféminé, ostentatoire, c'est une caricature...

— Et pourtant pas tellement différent d'un portrait par Van Dyck, ne trouvez-vous pas, madame ? Dans un cadre doré, avec un collet de dentelle, vous ne diriez jamais qu'il est efféminé ni que c'est une caricature.

— Oser venir ici comme ça ! S'il avait été là, Andrew en aurait fait un drame. Ça le tourmente abominablement. Les filles peuvent vous donner bien du souci. D'autant que ce n'est pas comme si Andrew connaissait bien Norma. Il a vécu à l'étranger depuis qu'elle est toute petite. Il a laissé sa mère l'élever et maintenant il ne comprend rien à ce qu'elle a dans la tête. Moi non plus, d'ailleurs. Je ne peux pas m'empêcher de la trouver très bizarre. On n'a plus aucune autorité sur les filles. Elles ont le chic pour s'amouracher des garçons les plus insortables.

Rien n'y fait. Elle est folle de ce David Baker. Andrew lui a interdit la maison et voyez ce qui se passe : il entre ici comme dans un moulin et fait comme chez lui. Je crois que... je crois que je ferais presque mieux de ne pas en parler à Andrew. Je n'ai pas envie de l'inquiéter sans motif. J'imagine qu'elle s'affiche à Londres avec cet individu, et pas uniquement avec lui, d'ailleurs. Il y en a qui sont encore bien pires. Le genre qui ne se lave pas, qui ne se rase pas, qui se laisse pousser la barbe et qui se promène en haillons crasseux.

— Allons, madame, ne vous mettez pas martel en tête, fit gaiement Poirot. Les errements de la jeunesse n'ont qu'un temps.

— Je ne demande qu'à vous croire. Mais Norma est *très* difficile. Au point que j'en arrive parfois à me demander si elle a bien toute sa tête. Elle est tellement étrange. On dirait parfois qu'elle n'est pas du tout à la question, qu'il lui manque une case. Et puis ces élans de haine qu'on sent chez elle...

— De haine ?

— Elle me hait. Elle me hait vraiment. Et je ne vois pas pourquoi. J'imagine qu'elle adorait sa mère, mais il n'y avait après tout rien d'extraordinaire à ce que son père se remarie.

— Vous croyez réellement qu'elle vous hait à ce point ?

— Oh ! je ne le sais que trop bien. Elle en a multiplié les preuves. Je ne peux pas vous dire mon soulagement quand elle est partie pour Londres. Je ne voulais pas faire d'histoires, mais...

Elle s'interrompit net. Comme si elle venait seulement de se rendre compte qu'elle parlait à un parfait étranger.

Poirot n'avait pas son pareil pour s'attirer les confidences. Au point que les gens qui se confiaient à lui perdaient toute notion de la réalité.

— Seigneur ! fit-elle avec un petit rire. Je ne sais vraiment pas pourquoi je vous dis tout ça. J'imagine que chaque famille a ses problèmes. Pauvres belles-mères, il nous faut avaler bien des couleuvres. Ah ! nous y voici.

Elle frappa à une porte.

— Entrez, crénom ! Entrez ! rugit une voix de stentor.

— Je vous amène une visite, mon oncle, annonça Mary Restarick en s'engouffrant dans la chambre, Poirot sur ses talons.

Un vieillard à la mine irascible, bas sur pattes, large d'épaules, visage carré et joues apoplectiques, s'arrêta de faire les cent pas et clopina à leur rencontre. Penchée sur ses documents à la table derrière lui, une jeune fille était fort occupée à trier lettres et papiers divers.

— Voici M. Hercule Poirot, oncle Roddy, ajouta Mary Restarick en guise de présentation.

Poirot, après une courbette aimable, prit aussitôt la direction des opérations :

— Ah ! sir Roderick, cela fait tant d'années... tant d'années que j'ai eu le plaisir insigne de faire votre connaissance. Cela nous ramène à la guerre. Notre dernière rencontre a eu lieu, je crois bien, en Normandie. Je m'en souviens comme d'hier. Il y avait avec nous le colonel Race, et puis le général Abercrombie, et le général d'aviation sir Edmund Collingsby. Ah ! ces décisions qu'il nous avait fallu prendre ! Et les difficultés que nous avions avec nos services de sécurité. Bah ! de nos jours, le secret n'est plus de mise. Je me remémorais en venant comment nous avions démasqué cet agent secret qui avait si longtemps réussi à... vous vous rappelez le capitaine Henderson ?

— Ah ! le capitaine Henderson ! Et comment, le capitaine Henderson ! Tonnerre de Dieu, le foutu salopard ! Démasqué, comme les copains !

— Sans doute ne vous souvenez-vous pas de moi... Hercule Poirot.

— Mais si, mais si, bien sûr que je me souviens de vous. Ah ! il s'en est fallu de peu ! Ça n'a tenu qu'à un fil ! Vous étiez le représentant français, hein ?

Vous étiez un ou deux, et il y en avait un que je ne pouvais pas blairer... du diable si son nom me revient. Enfin, bref, asseyez-vous, mais asseyez-vous donc. Rien de tel que de bavarder un brin sur le bon vieux temps.

— Je craignais tant que vous ne vous souveniez pas de moi et de mon collègue, M. Giraud.

— Mais si, mais si, bien sûr que je me souviens de vous deux. Ah ! c'était le bon temps, il n'y a pas à dire, c'était le bon temps.

La fille assise à la table se leva. Et elle vint poliment avancer une chaise à Poirot.

— C'est bien, Sonia, c'est très bien, applaudit sir Roderick. Laissez-moi vous présenter, poursuivit-il, à ma charmante petite secrétaire que voici. Elle a changé ma vie. Elle m'aide, elle classe tout mon travail. Je me demande comment j'ai pu me passer d'elle jusqu'ici.

Poirot s'inclina avec civilité :

— Enchanté, mademoiselle.

La jeune fille murmura quelques mots en retour. C'était un petit bout de femme aux cheveux très noirs coupés à la Jeanne d'Arc. Timide, elle gardait la plupart du temps ses yeux bleu sombre modestement baissés mais sourit néanmoins avec douceur et gentillesse à son employeur. Lequel lui tapota l'épaule :

— Je ne sais pas ce que je ferais sans elle. Je ne le sais vraiment pas.

— Oh ! ne dites pas ça, protesta-t-elle. Je ne suis pas tellement utile. Je ne tape pas très vite.

— Vous tapez bien assez vite, ma chère petite. Et puis vous êtes ma mémoire. Vous êtes mes yeux, mes oreilles, et encore tout un tas de choses.

Elle lui sourit à nouveau.

— Il me revient souvent à l'esprit, murmura Poirot, quelques-unes des merveilleuses histoires qui faisaient notre joie à l'époque. Je ne sais pas si elles péchaient par exagération ou pas. Ainsi, par exemple, l'épisode du vol de votre voiture, quand vous...

Et il se lança dans un récit échevelé.

Sir Roderick se montra enchanté :

— Ha ! ha ! elle est bien bonne ! Ah ! elle est excellente ! C'est vrai, il y a là un brin d'exagération. Mais, en gros, c'est comme ça que ça s'est passé. Oui, oui... euh... c'est quand même extraordinaire que vous vous rappeliez *celle-là* après tout ce temps. Mais je pourrais là tout de suite vous en sortir une meilleure.

Sur quoi il se lança à corps perdu dans une autre anecdote. Poirot écouta, applaudit. Et finalement jeta un coup d'œil à sa montre et se leva :

— Mais je ne saurais vous déranger plus longtemps. Vous êtes, à ce que je vois, plongé dans un travail important. De passage dans les environs, je n'ai pu me retenir de venir vous présenter mes hommages. Les années passent, mais vous, j'ai pu m'en rendre compte, vous n'avez rien perdu de votre belle santé ni de votre joie de vivre.

— Hé ! hé ! peut-être n'avez-vous pas tort. Mais vous m'embarrassez, avec vos compliments... vous resterez quand même bien pour le thé. Je suis sûr que Mary va vous offrir une tasse de thé. (Il jeta un regard à la ronde :) Oh ! elle s'est éclipsée. Gentille fille.

— Certes oui, et fort belle. J'imagine qu'elle vous a été un grand réconfort depuis bon nombre d'années.

— Oh ! ils ne se sont mariés que récemment. C'est la seconde épouse de mon neveu. Je vais être franc avec vous. Il n'a jamais été dans mes petits papiers, ce neveu-là, Andrew... Un instable. Un agité. Son frère aîné, Simon, était mon préféré. Encore que je ne l'aie pas beaucoup connu lui non plus. Quant à Andrew, il s'est très mal conduit avec sa première femme. Il l'a plaquée, vous savez. Il l'a laissé tomber comme une vieille chaussette. Tout ça pour filer avec une traînée notoire. Mais il en était toqué. L'abruti ! Ça n'a pas duré plus d'un an ou deux. La fille qu'il a épousée n'a pas l'air mal. Il n'y a rien à lui reprocher pour autant que je le sache. Simon, lui, était un garçon bien... mais bonnet de nuit comme pas deux, il faut bien l'avouer. Je ne peux pas dire que j'ai pavoisé quand ma sœur est entrée dans cette famille. Des commerçants, voyez-vous. Riches, bien sûr... mais l'argent n'est pas tout... dans la famille, nous épousions plutôt l'armée. Je n'ai jamais beaucoup frayé avec le clan Restarick.

— Ils ont, je crois, une fille. Une mienne amie l'a rencontrée ce dernier week-end.

— Oh ! Norma... Une abrutie. Elle déambule dans des tenues pas possibles, et elle s'est acoquinée avec un garçon atroce. Cheveux longs et idées courtes. Beatniks, Beatles, ou quels que soient les noms qu'ils se donnent... Ah ! il n'y en a pas un pour racheter l'autre, de nos jours. Je ne peux pas les encaisser. Ce qu'ils parlent, c'est pratiquement une langue étrangère. Mais qui voudrait écouter les critiques d'un vieux ronchon ? Alors autant tirer l'échelle. Même Mary... Dieu sait pourtant que je l'avais toujours prise pour quelqu'un d'équilibré... eh bien, elle peut se montrer passablement hystérique question santé, quand elle s'y met. Le cirque qu'elle nous a fait à propos de séjours en observation ou en je ne sais quoi à l'hôpital ! Que diriez-vous d'un verre ? Whisky ? Non ? Vous êtes sûr que vous ne voulez pas rester le temps d'une larme de thé ?

— Merci, mais je suis descendu chez des amis.

— Eh bien, je dois vous avouer que bavarder avec vous m'a fait un rude plaisir. Ça fait du bien de se remémorer des épisodes du bon vieux temps. Sonia, ma chère, seriez-vous assez gentille pour mener monsieur... — je vous demande pardon, quel est votre nom ? il vient encore de m'échapper —... ah ! oui, Poirot. Menez-le en bas auprès de Mary, voulez-vous bien ?

— Non, non, se défendit Poirot, soucieux d'écarter cette perspective au plus vite. Pour rien au monde je ne voudrais déranger encore Mrs Restarick. Ne vous inquiétez pas pour moi. Ne vous inquiétez surtout pas. Je trouverai mon chemin sans problème. Ç'a été une très grande joie de vous retrouver.

Sur ce, il s'esquiva.

— Pas la moindre idée de qui pouvait bien être ce lascar, marmonna sir Roderick sitôt Poirot sorti.

— Vous ne savez pas qui c'était ? fit Sonia, ahurie.

— Personnellement, je ne sais pas qui peuvent bien être la moitié des gens qui viennent à présent bavasser avec moi. Mais il suffit de savoir donner le change. On apprend à se tirer de ce genre de situation. *Idem* au cours des réunions mondaines. Un type vous tombe sur le poil et vous dit : « Peut-être bien que vous ne vous souvenez pas de moi, mais je vous ai encore vu pas plus tard qu'en 39 ! » Que voulez-vous que je réponde à ça ? « Bien sûr que si, je me souviens de vous ! » Forcément. C'est un fichu handicap que d'être quasi sourd et aveugle. On était devenus copains comme cochons avec tout un tas de mangeurs de grenouilles, à la fin de la guerre. Eh bien, je ne me souviens pas de la moitié d'entre eux. Oh ! celui-là était certainement avec moi. Il me connaissait et j'ai connu pas mal des lascars qu'il a cités. Cette histoire du vol de ma voiture, elle est authentique. Un brin exagérée, bien sûr, mais il faut dire qu'elle avait fait le tour du mess à l'époque. Bah ! je ne crois pas qu'il ait remarqué que je ne me souvenais pas de lui. Un garçon brillant, je trouve, mais... mangeur de grenouilles comme ce n'est pas permis. Virevoltant, affecté, minaudier et un tantinet obséquieux comme ils le sont tous. Voyons, où en étions-nous ?

Sonia lui tendit une lettre. Et essaya de lui faire chausser une paire de lunettes qu'il repoussa immédiatement :

— Je ne veux pas de ces saloperies... je vois très bien sans.

Puis il plissa les paupières et s'arracha les yeux à

essayer de déchiffrer sa lettre. Finalement, il capitula et la lui fourra dans la main :

— Bon, vous feriez peut-être aussi bien de me dire ce qu'elle contient.

Et elle se mit à lire de sa voix claire et douce.

5

Hercule Poirot se figea un instant sur le palier et, la tête penchée de côté, tendit l'oreille. Aucun bruit ne montait du rez-de-chaussée. Il gagna la fenêtre et jeta au-dehors un coup d'œil prudent. En contrebas, au bord de la terrasse, Mrs Restarick avait repris ses travaux de jardinage. Poirot hocha la tête avec satisfaction et entreprit de parcourir le corridor à pas de loup en ouvrant, une par une, les portes qui donnaient dessus à droite. Une salle de bains, une lingerie, une chambre d'amis avec un lit à deux places, une chambre occupée avec un lit d'une personne, encore une chambre à grand lit, manifestement la chambre d'une femme — celle de Mary Restarick ? La porte suivante ouvrait sur une chambre communicante, dont il conjectura qu'il s'agissait de celle d'Andrew Restarick. Il reprit le corridor en sens inverse. La première porte qu'il ouvrit fut celle d'une chambre à un lit qui n'était pas, estima-t-il, occupée à plein temps mais probablement le week-end. Il y avait des brosses sur la table de toilette. Il tendit à nouveau l'oreille, pénétra dans la pièce sur la pointe des pieds et ouvrit la garde-robe. Oui, un certain nombre de vêtements y étaient accrochés à des cintres. Des vêtements pour la campagne.

Il y avait une table à écrire, mais sans rien dessus. Il en ouvrit furtivement le tiroir. Il contenait quelques bricoles et deux ou trois lettres, mais qui étaient sans intérêt et datées de pas mal de temps déjà. Il referma le tiroir, redescendit au rez-de-chaussée et, au sortir de la maison, fit ses adieux à son hôtesse. Il refusa sa proposition de prendre le thé. Il avait promis à sir Roderick de revenir très bientôt, lui affirma-t-il, car il lui fallait, pour l'heure, attraper le train de Londres dans les meilleurs délais.

— Vous ne voulez pas un taxi ? Nous pouvons vous en appeler un, à moins que je ne vous mène à la gare en voiture.

— Non, non, madame, vous êtes trop bonne.

Poirot retourna à pied au village et obliqua dans le sentier qui contournait l'église. Il franchit un petit pont et arriva bientôt en vue d'une limousine avec chauffeur qui l'attendait discrètement à l'ombre d'un hêtre centenaire. Le chauffeur lui ouvrit la portière. Poirot monta en voiture, prit ses aises sur la banquette arrière et ôta ses bottines vernies en poussant un soupir de soulagement.

— Et à présent nous reprenons la route de Londres, signala-t-il à son automédon.

Ce dernier reclaqua la portière, regagna son siège, et la voiture démarra dans un ronronnement de bon aloi. La vue soudaine d'un jeune homme qui agitait furieusement son pouce sur le bas-côté de la route n'avait en soi rien qui pût surprendre. Et les yeux de Poirot se posèrent d'ailleurs avec indifférence sur ce représentant de la confédération des autostoppeurs, vêtu de façon agressivement voyante et coiffé d'extravagants cheveux bouclés. C'était un genre d'individus qui couraient désormais les rues mais, au moment où ils le dépassaient, le détective se redressa et s'adressa à son chauffeur :

— Arrêtez-vous, je vous prie. Oui... et si vous pouviez reculer un peu... Il y a là quelqu'un qui souhaiterait qu'on lui fasse faire un bout de chemin.

Le chauffeur le regarda d'un air incrédule. C'était bien la dernière requête à laquelle il se serait attendu. Cependant, comme Poirot hochait doucement la tête, il obtempéra.

Le jeune David accourut :

— Je n'aurais pas cru que vous vous arrêteriez pour moi. Quoi qu'il en soit, merci mille fois.

Il monta en voiture, laissa tomber sur la banquette la sacoche qu'il portait en bandoulière et lissa ses boucles aux reflets cuivrés.

— Alors, comme ça, vous m'avez reconnu ? s'étonna-t-il.

— Sans doute cela tient-il à la manière quelque peu ostentatoire dont vous êtes vêtu.

— Vous la trouvez ostentatoire ? Oh ! pas vraiment. Je fais juste partie de la confrérie.

— Celle des thuriféraires de Van Dyck ? C'est en tout cas très élégant.

— Oh ! je n'avais jamais pensé à ça. Mais il y a peut-être du vrai dans ce que vous dites.

— Vous devriez porter un large col de dentelle, lui conseilla Poirot, ainsi qu'un chapeau de mousquetaire, si je puis me permettre.

— Oh ! je ne pense pas que nous irons jamais jusque-là, fit le jeune homme en éclatant de rire. Mais si vous saviez comme Mrs Restarick m'exècre déjà comme je suis ! J'avoue qu'en fait je lui rends bien la monnaie de sa pièce. Je n'aime d'ailleurs pas trop les Restarick en général. Il y a quelque chose de singulièrement repoussant chez ces gros bonnets qui ont réussi, vous ne trouvez pas ?

— Cela dépend de la façon dont on les envisage. Vous avez des vues sur la jeune fille de la maison, si j'ai bien compris.

— Oh ! l'admirable expression ! s'extasia David. Des vues sur la jeune fille de la maison. On peut sans doute appeler ça comme ça. Mais l'affaire est moitié-moitié, vous savez. Elle a, de son côté, de très sérieuses vues sur moi.

— Où se trouve actuellement cette jeune personne ?

David tourna la tête avec brusquerie :

— Pourquoi cette question ?

— Parce que j'aimerais la rencontrer.

— Je n'ai pas l'impression qu'elle soit votre genre,

vous savez, pas plus que moi, d'ailleurs. Elle est à Londres.

— Mais vous avez déclaré à sa belle-mère...

— Oh ! ce qu'on dit aux belles-mères !

— Et où est-elle au juste, à Londres ?

— Elle travaille pour une décoratrice d'intérieurs quelque part du côté de King's Road, à Chelsea. Le nom de sa patronne ne me revient pas pour l'instant. Susan Phelps, peut-être bien.

— Mais je présume que ce n'est pas là qu'elle habite. Vous connaissez son adresse ?

— Oh ! oui, elle crèche dans un immense caravansérail locatif. Mais je ne vois vraiment pas ce qui vous intéresse dans son cas.

— On s'intéresse à tant de choses...

— Qu'entendez-vous par là ?

— Qu'est-ce qui vous a amené dans cette maison... — comment s'appelle-t-elle, déjà ?... ah ! oui, Crosshedges — aujourd'hui ? Qu'est-ce qui vous a amené à vous y promener au premier étage et en catimini ?

— Je reconnais m'y être introduit par l'entrée de service.

— Que cherchiez-vous là-haut ?

— Ça, ça ne regarde que moi. Je ne voudrais pas être désagréable, mais... ne seriez-vous pas un peu fouinard sur les bords ?

— Oui, je fais montre de beaucoup de curiosité. Je voudrais savoir où se trouve au juste cette jeune personne.

— J'ai pigé. Ce cher Andrew et cette chère Mary — que le diable les patafiole ! — vous ont embauché, c'est ça ? Ils essaient de remettre la main dessus ?

— Pour l'heure, je ne crois pas qu'ils sachent déjà qu'elle a disparu.

— Il y a quand même bien quelqu'un qui vous emploie.

— Vous êtes extraordinairement perspicace, fit Poirot en se laissant aller contre le dossier de la banquette arrière.

— Je me demandais ce que vous fabriquiez dans

cette histoire, expliqua David. C'est pour ça que je vous ai fait signe. J'espérais que vous vous arrêteriez et que vous me mettriez au parfum. Elle et moi, on est ensemble. Vous savez ça, je suppose ?

— J'ai cru comprendre que c'était de notoriété publique, articula Poirot en pesant ses mots. Et si tel est bien le cas, vous devriez savoir où elle est. Mais si ça ne l'est pas, Mr... — je vous demande pardon, je ne crois pas avoir eu connaissance de votre nom. Ma science s'arrête au David.

— Baker.

— Peut-être, Mr Baker, vous êtes-vous querellés.

— Non, nous ne nous sommes pas « querellés », comme vous dites. Qu'est-ce qui vous fait croire que nous aurions pu le faire ?

— Miss Norma Restarick a-t-elle quitté Crosshedges dimanche soir ou bien l'a-t-elle fait lundi matin ?

— Les deux sont possibles. On peut prendre un bus tôt le matin. Il vous dépose à Londres après 10 heures. Ça la mettrait un peu tard à son travail, mais pas trop. Mais enfin, d'habitude, elle rentre le dimanche soir.

— Elle est en réalité partie de chez ses parents dimanche soir, mais elle n'est toujours pas arrivée aux Résidences Borodene.

— Apparemment non. C'est ce que soutient Claudia.

— Cette miss Reece-Holland... — c'est bien son nom, n'est-ce pas ? — s'en est-elle montrée surprise, voire inquiète ?

— Bon Dieu, pourquoi l'aurait-elle fait ? Elles n'ont pas l'œil toujours vissé au trou de serrure, ces filles.

— Mais vous pensiez, vous, qu'elle rentrerait là-bas ?

— Elle n'est pas non plus retourner travailler. Ils en ont plein le dos, dans sa boîte, c'est moi qui vous le dis.

— Et *vous*, êtes-vous inquiet, Mr Baker ?

— Non. Naturellement... oh ! je n'en sais foutre rien. Je ne vois aucune raison de m'inquiéter, si ce n'est que le temps passe. On est quel jour, aujourd'hui... jeudi ?

— Elle ne s'est pas... comment dites-vous ça ?... bagarrée avec vous ?

— Non. Nous ne nous bagarrons pas.

— Mais vous vous faites du mauvais sang à son sujet, Mr Baker ?

— En quoi est-ce que ce sont vos oignons ?

— Ce ne le sont en rien, mais il y a eu, si j'ai bien compris, quelques problèmes familiaux. Elle n'aime pas sa belle-mère.

— J'espère bien. C'est une garce, cette bonne femme. Une teigne. Elle ne peut pas non plus voir Norma en peinture.

— Elle a été souffrante, n'est-ce pas ? Il a fallu l'hospitaliser.

— Vous parlez de qui, là ? De Norma ?

— Non, je ne vous parle pas de miss Restarick. C'est à Mrs Restarick que je fais allusion.

— Je crois qu'elle a effectivement fait un séjour dans un centre hospitalier. Je ne vois d'ailleurs pas pourquoi. À mon avis, elle a une santé de cheval.

— Et miss Restarick exècre sa belle-mère.

— Bah ! Norma perd parfois un peu les pédales. Il lui arrive de sortir de ses gonds. Mais, faites-moi confiance, les filles exècrent toujours leur belle-mère.

— Cela rend-il toujours la belle-mère malade ? Malade au point d'aller à l'hôpital ?

— Ça veut dire quoi, ça ?

— Abus de jardinage, peut-être... ou bien alors rasade de désherbant ?

— Où voulez-vous en venir avec votre rasade de désherbant ? Êtes-vous en train de suggérer que Norma... qu'elle aurait pu envisager de... que...

— Les gens bavardent, souffla Poirot. La rumeur enfle et s'étend dans le voisinage.

— Vous insinuez que quelqu'un a osé prétendre

que Norma avait essayé d'empoisonner sa belle-mère ? C'est grotesque. Ça n'a ni queue ni tête.

— Ce serait fort improbable, je suis bien de votre avis, renchérit Poirot. Mais en fait, ce que les gens ont prétendu, ce n'est pas *ça*.

— Oh ! pardon. J'ai compris de travers. Mais... mais qu'est-ce que vous voulez dire au juste ?

— Mon cher garçon, reprit Poirot, ne perdez pas de vue que des rumeurs circulent et que, quand elles le font dans les cas de ce genre, elles désignent presque immanquablement la même personne... le mari.

— Quoi ? Vous voulez dire cette patate d'Andrew ? Ça ne tient pas la route, à mon humble avis.

— Non. Non, ça ne me paraît pas non plus très vraisemblable.

— Alors, qu'est-ce que vous étiez allé faire là-bas ? Vous êtes bien un privé, non ?

— Oui, en effet.

— Mais alors, quoi ?

— Nous sommes en plein quiproquo, éluda Poirot. Je n'y suis pas allé pour enquêter sur une affaire d'empoisonnement réelle ou supposée. Mais vous me pardonnerez de ne pas répondre de façon précise à votre question. Le véritable sujet de ma visite est *top secret*.

— Que diable entendez-vous par là ?

— J'y suis allé pour rencontrer sir Roderick Horsefield.

— Quoi, le vieux ? Mais il est pratiquement gâteux, non ?

— Cet homme est en possession d'un grand nombre de secrets. Ce qui ne signifie pas qu'il prenne encore aujourd'hui une part active à ce que nous appellerons les opérations, mais il en sait long. Il a été mêlé à la plupart des décisions au cours de la dernière guerre. Il a *connu* sur le terrain tout un tas de personnages de premier plan.

— Mais ça remonte au déluge, tout ça !

— Certes, certes, sa participation active remonte

en effet au déluge. Mais ne vous rendez-vous donc pas compte qu'il est toujours bon de connaître certaines choses ?

— Quel genre de choses ?

— Sinon des choses, à tout le moins des visages, quand ce ne serait que cela. Un visage célèbre que sir Roderick pourrait se remémorer. Un visage, une attitude, une façon de parler, de marcher, un tic familier. Les gens se souviennent, vous savez. Les vieilles personnes. Peut-être oublient-elles ce qui s'est passé la semaine dernière, le mois dernier ou l'année dernière, mais elles n'oublieront jamais ce qui remonte à près de vingt ou trente ans. Et elles peuvent se remémorer quelqu'un qui cherche à tout prix à se faire oublier. Ou vous dire des tas de choses au sujet de tel homme ou de telle femme à qui elles ont eu affaire ou encore à propos de tel événement auquel elles ont été mêlées... je préfère me montrer vague, vous le comprendrez fort bien. En allant le voir, je me suis rendu, en quelque sorte, à la pêche aux renseignements.

— À la pêche aux renseignements ? Vraiment ! Chez ce vieux débris ? Chez ce gâteux ? Et il vous en a fourni ?

— J'ai, dirons-nous, tout lieu d'être satisfait.

David continua de le regarder d'un œil rond.

— Dites donc, je me demande quand même tout d'un coup... articula-t-il enfin. C'est bien le vieux que vous êtes allé voir, ou ce ne serait pas plutôt la fille au pair, hein ? Est-ce que vous n'aviez pas par hasard envie de savoir au juste ce qu'elle faisait, *elle,* dans la maison ? Je me suis moi-même posé deux ou trois fois la question. Vous croyez qu'elle a pris ce job pour soutirer des tonnes de renseignements au vieux ?

— Je ne crois pas, éluda Poirot, que cette conversation puisse nous mener bien loin. Cette jeune femme m'a fait l'effet d'une... comment l'appellerons-nous ?... d'une secrétaire extrêmement dévouée et pleine d'attentions.

— C'est un mélange d'infirmière, de secrétaire, de

dame de compagnie, de fille au pair et de nounou à son tonton. Oui, elle a beaucoup de flèches à son arc. Il lui mange dans la main, vous avez remarqué ça ?

— Rien là d'étonnant étant donné les circonstances, décréta Poirot d'un ton pincé.

— Je peux vous dire en tout cas qu'il y a quelqu'un qui ne peut pas l'encaisser, et c'est notre Mary.

— Peut-être cette jeune personne ne peut-elle pas non plus souffrir Mary Restarick.

— C'est ça, ce que vous pensez, hein ? fit David. Que Sonia a une dent contre Mary Restarick. Peut-être allez-vous aussi jusqu'à estimer qu'elle a pu se livrer à des recherches pour découvrir où on planquait le désherbant ? Bah ! conclut-il, cette histoire ne tient pas debout. Bon, ce n'est pas tout ça. Merci pour ce bout de conduite. Je crois que je vais descendre ici.

— Tiens donc ! C'est ici votre point de chute ? Nous sommes encore à une bonne dizaine de kilomètres de Londres.

— C'est pourtant bien ici que je descends. Au revoir, monsieur Poirot.

— Au revoir.

David claqua la portière, et Poirot se rencogna contre les coussins de la banquette.

*

Mrs Oliver parcourait son salon comme un ours en cage. Elle ne tenait plus en place. Elle avait, une heure plus tôt, empaqueté un manuscrit auquel elle venait de mettre la dernière main. Elle s'apprêtait à l'envoyer à son éditeur qui l'attendait avec une impatience grandissante et lui téléphonait tous les trois ou quatre jours pour la relancer.

— Eh bien, cette fois, ça y est ! brama aux quatre vents Mrs Oliver en évoquant un éditeur imaginaire. Eh bien, cette fois, vous allez l'avoir et j'espère qu'il vous plaira ! Moi, je le trouve infect. À *vomir* ! Mais je vous crois de toute façon *incapable* de savoir si ce que j'écris est bon ou mauvais. Seulement je vous ai prévenu. Je vous ai dit et répété que celui-là serait à jeter aux orties. À quoi vous m'avez rétorqué : « Mais non, mais non, je n'y crois pas une seconde. »

» Eh bien, attendez voir ! tonna Mrs Oliver, vengeresse. Attendez voir !

Elle ouvrit la porte, appela Edith, sa bonne, et lui remit le paquet en lui intimant l'ordre d'aller le poster sur l'heure.

« Et maintenant, se morfondit sitôt après Mrs Oliver, à quoi vais-je donc bien pouvoir m'occuper ? »

Elle se remit à faire les cent pas.

« Oui, déplora-t-elle encore, je donnerais cher pour revoir sur ces murs mes oiseaux exotiques au lieu de ces cerises ineptes. Je ne me prenais pas pour de la gnognote, dans ma forêt tropicale ! J'étais tour à tour lion, tigre, panthère ou guépard ! En quoi pourrais-je bien me réincarner dans une cerisaie si ce n'est en épouvantail à moineaux ? »

Elle regarda autour d'elle.

« Siffler comme un merle, songea-t-elle, funèbre. Manger des cerises... J'aimerais bien que ce soit la saison. J'en picorerais volontiers une livre. Mais, après tout, je me demande si... »

Elle empoigna le combiné du téléphone.

— Je vais m'en assurer, madame, répondit Georges à sa requête.

Une autre voix ne tarda pas à se faire entendre à l'autre bout du fil :

— Hercule Poirot pour vous servir, très chère madame.

— Où étiez-vous passé ? vitupéra Mrs Oliver. Vous n'avez pas été là de la journée. J'imagine que vous êtes allé fouiner chez les Restarick. Je ne me trompe pas ? Vous avez vu sir Roderick ? Qu'avez-vous découvert ?

— Rien, répondit Poirot.

— Allons bon ! gémit-elle. Morne soirée ! C'est d'une tristesse et d'un ennui !

— Désolé, mais je ne trouve cela ni triste ni

ennuyeux. N'avoir *rien* découvert, c'est au contraire fort intrigant.

— Comment ça, intrigant ? Je ne comprends pas.

— Parce que cela signifie ou bien qu'il n'y avait rien à découvrir, ce qui, permettez-moi de vous le dire, est en contradiction avec les faits ; ou bien alors que quelque chose m'a été fort adroitement dissimulé. Et ça, voyez-vous, c'est intrigant. À propos, Mrs Restarick ne savait pas que sa belle-fille avait disparu.

— Vous voulez dire... qu'elle n'a rien à voir avec cette disparition ?

— Apparemment non. Mais j'ai rencontré le jeune homme.

— Le jeune homme en tous points détestable et que toute la famille exècre ?

— Lui-même.

— Et le trouvez-vous bel et bien en tous points détestable ?

— De quel point de vue ?

— Pas de celui de la fille ! Du vôtre !

— La fille qui est venue me voir doit le trouver irrésistible. Quant à moi...

— Il est vraiment atroce ?

— Il est d'une grande beauté.

— D'une grande beauté ? frémit Mrs Oliver. Je ne suis pas certaine de *raffoler* des garçons d'une grande beauté.

— Les filles ne s'en privent cependant pas.

— Oui, vous avez raison. Elles aiment les garçons spectaculaires. Pas ce qu'il est convenu d'appeler des jolis garçons, ou des beaux garçons, ou des garçons élégants, ou des garçons soignés. Non, ce qu'il leur faut ce sont soit de jolis cœurs qui ont l'air de jouer dans une reconstitution historique du temps de Charles Ier, soit d'abominables gorilles poilus et crasseux qui semblent prêts à se reconvertir dans la clochardisation.

— Il semblerait que lui non plus ne sache pas où la fille est passée.

— Ou qu'il ne veuille pas avouer qu'il le sait.

— Peut-être bien. Il s'était rendu là-bas. Pourquoi ? Il se trouvait dans la maison. Il s'était donné le mal d'y entrer sans se faire remarquer. Encore une fois, pourquoi ? Dans quel but ? Est-ce qu'il cherchait la fille ? Ou est-ce qu'il cherchait autre chose ?

— Qu'est-ce qui vous fait penser qu'il cherchait effectivement quelque chose ?

— Le fait qu'il soit allé dans la chambre de la fille en question, répondit Poirot.

— Comment le savez-vous ? Vous y êtes tombé sur lui ?

— Non, je l'ai seulement vu descendre l'escalier, mais j'ai trouvé dans la chambre de Norma une ravissante petite crotte de boue qui pourrait bien s'être détachée de ses semelles. Il n'est d'ailleurs pas exclu que ce soit elle qui lui ait demandé de lui rapporter quelque chose... le champ des possibles est vaste. Il y a aussi une autre fille dans la maison... et pas vilaine du tout. C'est peut-être pour voir *celle-là* qu'il est venu. Non, ce ne sont pas les possibilités qui manquent.

— Et à partir de là, qu'allez-vous faire ? s'enquit Mrs Oliver, gourmande.

— Rien, laissa tomber Poirot.

— La vie est décidément d'un ennui ! déplora Mrs Oliver, ulcérée.

— Sans doute ne vais-je pas tarder à recevoir quelques bribes d'informations des spécialistes que j'ai chargés de m'en glaner... Encore qu'il ne faille pas exclure que je demeure sur ma faim.

— Mais est-ce que vous ne comptez réellement pas *faire* quelque chose ?

— Pas avant que le moment ne soit propice.

— Propice ou pas, moi je vais m'y mettre *illico*, décréta Mrs Oliver.

— Je vous en conjure, ma toute bonne, je vous en conjure, soyez prudente ! l'implora-t-il.

— Quelle ânerie ! Que pourrait-il bien m'arriver ?

— Partout où il y a meurtre, le danger est grand et tout peut arriver. C'est moi, Poirot, qui vous en préviens.

6

Mr Goby se jucha sur l'extrême bord d'un fauteuil. C'était un petit bout d'homme tout rabougri et tellement insignifiant qu'on était porté à se demander s'il existait pour de bon.

Il s'absorba dans la contemplation du pied en forme de griffon d'une table ancienne comme pour mieux lui adresser ses remarques. Il ne regardait jamais son véritable interlocuteur :

— Content que vous ayez pu m'indiquer l'identité de ces personnes, monsieur Poirot. Sans quoi, voyez-vous, la chose aurait pu nous prendre beaucoup de temps. Dans le cadre de la mission que vous m'avez confiée, j'ai pu recueillir les renseignements les plus importants — ainsi que, en parallèle, un certain nombre de potins... Toujours utiles, les potins. Souhaitez-vous que je commence par les Résidences Borodene ?

Poirot inclina gracieusement la tête.

— Des portiers en grand nombre, signala Mr Goby à la pendule qui trônait sur le manteau de la cheminée. J'ai débuté par eux, en mettant sur la brèche deux ou trois jeunes gens différents. Méthode onéreuse, mais le jeu en vaut toujours la chandelle. Je ne voulais pas qu'on aille penser que quelqu'un se livrait à une enquête précise ! Dois-je m'en tenir aux initiales ou utiliserai-je les noms dans leur entier ?

— Entre ces quatre murs, vous pouvez les utiliser sans crainte dans leur entier, le rassura Poirot.

— Miss Claudia Reece-Holland. La réputation d'une jeune femme tout ce qu'il y a de bien. Père député. Ambitieux. Adore faire parler de lui. Elle est sa fille unique. Secrétaire de son état. Fille sérieuse. Pas de soirées échevelées, pas d'alcool, pas de petits copains beatniks. Partage son appartement avec deux autres filles. Le n° 2 travaille pour la galerie Wedderbum, dans Bond Street. Le genre artiste. Fait pas mal la foire avec la faune de Chelsea. Organise des expositions d'art un peu partout.

» La troisième est la *vôtre*. N'a établi là ses pénates que depuis peu. Selon une opinion communément répandue, elle est un tantinet demeurée. Pas vraiment dans la course, si vous me pardonnez l'expression. Mais tout ça est assez vague. L'un des portiers est une vraie pipelette. Offrez-lui un verre ou deux et vous ne reviendrez pas de tout ce qu'il vous débitera ! Qui boit, qui se drogue, qui a des problèmes avec son percepteur et qui cache ses quat'sous derrière la chasse d'eau. Bien sûr, il ne faut pas tout prendre pour argent comptant. N'empêche qu'il y a eu une histoire pas très nette à propos d'un coup de revolver tiré un soir.

— Un coup de revolver ? Quelqu'un a été blessé ?

— C'est là que ça ne devient pas net du tout. Sa version de l'affaire est la suivante : un soir, il entend tirer un coup de feu, il sort et qu'est-ce qu'il voit ? cette fille, la *vôtre,* plantée là, un revolver à la main. Elle a l'air hébétée. Et puis une des autres jeunes personnes — ou plutôt les deux, en fait —, les voilà qui s'amènent en courant. Et miss Cary (celle-là, c'est l'artiste) s'écrie : « Norma, bon sang ! mais qu'est-ce que tu as fait ? », sur quoi miss Reece-Holland la coupe d'un ton cinglant : « La ferme, tu veux bien, Frances ? Ne sois pas idiote ! » et prend le revolver des mains de votre fille à vous en lui disant : « Donne-moi ça. » Elle le fourre dans son sac à main et à ce moment-là elle le remarque, lui, Micky, le portier, et elle s'approche de lui pour lui dire sur le ton de la plaisanterie : « Ça a dû vous ficher la frousse, pas vrai ? » et Micky lui répond que oui, que son sang n'a fait qu'un tour, à quoi elle lui rétorque : « Il n'y avait pas de quoi vous biler. En fait, on n'aurait jamais cru que ce truc était chargé. On faisait simplement les andouilles. » Et elle ajoute : « N'importe comment, si on vous pose des questions, répondez que ce n'était rien. » Et puis elle décrète : « Allons, viens, Norma », l'empoigne par le bras et la traîne jusqu'à l'ascenseur dans lequel elles grimpent toutes les trois.

» Seulement voilà, le dénommé Micky a continué à avoir de sérieux doutes. Au point qu'il est allé se livrer à une inspection minutieuse de la cour.

Mr Goby baissa les yeux et poursuivit en citant les notes de son calepin :

— « Ça, je peux bien vous le dire, j'ai trouvé quéqu'chose qu'est pas rien ! Des taches humides, que j'ai trouvées ! Comme c'est que j'vous l'dis ! Des gouttes de sang, que c'était. Même que j'y ai fourré mon doigt pour voir. J'm'en vais vous dire c'que j'pense. Y a quelqu'un qu'a été touché... un gars qui fichait son camp en courant... Alors j'suis monté là-haut demander si je pourrais pas des fois parler à miss Holland. Et je lui ai dit comme ça : « J'ai quand même l'impression que quelqu'un a été touché, miss, que je lui ai dit, même qu'y a du sang dans la cour. — Manquait plus qu'ça ! qu'elle m'a fait, mais c'est idiot : j'vous parie tout ce que vous voulez qu'on a dû toucher un des pigeons de la cour sans le vouloir ». Et pis elle a ajouté : « Désolée si je vous ai fichu la frousse. Oubliez tout ça », et elle m'a filé un billet de 5 livres. Cinq livres, c'est pas rien ! Sûr qu'après ça j'suis resté bouche cousue. »

» À la suite de quoi, après un énième whisky, il a un peu rallongé la sauce : « Si vous voulez que j'vous dise, elle a fait un carton sur ce jeune moins que rien qu'est tout l'temps à venir la voir. On m'ôtera pas de l'idée qu'y se seront volé dans les plumes et qu'elle aura voulu lui régler son compte. Ça, on m'l'ôtera pas de l'idée. Mais moins qu'on en dit mieux qu'on se porte, aussi j'vais pas le crier sur les toits. Si n'importe quel rombier vient m'demander c'est quoi-t'est-ce, sûr que j'lui répondrai que j'sais pas de quoi qu'y cause. »

Mr Goby s'interrompit un moment.

— Intéressant, commenta Poirot.

— Oui, mais il y a une chance sur deux qu'il s'agisse d'un ramassis de bobards. Personne, à part cet adepte de la dive bouteille, n'a l'air de savoir quoi que ce soit sur la question. Il y a une autre histoire qui traîne, où il est cette fois question d'un gang de blousons noirs qui seraient venus envahir une nuit la cour et s'y seraient battus... couteaux à cran d'arrêt et tout le tremblement.

— Je vois, acquiesça Poirot. Encore une explication possible à la présence de taches de sang sur le sol.

— Cela n'exclut pas que la fille ait pu faire une scène de ménage à son petit ami et être même allée jusqu'à le menacer de lui tirer dessus. Moyennant quoi, Micky aura entendu les éclats de voix et mélangé les deux esclandres... surtout si une voiture avait pétaradé au milieu de la cour dans le même temps.

— Oui, soupira Poirot, voilà qui réglerait le tout.

Mr Goby tourna encore une page de son calepin et élut un nouveau confident. Son choix se porta cette fois sur le radiateur électrique :

— Joshua Restarick Ltd. Entreprise familiale. À présent centenaire. Bien cotée dans les milieux financiers. Une affaire qui a toujours été très saine. Tout sauf du tape-à-l'œil. Fondée par Joshua Restarick en 1850. A connu un bel essor après la Première Guerre mondiale grâce à l'extension de ses investissements à l'étranger et en particulier en Afrique du Sud, Afrique occidentale et Australie. Simon et Andrew Restarick... derniers représentants de la famille. Simon, l'aîné des frères, est décédé il y a de cela un an. Pas d'enfants. Sa femme était déjà morte depuis pas mal d'années. Andrew, lui, semble avoir longtemps été du genre qui ne tient pas en place. Bien que tout le monde ait vanté ses capacités, il n'a, étant jeune, jamais eu le cœur aux affaires. Et il a fini par lever le pied avec une créature en abandonnant derrière lui sa femme et sa fillette de 5 ans. Il a émigré en Afrique du Sud, au Kenya, et Dieu sait où encore. Pas de divorce. Sa femme est morte il y a deux ans. Elle était de santé fragile depuis pas mal de temps déjà. Quant à lui, il a continué à beaucoup voyager et semble avoir fait de l'argent partout où il a passé. Achat et vente de concessions minières en particulier. Tout ce qu'il a touché paraît avoir prospéré.

» Après la mort de son frère, il semble être parvenu à la conclusion qu'il était grand temps pour lui de s'assagir. Il s'est remarié et a décidé de revenir au pays afin d'offrir enfin un foyer à sa fille. Le ménage vit actuellement sous le même toit que l'oncle d'Andrew, sir Roderick Horsefield — son oncle du côté maternel, s'entend. Mais ce n'est que provisoire. Sa femme sillonne Londres en tous sens pour y dénicher un hôtel particulier. Le prix importe peu. Ils roulent sur l'or.

— Je sais, soupira Poirot. Ce que vous me racontez là, c'est l'histoire d'une réussite. Tout le monde fait de l'argent. Tout le monde est éminemment respectable et d'excellente lignée. La famille jouit d'une solide réputation. On chante ses louanges dans le monde des affaires.

» Seule ombre au tableau : une fille dont on chuchote qu'il lui "manque une case", une fille qui s'est acoquinée avec un garçon plutôt louche et déjà doté d'un casier judiciaire relativement chargé. Une fille qui peut fort bien avoir essayé d'empoisonner sa belle-mère et qui, à moins qu'elle ne souffre d'hallucinations, serait par ailleurs déjà coupable de meurtre. Je regrette, mais tout cela ne cadre pas très bien avec la glorieuse saga que vous venez de me décrire.

Mr Goby secoua tristement la tête.

— Aucune famille ne peut se vanter de ne pas avoir sa brebis galeuse, déclara-t-il assez obscurément.

— L'actuelle Mrs Restarick est assez jeune. J'imagine que ce n'est pas avec elle qu'il avait levé le pied ?

— Oh ! non. Cette histoire-là a fait long feu. La créature était une moins-que-rien, et une mégère par-dessus le marché. Il avait été stupide de se laisser embobiner.

Mr Goby referma son calepin et lança à Poirot un regard interrogateur :

— Y a-t-il autre chose que vous souhaitiez me voir faire ?

— Oui. Je veux en savoir un peu plus sur la défunte Mrs Andrew Restarick. C'était une créature fragile, une malade, qui a souvent séjourné en maison de repos. Quel *genre* de maisons de repos ? Des cliniques psychiatriques ?

— Je comprends, monsieur Poirot.

— Voyez également s'il n'y aurait pas de cas de troubles mentaux dans la famille... d'un côté comme de l'autre.

— Je vais faire le nécessaire, monsieur Poirot. (Mr Goby se leva :) Sur ce, je prends congé, très cher monsieur. Et je vous souhaite le bonsoir.

Après le départ de Mr Goby, Poirot demeura un long moment à hausser et baisser les sourcils alternativement, songeur. Il s'interrogeait, il se demandait vraiment...

Puis il téléphona à Mrs Oliver :

— Je vous ai déjà dit d'être prudente. Je tiens maintenant à vous le répéter : faites très attention.

— Attention à quoi ? s'enquit Mrs Oliver.

— À vous. Je crois qu'il y a danger potentiel. Danger pour qui ira fourrer son nez là où on ne souhaite pas qu'il le fourre. Il y a du meurtre dans l'air... et je n'ai pas envie que ce soit le vôtre.

— Vous avez obtenu les renseignements dont vous m'aviez parlé ?

— Oui, on m'en a fourni quelques-uns. Rumeurs et cancans pour la plupart, mais il semble néanmoins qu'un incident se soit produit aux Résidences Borodene.

— Quel genre d'incident ?

— Du genre un peu sanglant, et qui aurait laissé des traces poisseuses dans la cour.

— Pas possible ! Ça me rappelle un vieux roman policier à l'ancienne. *La Tache dans l'escalier.* Au jour d'aujourd'hui, pour être dans le vent, on dirait plutôt quelque chose comme : *Celle qui appelait la mort de ses vœux.*

— Il est d'ailleurs fort possible qu'il n'y ait jamais eu la moindre trace de sang dans la cour. Le tout est peut-être tout bonnement né de l'imagination fertile d'un portier irlandais.

— Il s'agissait sûrement d'une bouteille de lait renversée, trancha Mrs Oliver. Dans le noir, il n'aura pas fait la différence. Mais où cela nous mène-t-il ?

Poirot éluda la question :

— Cette fille m'a dit d'entrée de jeu qu'« il se pourrait qu'elle ait commis un meurtre ». Était-ce à celui-là qu'elle pensait ?

— Vous voulez dire qu'elle aurait bel et bien abattu quelqu'un ?

— Il est permis d'imaginer qu'elle ait bel et bien pu *tirer sur quelqu'un,* mais qu'elle aurait, de fait, manqué ce quelqu'un. Quelques gouttes de sang... Un point c'est tout. Pas l'ombre d'un cadavre.

— Seigneur ! trémola Mrs Oliver. Que tout cela est donc confus ! N'empêche que si votre cible trouvait le moyen de quitter les lieux au pas de course, vous n'iriez quand même pas vous fourrer dans le crâne que vous l'avez assassinée, ou bien je déraisonne ?

— Ce serait effectivement assez tiré par les cheveux, convint Poirot avant de raccrocher.

*

— Je commence à m'inquiéter, soupira Claudia Reece-Holland en se versant une nouvelle tasse de café.

Frances Cary ne prit même pas la peine de retenir un énorme bâillement. Les deux filles prenaient leur petit déjeuner dans la minicuisine de leur appartement. Claudia était habillée de pied en cap et prête à se rendre à son travail. Frances, quant à elle, était encore en pyjama et robe de chambre. La masse de ses cheveux noirs lui dégringolait sur un œil.

— Je commence à m'inquiéter à propos de Norma, poursuivit Claudia.

— Si j'étais toi, je ne me bilerais pas, bâilla de nouveau Frances. Tôt ou tard, elle finira bien par réapparaître ou donner un coup de fil.

— Tu crois ? Tu vois, Fran, je ne peux pas m'empêcher de me demander...

— Je ne vois pas ce qui te chiffonne, la coupa Frances en empoignant la cafetière électrique et en s'en versant une tasse qu'elle but à petites gorgées prudentes. Je veux dire... ce n'est pas vraiment notre affaire, non ? On n'est pas censées la surveiller, ta Norma, ni lui donner la becquée ni quoi que ce soit. Elle partage l'appartement avec nous, point final. Pourquoi cette attitude de mère poule ? À ta place, je ne me compliquerais pas la vie avec ça.

— Venant de *ta* part, ça ne m'étonne pas. Tu te fiches toujours de tout. Mais vis-à-vis de ce problème, notre situation n'est de toute façon pas la même.

— Pourquoi ça, pas la même ? Parce que tu es la locataire officielle de l'appartement ?

— Il y a de ça. Et puis parce que je me trouve aussi dans une situation que tu pourrais qualifier de spéciale.

Frances bâilla cette fois à s'en décrocher la mâchoire :

— Je suis restée debout les trois quarts de la nuit. À la soirée de Basil. Je suis crevée. Bah ! j'imagine que le café m'aidera à reprendre le dessus. Tu en veux encore avant que je liquide le tout ? Basil a tenu à ce qu'on essaie une nouvelle pilule pour se défoncer. Rêves d'Émeraude. Je ne suis pas sûre que ça vaille vraiment le coup de tâter à tous ces trucs-là.

— Tu vas être en retard à ta galerie, la prévint Claudia.

— Bof ! ça n'a pas grande importance. Personne ne le remarque jamais et, n'importe comment, tout le monde s'en fiche.

» J'ai vu David, hier soir, ajouta-t-elle. Il s'était mis sur son trente et un et il était beau à en tomber les pattes en l'air.

— Ne me dis quand même pas que, toi aussi, tu vas craquer pour lui, Fran ! Il est vraiment trop *abominable*.

— Oh ! je sais bien que c'est ce que tu penses de lui. Tu es tellement conventionnelle, ma pauvre fille.

— Alors, là, pas du tout. Mais je dois reconnaître que ton ramassis d'artistes à la manque ne me dit rien qui vaille. Se gaver de drogues en tout genre jusqu'à finir par en perdre les pédales, très peu pour moi.

Frances eut un sourire indulgent :

— Je ne suis pas toxicomane, très chère. J'aime tout juste me faire une idée de l'effet que ça fait. Et puis certains garçons de la bande sont très chouettes. David a un joli talent de peintre, quand l'envie lui en prend.

— Avoue quand même qu'elle ne doit pas lui en prendre souvent, non ?

— Vous avez toujours été tous les deux à couteaux tirés, Claudia. Tu n'as jamais supporté qu'il vienne ici voir Norma. Et à propos de couteaux...

— Eh bien quoi « à propos de couteaux » ?

— Ça fait un moment que je me casse la tête, déclara lentement Frances, pour décider si je te raconte ce truc ou pas.

Claudia jeta un œil à sa montre :

— Je n'ai pas le temps pour le moment. Si tu veux me confier quelque chose, tu n'auras qu'à trouver le temps ce soir. De toute façon, je n'ai pas la tête à ça. Oh ! seigneur, gémit-elle, je donnerais cher pour savoir quoi faire.

— Au sujet de Norma ?

— Oui. Je me demande si ses parents ne devraient pas être avertis que *nous* ne savons pas où elle est allée se fourrer...

— Ce serait *très* moche de faire ça. Pauvre Norma, pourquoi ne pourrait-elle pas aller glandouiller toute seule dans son coin si ça lui chante ?

— Eh bien, parce qu'elle n'est pas exactement...

Claudia s'interrompit.

— Non, ça c'est le moins qu'on puisse dire, pas vrai ? Elle n'est pas claire dans sa tête. Je suis d'accord avec toi. Est-ce que tu as téléphoné à cette boîte minable où elle travaille ? « Homebirds » ou Dieu sait comment elle s'appelle. Mais si, bien sûr, que tu l'as fait. Ça me revient tout d'un coup.

— Alors où diable est-elle ? s'impatienta Claudia. David ne t'a rien dit, cette nuit ?

— Il n'avait pas l'air au courant. Mais, *réellement*, Claudia, je ne vois pas l'importance que ça peut avoir.

— Ça en a pour moi. Et beaucoup. Parce que mon patron se trouve être aussi le père de Norma. S'il est arrivé quelque chose à cette gourde, on me demandera tôt ou tard pourquoi je n'ai pas signalé qu'elle n'avait pas remis les pieds à l'appartement.

— Exact, tu pourrais te faire taper sur les doigts. Encore qu'il n'y ait pas vraiment de raison pour que Norma nous prévienne quand elle a envie de s'absenter un jour ou deux. Ou même de découcher de temps en temps. Elle n'est pas pensionnaire ici à la journée. Et tu n'es pas responsable de ses faits et gestes.

— Non, bien sûr, mais Mr Restarick a quand même souligné le fait qu'il était heureux de savoir qu'elle avait une chambre chez nous.

— Ce qui justifierait d'après toi que tu ailles déblatérer sur son compte chaque fois qu'elle s'absente sans en demander la permission ? Elle s'est probablement déniché un nouveau jules.

— Elle est déjà entichée de David, marmonna Claudia. Tu es sûre qu'elle n'est pas allée faire son trou chez lui ?

— Bah ! ça m'étonnerait. Il ne se soucie au fond pas d'elle, tu sais.

— Ça, ma vieille, c'est prendre tes désirs pour des réalités, sourit Claudia. Parce que toi aussi tu as un faible pour David.

— Absolument pas ! fulmina Frances. Là, tu te fourres le doigt dans l'œil.

— David tient sûrement beaucoup à elle, reprit Claudia. Sinon, pourquoi serait-il venu fouiner ici l'autre jour pour voir si elle n'y était pas ?

— Ce qui t'a donné l'occasion de le flanquer dehors une fois de plus, grinça Frances. Je crois d'ailleurs, ajouta-t-elle en se contemplant dans le miroir, hélas ! peu flatteur de la cuisine, je crois d'ailleurs que c'est probablement pour me voir, *moi*, qu'il était venu.

— Tu es vraiment trop bête ! C'était pour retrouver Norma.

— Cette fille est fêlée, décréta Frances.

— C'est ce qu'il m'arrive parfois de penser vraiment.

— Moi, je *sais* qu'elle l'est. Écoute, Claudia, ce truc que je voulais te raconter, je vais te le raconter *maintenant*. Il faut que tu le saches. J'avais craqué l'épaulette de mon soutien-gorge, l'autre jour, et à un moment où j'étais pressée, comme de bien entendu. Je sais que tu as horreur qu'on aille trifouiller dans tes affaires...

— Ah ! ça oui, alors ! s'écria Claudia.

— ... tandis que Norma s'en fiche, ou qu'elle ne s'en aperçoit jamais. Toujours est-il que je suis allée fouinasser dans ses tiroirs et que... eh bien, j'y ai trouvé quelque chose. Un couteau.

— Un couteau ! s'écria Claudia, stupéfaite. Quel genre de couteau ?

— Tu te souviens de cette espèce de chambard qu'il y a eu un soir dans la cour ? Quand une bande de beatniks est venue y mettre la pagaille et s'y bagarrer au couteau à cran d'arrêt ? Norma est rentrée juste après.

— Oui, je m'en souviens. Et alors ?

— Un de ces types avait été blessé par lame avant de parvenir à s'enfuir, d'après ce que m'a raconté un reporter. Eh bien, le couteau dans le tiroir de Norma était à cran d'arrêt. Et la lame était tachée par... on aurait juré du sang séché.

— Ma pauvre Fran ! Tu donnes vraiment dans le mélo.

— Peut-être. Mais je suis sûre que c'était bel et bien du sang. Et puis qu'est-ce qu'il fichait là, caché dans le tiroir de Norma ? voilà ce que j'aimerais bien savoir.

— J'imagine que... qu'elle avait pu le ramasser.

— Pour en faire quoi ? Un souvenir ? Qu'elle aurait caché et dont elle ne nous aurait jamais parlé ?

— Mais toi, qu'est-ce que tu en as fait ?

— Je l'ai remis à sa place, articula Frances. Je... je ne voyais pas d'autre solution, et je... je n'arrivais pas à décider si j'allais t'en parler ou pas. Et puis, hier, j'y suis retournée voir et *il avait disparu, Claudia.* Il n'y en avait plus trace.

— Tu crois que c'est elle qui a envoyé David ici ? Pour le récupérer ?

— Après tout, ce n'est pas impossible. Mais ce qu'il y a de sûr, Claudia, c'est que, à partir de maintenant, je vais fermer tous les soirs la porte de ma chambre à double tour.

7

Mrs Oliver s'éveilla d'humeur chagrine. Elle voyait s'étirer devant elle une journée d'absolu désœuvrement. Son manuscrit maintenant bouclé et expédié avec un sentiment de vertu hors du commun, elle se retrouvait désormais sans travail. Il ne lui restait plus — comme cela lui était déjà arrivé maintes fois — qu'à se reposer en se tournant les pouces, qu'à se mettre le corps et l'esprit en jachère jusqu'à ce que l'irrépressible génie créatif revienne l'empoigner d'une main ferme. Elle erra sans but au travers de son appartement, tripotant ses bibelots, les soulevant pour les reposer aussitôt, ouvrant les tiroirs de son bureau pour les découvrir bourrés de courrier auquel il aurait fallu répondre mais pour aussitôt estimer qu'elle n'était en tout cas pas prête, étant donné son récent déploiement de vertu, à se livrer par-dessus le marché à une tâche à ce point assommante. Non, ce qu'il lui fallait, c'était quelque chose d'*intéressant* à faire. Il lui fallait... qu'est-ce qu'il lui fallait ?

Elle se remémora sa dernière conversation téléphonique avec Poirot, le ton solennel avec lequel il l'avait mise en garde. Grotesque ! Après tout, pourquoi ne pourrait-elle pas œuvrer à la solution de ce problème dans lequel ils avaient l'un et l'autre leur part ? Libre à Poirot de rester mains jointes dans son fauteuil et de mettre en branle ses petites cellules grises tout en se prélassant entre ses quatre murs. Ce n'était cependant pas là le genre de méthode qui pouvait convenir à Ariadne Oliver. Elle avait clamé haut et fort qu'elle au moins allait se lancer dans l'action. Qu'elle allait en découvrir davantage sur les faits et gestes de la mystérieuse jeune fille. Où était passée Norma Restarick ? Que faisait-elle ? Qu'est-ce qu'elle pourrait, elle, Ariadne Oliver, glaner de plus sur son compte ?

Elle continua d'arpenter sa moquette telle une âme en peine. Par quel biais pourrait-elle bien entrer en campagne ? Pas commode d'en décider. Aller Dieu sait où pour y poser des questions ? Serait-ce une bonne idée qu'elle se rende à Long Basing ? Poirot y était déjà allé... et y avait probablement découvert tout ce qu'il était possible d'y découvrir. Et puis quel prétexte pourrait-elle invoquer pour débouler sans crier gare sous le toit de sir Roderick Horsefield ?

Elle songea à un second raid en direction des Résidences Borodene. Qui sait s'il n'y avait pas encore quelque chose à y glaner ? Il lui faudrait, pour s'y rendre, imaginer une nouvelle excuse. Laquelle, elle n'en savait rien. Mais, ce qu'il y avait de sûr, c'est que ce caravansérail lui semblait en définitive le seul endroit susceptible de lui fournir un surcroît de renseignements. Quelle heure était-il, au fait ? Dix heures du matin. Voilà qui ouvrait en tout cas des perspectives...

Chemin faisant, Mrs Oliver la concocta, son excuse. D'accord, elle aurait pu mieux faire. En fait, elle aurait aimé trouver quelque chose de plus original, de plus intrigant, mais peut-être, estima-t-elle dans un élan de prudence, valait-il mieux se cantonner dans le plausible et le terre-à-terre. Elle arriva bientôt au cœur des imposantes mais passablement sinistres Résidences Borodene et entreprit de faire le tour de la cour en levant le nez pour mieux se pénétrer de son atmosphère.

Un portier y taillait une bavette avec le chauffeur d'un camion de déménagement. Un laitier, poussant sa carriole de livraison, s'en vint rejoindre Mrs Oliver non loin du monte-charge.

Sifflotant gaiement, il fourragea dans ses bouteilles, cependant que Mrs Oliver, la tête ailleurs, continuait à fixer le camion sans vraiment le voir.

— C'est la souris du 76 qui déménage, expliqua le laitier à Mrs Oliver en se méprenant sur l'objet de son intérêt.

Il transbahuta une brassée de bouteilles de sa carriole au monte-charge.

— Non qu'elle ait pas déjà comme qui dirait débarrassé le plancher, ajouta-t-il, hilare, en revenant vers sa carriole.

C'était un laitier du style joyeux drille. Il pointa son pouce vers les étages supérieurs du bâtiment :

— Elle a piqué une tête depuis sa fenêtre du 7e et ce, pas plus tard que la semaine dernière. À 5 heures du matin, qu'elle a fait ça. Drôle d'heure pour le grand plongeon, pas vrai ?

Mrs Oliver ne parut pas trouver ça drôle du tout.

— Pourquoi ? interrogea-t-elle.

— Pourquoi elle a fait ça ? Personne n'en sait rien. Un peu siphonnée sur les bords, à ce qu'il paraîtrait.

— Elle était... jeune ?

— Vous voulez rire ? Une vieille peau, oui ! Cinquante balais bien carillonnés.

Deux hommes bataillaient à l'arrière du camion pour y faire entrer un bonheur-du-jour récalcitrant. Dans ce combat inégal, les tiroirs d'acajou jaillirent du petit meuble pour venir se fracasser sur le sol et une feuille de papier voleta jusqu'aux pieds de Mrs Oliver, qui se pencha pour la ramasser.

— Cassez pas tout, les gars ! s'écria le joyeux laitier avant de disparaître dans le monte-charge avec sa cargaison de bouteilles.

Dans le camion, une violente altercation s'ensuivit. Mrs Oliver s'en fut offrir la feuille égarée aux déménageurs en colère qui la repoussèrent avec mépris.

Se décidant brusquement, Mrs Oliver s'engouffra

à son tour dans l'immeuble et gagna le n° 67. Le bruit d'un verrou qu'on tire se fit entendre à l'intérieur et la porte lui fut bientôt ouverte par une créature entre deux âges. Munie d'un balai et d'une serpillière, elle était manifestement en train de se livrer à des travaux domestiques.

— Oh ! s'exclama Mrs Oliver, usant de son monosyllabe favori. Bonjour. Est-ce que... je me demandais... est-ce qu'il y a quelqu'un ?

— Non, je regrette, madame. Ces demoiselles sont toutes sorties. Elles sont parties travailler.

— Oui, bien sûr... En fait, lors de ma dernière visite, j'ai perdu ici mon agenda. C'est *tellement* ennuyeux. Il doit se trouver quelque part au salon.

— J'ai rien ramassé qui ressemble à ça, ma pauvre dame. Mais je pouvais pas non plus savoir qu'y avait quelque chose à trouver. Est-ce que vous voudricz pas entrer ?

Hospitalière, elle ouvrit la porte en grand, posa de côté le balai et la serpillière avec lesquels elle s'était échinée à récurer le carrelage de la cuisine et accompagna Mrs Oliver au salon.

— Oui, dit Mrs Oliver, bien décidée à établir des relations amicales avec la digne personne, oui... tiens ! je vois ici... ça, c'est le livre que j'étais venue déposer pour miss Restarick, miss Norma. Elle est enfin revenue de la campagne ?

— Je crois pas qu'elle habite ici en ce moment. Son lit a pas été défait. Peut-être bien qu'elle sera restée chez ses parents. Je sais qu'elle devait y aller le week-end dernier.

— Oui, ce doit être ça, acquiesça Mrs Oliver. Ça, c'est un livre que je lui avais apporté. Un de *mes* romans.

Le fait qu'il s'agît d'un des romans de Mrs Oliver ne parut pas éveiller le moindre écho dans l'esprit de la femme de ménage.

— J'étais assise ici, poursuivit Mrs Oliver en tapotant un fauteuil, ou du moins j'en ai l'*impression*. Et puis j'ai à un moment gagné la fenêtre, avant d'aller *peut-être* m'installer sur le canapé.

Elle partit avec impétuosité à la pêche sous les coussins du fauteuil tandis que la femme de ménage se livrait obligeamment à une recherche similaire sous ceux du canapé.

— Vous n'avez pas idée de ce qu'il peut être horripilant de perdre son agenda, reprit Mrs Oliver en se battant les flancs pour trouver matière à bavardage. Tous vos rendez-vous y sont notés. Je mettrais ma main à couper que je dois déjeuner aujourd'hui avec quelqu'un de très important, mais je ne me souviens même plus de qui au juste ni du restaurant où nous avons rendez-vous. À moins, bien sûr, qu'il ne s'agisse de *demain*. Auquel cas je déjeune aujourd'hui avec quelqu'un de *totalement* différent. Oh ! seigneur.

— Sûr que c'est bien embêtant pour vous, ma pauv'dame, s'apitoya la femme de ménage.

— Ils sont vraiment très bien, ces appartements, décréta Mrs Oliver en jetant un regard circulaire.

— Un peu trop haut nichés.

— Certes, mais ça vous donne une vue splendide, il faut bien le reconnaître.

— Je dis pas le contraire, mais s'ils regardent à l'est, z'avez pas idée du vent glacé qui vous arrive en plein tout l'hiver. Et de l'air qui passe avec ces châssis métalliques. Même qu'y en a des qui se font mettre des doubles fenêtres. Oh ! ça non, j'aimerais pas un logement orienté comme ça en hiver. Non, je préfère cent fois un bon petit rez-de-chaussée. D'autant que c'est bien plus pratique pour celui qu'a des enfants, un petit rez-de-chaussée. Pour les poussettes et tout, voyez. Oh ! non, c'est pas pour dire, mais j'aime rien tant que les rez-de-chaussée, ça oui. Et puis rendez-vous compte, des fois qu'y aurait le feu.

— Oui, bien sûr, ce serait terrible, compatit Mrs Oliver. Mais j'imagine qu'il y a des issues de secours ?

— C'est pas à tous les coups que vous avez le

temps d'y arriver, à l'issue de secours. Terrifiée par le feu, que je suis. Même que je l'aï toujours été. Avec ça qu'ils sont pas donnés, ces appartements. Je vous dirais le loyer qu'ils en demandent que vous me croiriez pas ! C'est pour ça que, miss Holland, elle prend deux autres filles, histoire de partager les frais.

— Oh ! oui, je crois les avoir rencontrées toutes les deux. Miss Cary est une artiste, n'est-ce pas ?

— Elle travaille dans une galerie d'art, ça oui. Mais quand je dis travaille... elle se foule pas trop. Elle peint un peu : des vaches qui ressemblent pas à des vaches et des arbres que vous sauriez pas dire que c'est des arbres. Et pas propre sur elle ni pas soigneuse, avec ça. L'état de sa chambre... c'est à pas croire ! Tandis que chez miss Holland, tout est toujours propre comme un sou neuf. Elle a eu un poste aux Charbonnages, mais, maintenant, elle est dans le privé. Ça lui plaît mieux, à ce qu'elle dit. Elle est secrétaire particulière d'un monsieur plein aux as, de retour d'Amérique du Sud ou quelque chose comme ça. Même qu'y s'agit du père de miss Norma et que c'est lui qui a demandé à miss Holland de la prendre comme troisième fille quand la précédente colocataire est partie pour se marier et qu'elle lui avait dit comme quoi qu'elle en cherchait une autre pour partager le loyer. Ce qui fait qu'elle aurait été mal venue de refuser, pas vrai ? Vu qu'il était son patron et tout.

— Parce qu'elle avait envie de refuser ?

La femme de ménage renifla :

— J'ai dans l'idée qu'elle l'aurait fait... si elle avait su.

— Si elle avait su quoi ?

La question avait été trop directe :

— C'est pas à moi de déparler, pour sûr. D'autant que c'est pas mes oignons.

Mrs Oliver garda son air doucement inquisiteur. Mrs Serpillière craqua :

— C'est pas qu'elle soit pas gentille fille, notez bien. Même si elle est tête de linotte comme pas deux, encore que ça, elles le soyent toutes. Mais j'ai quand même dans l'idée qu'y faudrait la faire voir à un docteur. Parce qu'y a des moments, elle a plus l'air de savoir ce qu'elle fait ni où c'est qu'elle est. Elle est pas vraiment à la question, si que vous voyez ce que je veux dire. Même que c'est à vous retourner les sangs, des fois. Ça lui fait la même tête qu'au neveu à mon mari quand c'est qu'y sort de ses convulsions. — C'est affreux, les convulsions qu'y peut nous faire... c'est à pas croire ! — Seulement, elle, je lui en ai jamais connu, des convulsions. Peut-être bien qu'elle prend des cochonneries... y en a des tas qui le font.

— Je me suis laissé dire qu'elle fréquente un garçon qui ne plaît pas trop à sa famille.

— J'en ai entendu causer. Même qu'il est venu ici une couple de fois pour la retrouver. Mais sans que je l'aie jamais vu, notez. Je parierais que c'est un de ces blousons noirs. Ça plaît pas à miss Holland, ces visites... mais qu'est-ce qu'elle y peut ? Les filles en font qu'à leur tête.

— On se sent parfois bien en peine, avec nos jeunes filles d'aujourd'hui, sympathisa Mrs Oliver en s'efforçant d'afficher un air concerné autant que responsable.

— Rapport à ce qu'elles ont pas été élevées comme y faut, c'est ce que je dis toujours.

— J'en ai bien peur. Oh ! oui, j'en ai bien peur. On ne peut pas s'empêcher de penser qu'une gamine comme Norma Restarick serait beaucoup mieux au sein de la chaude ambiance familiale plutôt que lâchée la bride sur le cou en plein Londres et obligée de gagner sa vie dans une entreprise de décoration d'intérieur.

— Elle aime pas ça, la vie chez ses parents.

— Vraiment ?

— Elle a une belle-mère. Et les filles aiment pas trop que leur père se remarie. D'après ce que j'ai entendu dire, la belle-mère en question s'est mise en quatre pour elle, a essayé de lui donner du cœur au ventre, de pousser dehors les garçons qui avaient mauvais genre, et tout et tout. Elle doit savoir que les filles ont le chic pour s'acoquiner avec le garçon qu'y faut pas et que ça finit souvent mal. C'est pas pour dire, mais y a des fois... (Sa voix s'était faite vibrante et solennelle :) Y a des fois que je remercie le ciel d'avoir jamais eu de fille !

— Mais vous avez des garçons ?

— Deux garçons, qu'on a eus. Y en a un qu'est doué pour l'école, et l'autre, il est dans l'imprimerie et il fait son chemin lui aussi. Oui, deux braves garçons, que c'est. Parce qu'y faut pas croire, les garçons, ça peut aussi vous donner du fil à retordre. Mais les filles, d'après moi, c'est quand même plus souciant. On se dit parfois qu'on devrait être capables de faire quelque chose pour elles.

— C'est vrai qu'on se le dit parfois, acquiesça Mrs Oliver d'un air pénétré.

Puis, comprenant à ses mimiques que la femme de ménage souhaitait retourner à ses occupations, elle poussa un soupir :

— Pas de chance pour ce qui est de mon agenda. Merci infiniment quand même. J'espère ne pas avoir abusé de votre temps.

— Pensez donc ! Et pour sûr que je souhaite que vous le retrouviez, répondit obligeamment la brave femme.

Mrs Oliver quitta l'appartement en se demandant ce qu'elle pourrait bien entreprendre après ça. Elle en vint très vite à la conclusion qu'il n'y avait plus rien qu'elle puisse faire ce jour-là, mais un plan pour le lendemain commençait à germer dans son esprit.

Rentrée chez elle et gonflée de son importance, elle sortit un carnet et y coucha pêle-mêle une série de notes sous le titre grandiose de « Faits que j'ai découverts ». À y regarder de près, les faits en question ne se montaient pas à grand-chose, mais Mrs Oliver, fidèle à sa légende, entreprit d'en tirer le maximum. Que Claudia Reece-Holland soit la secrétaire du père de Norma était sans doute le plus saillant du lot. Elle l'ignorait avant les confidences de la femme de ménage et doutait fort que Poirot lui-même soit au courant. Elle envisagea un instant de lui téléphoner la nouvelle, puis décida de la garder pour elle en raison de ses projets pour le lendemain. En fait, elle se sentait moins désormais écrivain de romans policiers qu'ardent chien de meute. Elle se préparait à la longue traque, truffe au sol, prenant le vent, flairant les voies, et, demain matin... eh bien, demain matin, on verrait ce qu'on verrait !

Conformément à son plan, Mrs Oliver se leva aux aurores, petit-déjeuna d'un œuf coque arrosé de deux tasses de thé et s'élança sur le sentier de la guerre. Une fois de plus, les Résidences Borodene la virent débarquer dans leurs parages. Se demandant si elle ne commençait pas à être un peu trop connue du voisinage, elle ne pénétra pas dans la cour mais se contenta de rôder alternativement autour des deux entrées de l'immeuble et de dévisager les gens qui sortaient dans le crachin du petit matin pour courir à leur travail. Il s'agissait en majorité de filles, qui se ressemblaient toutes de façon éminemment contrariante. Comme les humains étaient étranges quand on les examinait comme ça, en train de se précipiter bille en tête hors de ces immeubles aussi larges que haut et qui ressemblaient étrangement à des fourmilières ! songea Mrs Oliver. On n'avait jamais considéré les fourmilières avec l'attention qui leur était due, décréta-t-elle. Ça vous paraissait toujours tellement sans queue ni tête quand on y jetait la panique en mettant le pied dedans. Toutes ces minuscules bestioles s'agitant en tous sens avec chacune leur brin d'herbe coincé dans les mandibules, se pressant en longs cortèges, affairées, préoccupées, inquiètes et donnant l'impression de courir sans objet et en direction de nulle part alors qu'elles étaient probablement tout aussi organisées que les humains qu'elle voyait là. Cet homme, par exemple, qui venait de lui passer sous le nez. Se ruant presque tout en marmottant des mots sans suite. « Vous, je me demande vraiment ce qui peut bien vous tourmenter », se dit Mrs Oliver qui fit encore un moment les cent pas avant de reculer brusquement dans une encoignure.

Claudia Reece-Holland venait de sortir d'un pas décidé. Elle était aussi élégante que la fois précédente. Mrs Oliver se détourna de manière à n'être pas repérée. Puis, estimant avoir accordé à Claudia suffisamment d'avance, elle lui emboîta le pas. La jeune femme alla jusqu'au bout de la rue, tourna dans une artère à grande circulation et s'en fut prendre place dans la queue qui s'était formée à l'arrêt d'autobus. Toujours dans son sillage, Mrs Oliver eut un moment de flottement. Et si Claudia se retournait, l'apercevait et la reconnaissait ? S'enfouir à plusieurs reprises le nez dans son mouchoir en feignant la quinte de toux silencieuse fut l'unique subterfuge qui vint à l'esprit de l'auguste romancière. Mais Claudia Reece-Holland n'avait apparemment pas la tête à se soucier de ses compagnons de file d'attente. Et à plus forte raison de Mrs Oliver qui se trouvait trois rangs derrière elle dans la queue. Finalement l'autobus arriva et ce fut la ruée. Claudia grimpa tout droit à l'impériale tandis que Mrs Oliver, jouant des coudes, parvenait à s'arroger le siège près de la sortie. Au passage du receveur, et ne connaissant ni l'itinéraire de l'autobus ni l'endroit exact où il lui faudrait descendre, elle lui fourra dans la main l'extravagante somme d'un shilling et trois pence. Tout ce qu'elle avait retenu des discours de l'intarissable femme de ménage, c'est que Claudia travaillait dans « un de ces nouveaux buildings pas possibles du côté de la cathédrale Saint-Paul ». L'approche du dôme vénérable la trouva sur ses gardes et parée pour la lutte. Ce n'était plus qu'une affaire de secondes, estima-t-elle en fixant les voyageurs qui descendaient de l'impériale. Eh oui ! Claudia apparut bientôt, nette et tirée à quatre épingles dans son petit tailleur strict. Elle sauta sur le trottoir, et Mrs Oliver la suivit à distance sagement calculée.

« Fascinant, se dit Mrs Oliver. Me voilà bel et bien

en train de filer quelqu'un ! Exactement comme dans mes romans. Qui plus est, je dois faire ça en virtuose parce qu'elle ne se doute de rien. »

Claudia Reece-Holland semblait en effet complètement absorbée dans ses pensées.

« En voilà une qui a des manières, de l'abattage et du sérieux, songea Mrs Oliver, comme elle l'avait d'ailleurs déjà fait plus tôt. Et si je devais me risquer à parier sur un assassin, un bon assassin bien fiable et efficace, je choisirais quelqu'un qui lui ressemble comme deux gouttes d'eau. »

Manque de chance, personne n'avait encore été tué pour le moment... à moins, bien entendu, que cette petite Norma n'ait eu plus que raison en estimant qu'elle avait elle-même sans doute commis un meurtre.

Ce quartier de Londres semblait avoir bénéficié — ou pâti — de la construction d'un grand nombre de buildings au cours des toutes dernières années. D'énormes gratte-ciel, que Mrs Oliver jugeait hideux pour la plupart, s'élançaient à la conquête des nuages en se donnant de faux airs de boîtes d'allumettes montées en graines.

Claudia pénétra dans l'un d'entre eux. « Maintenant je vais en avoir le cœur net », se réjouit Mrs Oliver en en faisant autant. Quatre ascenseurs semblaient monter et descendre à une vitesse supersonique. C'était là, se dit Mrs Oliver, que les véritables difficultés allaient commencer. Ils étaient néanmoins de vastes proportions, si bien que, en s'engouffrant à la dernière seconde dans celui de Claudia, elle bénéficia du paravent providentiel de quelques grands gaillards larges d'épaules dressés entre elle et celle qu'elle suivait comme son ombre. Claudia quitta la cabine au quatrième étage. Elle enfila un long corridor, et Mrs Oliver, se faisant toute petite derrière deux de ses précédents écrans de protection, nota la porte par laquelle la jeune femme était en train de disparaître. La troisième en partant du fond. Elle y parvint à son tour et put ainsi lire les lettres dorées qui ornaient le battant. *Joshua Restarick Ltd,* annonçaient ces dernières.

Au prix de rudes efforts, Mrs Oliver venait enfin de parvenir à localiser les bureaux du père de Norma et du même coup le lieu de travail de Claudia. Mais, soudain désabusée, elle se rendit compte que la découverte n'était peut-être pas aussi capitale qu'elle l'avait imaginée. Franchement, à quoi cela l'avançait-elle ? À rien de plus que si elle avait relevé l'adresse dans le Bottin.

Elle traîna un moment sa mélancolie dans le corridor en espérant voir quelque personnage intéressant pousser la porte des établissements Restarick. Deux ou trois jeunes femmes le firent, mais qu'elle jugea sans intérêt. De guerre lasse, elle se fit déposer au rez-de-chaussée par l'ascenseur et, le moral au plus bas, s'éloigna du building. Elle n'avait pas la moindre idée de ce qu'elle pourrait entreprendre à présent. Elle sillonna un temps les rues adjacentes, puis envisagea une visite à la cathédrale Saint-Paul.

« Je pourrais grimper jusqu'à la galerie des Murmures et y murmurer à loisir, songea Mrs Oliver. Et puis je me demande ce que la galerie des Murmures donnerait en tant que scène d'un meurtre.

» Non, trancha-t-elle, ce serait trop profane, j'en ai peur. Non, je ne pense pas que ce serait très convenable. »

Elle chemina, pensive, jusqu'au théâtre *Mermaid.* « Cette salle-là, songea-t-elle encore, offrirait de bien meilleures possibilités. »

Repartant en sens inverse dans la direction des immeubles modernes, elle ne tarda pas à éprouver l'envie d'un petit déjeuner plus substantiel que celui qu'elle s'était accordé de bonne heure et poussa la porte du premier café venu. Il y avait du monde, mais ce n'était pas l'affluence. Jetant à la ronde un regard distrait pour se trouver une place à sa convenance, Mrs Oliver sursauta soudain. Norma ! Norma était attablée à un guéridon près du mur et en face d'elle trônait un jeune homme dont la crinière aux opulentes boucles châtain lui cascadait jusqu'aux épaules et qui, sur un gilet de velours rouge, portait une veste au raffinement ostentatoire.

— David ! chevrota tout bas Mrs Oliver. Ce ne peut être que David !

Les deux jeunes gens étaient plongés dans une conversation passionnée.

Mrs Oliver envisagea un plan de campagne, prit sa décision et, hochant la tête avec satisfaction, traversa l'établissement en direction d'une porte discrète marquée « Dames ».

Norma risquait-elle ou non de la reconnaître ? Elle ne parvenait pas en décider. Ce ne sont pas toujours les gens qui paraissent le plus dans la lune qui le sont réellement. Et, pour le moment, Norma n'avait pas l'air capable de poser les yeux sur quelqu'un d'autre que David, mais sait-on jamais ?

« Après tout, je peux m'*arranger* un peu », se dit la célèbre romancière.

Elle se regarda dans le minuscule miroir constellé de chiures de mouche, gage de la munificence de la direction, et s'attarda sur ce qu'elle avait toujours considéré comme le point de mire chez la femme : ses cheveux. Ferrée sur la question, Mrs Oliver l'était plus que toute autre, ne fût-ce qu'en raison des innombrables fois où il lui avait pris la lubie de changer de coiffure avec, pour résultat le plus tangible, le fait que ses intimes eux-mêmes étaient incapables de la reconnaître. Ayant jaugé son crâne d'un coup d'œil, elle s'attela à la tâche. Adieu épingles, au rancart rouleaux, bouclettes et postiches variés ! Elle fourra le tout dans un mouchoir, et le mouchoir au fond de son sac à main. Puis elle traça au centre du reliquat une austère raie médiane, peigna le tout vers l'arrière et le noua sur la nuque en un petit chignon serré. Elle exhiba en outre une paire de lunettes et se la mit sur le nez. Elle y gagna du coup un réel air de sérieux. « Presque d'intellectuelle ! » se félicita-t-elle. Une application de rouge à lèvres altéra encore les contours de sa bouche et elle émergea enfin des toilettes, marchant à pas précautionneux, car ses lunettes, prévues pour la lecture, lui brouillaient passablement le paysage. Elle se dirigea vers une table inoccupée, immédiatement voisine de celle de Norma et David, et s'installa de manière à faire face au jeune homme. Norma, plus proche d'elle, lui tournait ainsi le dos et ne pourrait la voir à moins de pivoter à 180°. La serveuse s'approcha en rechignant. Mrs Oliver commanda une tasse de café et un pain au lait, et s'appliqua à se fondre dans le décor.

Absorbés qu'ils étaient dans une discussion véhémente, David et Norma ne l'avaient même pas remarquée. Il ne fallut pas plus d'une minute à Mrs Oliver pour se brancher sur leur conversation.

— ... Mais, tous ces trucs, ils se passent seulement dans ta tête, était en train de marteler David. Tu ne fais que les *imaginer.* Ce ne sont que des âneries, que des aberrations, ma pauvre choute.

— Je n'en sais rien... Je ne peux pas dire...

La voix de Norma était étrangement atone. Compte tenu de leurs positions respectives, Mrs Oliver l'entendait moins bien qu'elle n'entendait celle de David, mais la mollesse de son timbre la frappait désagréablement. Il y avait là quelque chose de pas normal. De pas normal du tout. Elle se remémora le récit que lui avait fait Poirot : « Elle pensait qu'il se pourrait qu'elle ait commis un meurtre. » Qu'est-ce qui pouvait bien clocher chez cette fille ? Elle souffrait d'hallucinations ou quoi ? Avait-elle l'esprit réellement dérangé ou bien ne s'agissait-il ni plus ni moins que de la vérité... auquel cas la malheureuse se trouvait tout bonnement en état de choc ?

— Si tu veux que je te dise, tout ça, c'est du cinéma que s'amuse à faire Mary ! C'est de toute façon la reine des enquiquineuses et elle passe son temps à imaginer qu'elle a toutes les maladies possibles ou qu'elle a avalé Dieu sait quoi de travers.

— Elle a *été* malade.

— D'accord, elle a *été* malade. N'importe quelle créature sensée aurait demandé à son toubib de lui filer des antibiotiques ou n'importe quoi avant de sombrer dans l'hystérie.

— Elle s'est tout de suite dit que c'était *moi* qui l'avais rendue malade, et mon père lui aussi a pensé la même chose.

— Encore une fois, Norma, tout ça, tu le fabriques dans ta tête.

— Tu me dis tout le temps ça, David. Tu me le dis pour me remonter le moral. Mais à supposer que je lui aie bel et bien fait ingurgiter cette saleté ?

— Qu'est-ce que tu veux dire, avec ton « à supposer » ? Tu dois quand même bien *savoir* si tu l'as fait ou pas ? Tu ne peux pas être gourde à ce point ?

— Je ne le *sais* pas.

— Tu passes ton temps à répéter ça. Tu passes ton temps à revenir sur cette histoire et à répéter jusqu'à plus soif : « Je ne sais pas. Je ne sais pas. »

— Tu ne comprends pas. Tu ne comprends rigoureusement rien à ce que peut être la haine. Je l'ai haïe dès le premier instant où je l'ai vue.

— Je sais. Tu me l'as déjà dit.

— C'est ça, ce qui est bizarre. Je te l'ai dit, et pourtant je ne me *rappelle* même pas te l'avoir dit. Tu comprends ? De temps en temps, je... je dis des choses aux gens. Je leur dis des choses que j'ai envie de faire, ou que je viens de faire, ou que je suis sur le point de faire. Mais je ne me souviens même pas après coup de les leur avoir dites. C'est comme si je *pensais* toutes ces choses dans ma tête et que, quelquefois, elles devenaient réelles et que je les racontais aux gens. Ce truc-là, je te l'ai bien dit, n'est-ce pas ?

— Écoute... je t'en prie... je t'en supplie, cessons de revenir là-dessus et de rabâcher éternellement la même histoire.

— Mais je te l'ai bien dit, non ? Je ne te l'ai pas dit ?

— D'accord ! D'accord. Ça arrive à tout le monde de clamer : « Je ne peux pas la voir en peinture et je meurs d'envie de lui tordre le cou. Je crois que je vais lui filer de la mort-aux-rats ! » Mais ce n'est rien d'autre que du baratin tout ce qu'il y a de naturel. Les gosses font ça tout le temps, à l'école : « Je peux pas encaisser Machin-chouette. Je vais lui faire la peau ! » Ils disent ça de la maîtresse qu'ils ont prise en grippe.

— Tu crois que ce n'est pas plus grave que ça ? Mais... mais ça reviendrait quand même à dire que je ne suis encore qu'une gamine.

— Ce que tu es en effet par bien des côtés. Si seulement tu te reprenais en main et si tu parvenais à comprendre que tout cela est idiot. Qu'est-ce que ça peut bien faire que tu la haïsses ? Tu as quitté la maison et rien ne t'oblige à retourner y vivre.

— Pourquoi est-ce que je n'aurais pas le droit d'habiter chez mon père ? Ce n'est pas juste. Pas juste du tout. Pour commencer, il est parti en abandonnant ma mère, et maintenant, précisément au moment où il revient, le voilà qui trouve le moyen d'épouser Mary. C'est normal, que je la haïsse, et elle en a d'ailleurs tout autant à mon service. J'ai passé mon temps à penser à la tuer, à la façon dont je m'y prendrais. J'ai passé mon temps à en rêver. Mais ensuite... quand elle est *réellement* tombée malade...

— Tu ne te prends tout de même pas pour une sorcière ou une jeteuse de sorts, non ? fit David, soudain mal à l'aise. Tu ne fabriques pas des figurines de cire dans lesquelles tu planterais des aiguilles ?

— Bien sûr que non. Ce serait idiot. Ce que je fais, c'est pour de vrai. Pour de vraiment vrai.

— Écoute, Norma, qu'est-ce que tu veux dire avec ton vraiment vrai ?

— Le bidon était là, dans mon tiroir. Oui, j'ai ouvert mon tiroir et je l'ai trouvé là.

— Quel bidon ?

— *Le Foudroyant. Désherbant sélectif.* C'est ce qui est marqué dessus. Un produit dans un bidon vert et qu'on est censé vaporiser sur les mauvaises herbes. Et l'étiquette porte en grosses lettres la mention *Dangereux* et aussi *Poison.*

— C'est toi qui l'as acheté ? Ou bien tu l'as juste trouvé là ?

— Je ne sais pas où j'ai pu aller le dénicher. Tout ce qu'il y a de sûr, c'est qu'il se trouvait là, dans mon tiroir, et qu'il était à moitié vide.

— Et, à partir de là, tu... tu... t'es rappelée...

— Oui, acquiesça Norma. Oui... (Sa voix se fit brumeuse, presque anesthésiée :) Oui... Je crois que c'est à partir de là que le tout m'est revenu en tête. C'est ce que tu crois aussi, n'est-ce pas, David ?

— Je ne sais pas ce que je vais faire de toi, Norma. Je ne sais vraiment pas. Je crois que, d'une certaine façon, tu inventes tout ça, que tu te le racontes à toi-même.

— Mais elle est allée à l'hôpital et y est restée en observation. Là, ils ont dit qu'ils étaient perplexes. Ils ont dit qu'ils ne trouvaient rien qui cloche, ce qui fait qu'elle est rentrée à la maison... et là elle est retombée malade et j'ai commencé à paniquer. Mon père s'est mis à me regarder d'un drôle d'air, et puis le médecin est venu et il s'est enfermé avec lui dans son bureau pour discuter. Moi, j'ai fait le tour de la maison et j'ai grimpé jusqu'à la fenêtre pour écouter. Je voulais savoir ce qu'ils disaient. Ils projetaient ensemble de... de m'envoyer quelque part où je serais enfermée ! Dans un endroit où je pourrais « bénéficier d'un traitement » ou Dieu sait quoi. Ils pensaient, tu vois, que j'étais folle. Et moi, j'étais épouvantée... Parce que... parce que je n'étais pas sûre de ce que j'avais pu faire ou ne pas faire.

— C'est à ce moment-là que tu t'es enfuie ?

— Non... ça, ç'a été plus tard...

— Raconte-moi.

— Je ne veux plus jamais en parler.

— Il va bien falloir que tu leur dises tôt ou tard où tu te trouves.

— Je ne le ferai pas ! Je les déteste. Je déteste mon père tout autant que je déteste Mary. Je voudrais qu'ils soient morts. Qu'ils soient morts tous les deux.

À ce moment-là... à ce moment-là seulement je pourrai recommencer à être heureuse.

— Ne t'emballe pas comme ça ! Écoute-moi bien, Norma... (Il s'interrompit, embarrassé, avant de reprendre :) Je... je ne suis pas fanatique du mariage et de toutes ces clowneries... Je veux dire que je n'avais jamais pensé que je pourrais faire un truc pareil... oh ! avant, mettons, des années. Personne ne peut avoir envie de se passer la corde au cou. Mais, tu sais, je crois quand même que ce serait la meilleure solution. De nous marier. De le faire en vitesse, dans le premier bureau d'état civil venu. Il faudra juste que tu prétendes que tu as vingt et un ans et des poussières. Que tu te fasses un chignon et que tu mettes des lunettes, je ne sais pas, moi. Histoire de te vieillir un peu. Et une fois qu'on sera mariés, ton père ne pourra plus rien faire contre toi. Il ne pourra plus t'expédier « quelque part où tu bénéficierais d'un traitement », comme tu dis si bien. Il ne pourra plus rien.

— Je le déteste.

— Tu m'as tout l'air de détester tout le monde.

— Non. Uniquement mon père et Mary.

— Allons, ce n'est quand même pas extravagant qu'un veuf se remarie.

— Regarde ce qu'il a fait à ma mère.

— Tout ça a dû se passer il y a belle lurette, non ?

— Si. Je n'étais qu'une gamine, mais je n'oublierai jamais. Il est parti en nous abandonnant. Il m'a toujours envoyé des cadeaux à Noël... mais il n'est jamais venu me voir. Quand il est revenu pour de bon, je ne l'aurais pas reconnu si je l'avais croisé dans la rue. Et il ne représentait plus rien pour moi. Je crois que, ma mère, il l'a fait enfermer elle aussi. Elle disparaissait chaque fois qu'elle était malade. Elle partait pour je ne sais où. Ce qu'elle avait, je n'en sais rien non plus. Mais quelquefois, je me demande... je me demande, David. Je crois, tu sais, qu'il y a un rouage qui ne tourne pas rond dans ma tête, et qu'un de ces jours ça me fera faire quelque chose de vraiment abominable. Comme avec ce couteau.

— Quel couteau ?

— Ça n'a pas d'importance. Rien qu'un couteau.

— Tu ne pourrais pas m'en dire un peu plus sur la question ? M'expliquer de quoi tu parles ?

— Je crois qu'il y avait des taches de sang sur la lame. Il... il était caché là... sous mes bas.

— Tu te souviens d'avoir caché là un couteau ?

— Je crois. Mais je n'arrive pas à me rappeler ce que j'ai pu faire avec *avant* de le cacher. Je n'arrive pas à me rappeler où j'ai pu *aller*... J'ai eu un trou d'une heure, ce soir-là. D'une heure pendant laquelle j'ai bien dû aller quelque part, pour y faire je ne sais quoi...

— Chut ! souffla-t-il entre ses dents en voyant approcher la serveuse. Nous allons prendre encore quelque chose, poursuivit-il d'une voix forte en consultant le menu. Euh... Deux haricots sur toasts. À la mélasse, les haricots.

8

Hercule Poirot dictait une lettre à miss Lemon, sa secrétaire :

— *Et quoique j'apprécie à sa juste valeur l'honneur que vous me faites, je me dois, hélas ! de vous informer que...*

Le téléphone sonna. Miss Lemon décrocha :

— Allô ? Oui ? Qui avez-vous dit ? (Elle posa la main sur la plaque sensible et se tourna vers Poirot :) Mrs Oliver.

— Ah !... Mrs Oliver, grommela Poirot.

Il n'avait aucune envie d'être dérangé pour l'instant, mais prit néanmoins le combiné :

— Allô ! Hercule Poirot à l'appareil.

— Oh ! monsieur Poirot ! Je suis tellement contente de pouvoir vous parler ! Je vous l'ai retrouvée !

— Je vous demande pardon ?

— Je vous l'ai retrouvée ! Votre troisième fille ! Vous savez bien, celle qui a commis un meurtre ou, à tout le moins, croit qu'il se pourrait qu'elle en ait commis un. Elle est intarissable sur le sujet. Je crois qu'elle n'a pas toute sa raison. Mais peu importe. Voulez-vous venir la chercher ?

— Où donc êtes-vous, très chère madame ?

— Quelque part entre la cathédrale Saint-Paul et le théâtre *Mermaid*. Calthorpe Street, précisa soudain Mrs Oliver après avoir sorti la tête de la cabine téléphonique où elle s'était enfermée. Ils sont dans une espèce de café-restaurant.

— Ils ?

— Oh ! elle et un garçon que je crois être son jeune homme en tous points détestable. Lequel m'a l'air charmant et semble très amoureux d'elle. Je me demande d'ailleurs bien pourquoi. Les gens sont bizarres. Bon, je ne peux pas m'étendre davantage parce qu'il faut que je retourne là-bas. Je les ai à l'œil, voyez-vous. Je suis entrée dans ce café et je les y ai tout de suite aperçus.

— Bravo ! Vous avez fait preuve de beaucoup de flair, madame.

— Non, pas vraiment. C'est plutôt le fruit du hasard. Ils étaient déjà dans la salle quand j'y suis arrivée, poussée par un coup de faim.

— Tiens donc ? Alors c'est de la chance que vous avez eue. Ce qui est tout aussi important.

— Je me suis assise à la table la plus proche, mais dans son dos à elle. De toute façon, je ne crois pas qu'elle me reconnaîtrait. J'ai bricolé ma coiffure. Par-dessus le marché, ils parlent comme s'ils étaient seuls au monde, et quand ils ont commandé des toasts de haricots à la mélasse — j'exècre les haricots à la mélasse, ça me paraît toujours tellement bizarre que les gens en raffolent, pas vous ?...

— Laissez tomber les haricots à la mélasse. Et poursuivez. Vous les avez quittés pour sortir me téléphoner. C'est bien ça ?

— Oui. Les haricots me donnaient de la marge. Mais maintenant il faut que j'y retourne. À moins que je ne me contente de patrouiller devant la porte. Quoi qu'il en soit, tâchez d'arriver ici dare-dare.

— Comment s'appelle l'établissement ?

— Le *Merry Shamrock*, le *Joyeux Trèfle*, pour vous autres étrangers... encore qu'il n'ait pas l'air tellement joyeux. En fait, il est plutôt sordide, mais le café n'y est pas mauvais du tout.

— N'en dites pas plus. Retournez-y. Je fais au plus vite.

— Merveilleux ! s'exclama Mrs Oliver en raccrochant.

Toujours aussi efficace, miss Lemon avait précédé Poirot sur le trottoir et l'attendait à la portière du taxi qu'elle venait de héler. Elle ne posa pas de questions ni ne manifesta la moindre curiosité. Elle ne précisa pas au détective comment elle comptait occuper son temps pendant son absence. Elle n'en avait aucun besoin. Elle savait toujours ce qu'elle allait faire, et faisait toujours bien ce qu'elle entreprenait.

Poirot parvint sans encombre au coin de Calthorpe Street, mit pied à terre, paya sa course et jeta un regard circulaire. Il vit le *Merry Shamrock* mais personne dans les parages qui ressemblât de près ou de loin à Mrs Oliver, si bien déguisée fût-elle. Il parcourut la rue dans chaque sens. Toujours pas de Mrs Oliver. Dans ces conditions, ou bien le couple qui les intéressait avait quitté le café et Mrs Oliver avait décidé de jouer les pisteurs, ou bien encore... Pour répondre à ce « ou bien encore », il marcha jusqu'à la devanture de l'établissement, histoire de risquer un coup d'œil à l'intérieur. La buée sur les vitres l'empêchant de rien distinguer, il poussa la porte et entra.

Il aperçut tout de suite la fille qui était venue quelques jours plus tôt l'agresser à l'heure sacrée du petit déjeuner. Seule à une table contre le mur, elle fumait une cigarette en regardant droit devant elle et semblait perdue dans ses pensées. Non, corrigea Poirot, loin de là. Elle avait passé le stade où penser est encore possible. Elle était noyée dans un océan d'oubli. Elle était ailleurs.

Il se dirigea vers le fond et s'assit en face d'elle. Elle leva alors les yeux, et il eut au moins le plaisir de voir qu'elle le reconnaissait.

— Ainsi, nous nous retrouvons, mademoiselle, dit-il gentiment. Et je constate que vous m'avez reconnu.

— Oui. Oui, je vous ai reconnu.

— Rien n'est plus agréable que de se voir reconnaître par une jeune personne à qui l'on n'a guère eu affaire qu'un bref instant. (Elle continuait à le regarder sans mot dire.) Et comment avez-vous su qui j'étais, si je puis me permettre ? Qu'est-ce qui vous a fait me reconnaître ?

— Vos moustaches, répondit aussitôt Norma. On ne peut les confondre avec nulles autres.

Flatté par la remarque, il les lissa avec un orgueil et une volupté que lui seul également était capable de manifester en de telles occasions :

— Oh ! non, c'est bien vrai. Non, on ne voit guère de moustaches aussi splendides que les miennes. Elles sont magnifiques, n'est-ce pas ?

— Oui... euh... enfin, j'imagine que oui.

— Ah ! sans doute n'êtes-vous pas très ferrée dans le domaine de la moustache, mais je peux vous affirmer, miss Restarick — miss Norma Restarick, n'est-il pas vrai ? — que les miennes sont en tous points remarquables.

Il s'était intentionnellement appesanti sur son nom. Elle lui avait de prime abord paru si égarée, si loin de tout ce qui l'entourait, qu'il se demandait si elle le remarquerait. Elle le fit. Et alla même jusqu'à sursauter :

— Comment avez-vous appris mon nom ?

— C'est vrai que vous ne l'aviez pas donné à mon valet quand vous êtes venue me voir l'autre matin.

— Comment l'avez-vous appris ? Comment l'avez-vous découvert ? Qui vous l'a dit ?

Il lut l'inquiétude dans ses yeux. L'inquiétude et la peur.

— C'est une de mes amies qui m'a renseigné. Les amis, voyez-vous, peuvent se révéler très utiles.

— De qui s'agit-il ?

— Vous aimez, mademoiselle, me cacher vos petits secrets. Moi aussi, je préfère de mon côté vous dissimuler les miens.

— Je ne vois pas *comment* vous avez pu découvrir qui je suis.

— Vous êtes qui vous êtes, mademoiselle. Seulement, moi, je suis Hercule Poirot, déclara le petit Belge avec une emphase qui n'appartenait qu'à lui.

Puis, laissant à la jeune fille l'initiative de poursuivre ou non la conversation, il se contenta de lui sourire benoîtement.

— Je... commença-t-elle avant de s'interrompre. Est-ce que vous...

De nouveau, elle s'arrêta.

— Nous n'avions pas poussé très avant nos rapports ce matin-là, je le reconnais, sourit Hercule Poirot. Nous n'avions guère dépassé la déclaration selon laquelle il se pourrait que vous ayez commis ou pu commettre un meurtre.

— Oh, *ça !*

— Oui, mademoiselle, *ça*.

— Mais... bien sûr que je ne le pensais pas. Je n'ai jamais pensé une chose pareille. Je veux dire... ce n'était rien qu'une plaisanterie.

— Vraiment ? Vous vous êtes présentée chez moi dès potron-minet, alors que je prenais mon petit déjeuner. Vous avez prétendu que c'était pour affaire urgente. L'urgence tenait à ce qu'il se pouvait que vous ayez commis un meurtre. Serait-ce là l'idée que vous vous faites d'une bonne plaisanterie ?

Une serveuse qui rôdait autour de leur table en dévisageant Poirot s'approcha soudain et lui tendit ce qui ressemblait fort à un de ces bateaux en papier que l'on confectionne pour distraire les enfants dans leur bain :

— Vous êtes bien Mr Porritt, pas vrai ? Une dame m'a confié ça pour vous.

— Porritt ? s'étonna Poirot. Après tout, oui, si vous y tenez, c'est bien moi. Mais comment l'avez-vous deviné ?

— Cette dame m'a dit comme ça que je vous reconnaîtrais à vos moustaches. Elle m'a même dit aussi que j'en avais jamais vu de pareilles. Et elle était ma foi dans le vrai, ajouta-t-elle, les yeux exorbités.

— Eh bien, merci infiniment.

Poirot lui prit le bateau des mains, le déplia et l'étala. Il y lut quelques mots hâtivement tracés au crayon : *La fille reste là. Je vous l'abandonne. Le garçon est en train de partir. Je me dépêche de le suivre.* C'était signé *Ariadne.*

— Ah ! très bien, conclut Poirot en repliant le billet et en l'enfouissant dans sa poche. De quoi parlions-nous, à propos ? De votre sens de l'humour, si je ne m'abuse, miss Restarick.

— Vous savez juste mon nom ou... ou vous savez tout sur mon compte ?

— Je connais un certain nombre de détails à votre sujet. Vous êtes miss Norma Restarick, votre adresse à Londres est le 67, Résidences Borodene et le domicile de vos parents se nomme Crosshedges et se trouve situé à Long Basing. Vous êtes censée y passer vos week-ends en compagnie de votre père, de votre belle-mère, de votre grand-oncle... et d'une fille au pair. Je suis, voyez-vous, assez bien informé.

— Vous m'avez fait suivre.

— Non, dit Poirot. Pas du tout. Et, de cela, je vous donne ma parole d'honneur.

— Mais vous n'êtes pas de la police, non ? Vous ne m'avez pas dit que vous en étiez.

— Je n'appartiens en aucune façon à la police.

La défiance de la jeune personne s'estompa.

— Je ne sais pas quoi faire, avoua-t-elle.

— Loin de moi l'idée de vous exhorter à faire appel à mes services, reprit Poirot. Vous m'avez d'ailleurs déjà laissé entendre que j'étais trop vieux pour ça. Mais étant donné que je sais qui vous êtes et que je connais *grosso modo* vos tourments, je ne vois pas ce qui pourrait nous empêcher d'en discuter sur une base strictement amicale. Bien que considérés comme inaptes à l'action, les vieillards, ne perdez jamais cela de vue, n'en possèdent pas moins des trésors d'expérience dans lesquels il est toujours loisible de puiser.

Norma ne cessa pas pour autant de le considérer d'un air dubitatif et avec ce regard fixe qui l'avait un peu plus tôt mis mal à l'aise. Mais elle était en quelque sorte piégée et éprouvait en outre à ce moment précis, estima Poirot, le violent désir de s'épancher. Poirot, pour toutes sortes de raisons, avait toujours été quelqu'un avec qui il était facile de le faire.

— Tout le monde croit que je suis folle, que je suis timbrée, déclara-t-elle tout à trac. Et... et moi aussi j'ai tendance à croire que je le suis. Que je suis cinglée, folle à lier.

— Ça, c'est très intéressant ! s'épanouit Poirot. Ce ne sont en effet pas les noms qui manquent pour qualifier l'état auquel vous semblez faire allusion. Sans compter ses appellations scientifiques. Des appellations dont se gargarisent psychiatres, psychanalystes et autres. Mais quand vous vous dites cinglée, cela décrit très bien ce que votre apparence générale peut suggérer au commun des mortels. Auquel cas, parfait, vous avez l'air cinglée, ou bien vous pensez que vous êtes cinglée ou bien encore — pourquoi l'exclure ? — , il se peut tout à fait que vous *soyez* cinglée. Ce qui, n'importe comment, ne signifie nullement que votre état puisse inspirer de l'inquiétude. C'est un mal qui touche une bonne part de l'humanité et dont un traitement approprié vient aisément à bout. Il naît d'une trop forte tension nerveuse, d'un excès de soucis, d'une période de surmenage, d'une sensibilité à fleur de peau, d'une religiosité mal contrôlée ou de son absence mal vécue... voire encore de la découverte d'une excellente raison d'exécrer père et mère. Il peut en outre découler d'une cause aussi banale qu'une déception amoureuse.

— J'ai une belle-mère. Une marâtre. Et je l'exècre, comme vous dites, et j'ai tendance à croire que j'exècre aussi mon père. C'est beaucoup, tout ça, non ?

— Il est en effet plus courant d'exécrer l'un *ou* l'autre, sourit Poirot. Vous éprouviez, j'imagine, beaucoup de tendresse pour votre mère. Avait-elle divorcé d'avec votre père ou est-elle morte ?

— Morte. Elle est morte il y a deux ou trois ans.

— Et vous l'aimiez énormément ?

— Oui. Je crois. Je veux dire... bien sûr que oui. C'était une grande malade, voyez-vous, et il fallait souvent qu'elle aille en maison de santé.

— Et votre père ?

— Quand elle est morte, papa s'était expatrié depuis de longues années déjà. Je n'avais que 5 ou 6 ans quand il est parti pour l'Afrique du Sud. Je crois qu'il aurait voulu que ma mère accepte le divorce, mais qu'elle s'y est toujours refusée. Les seules nouvelles que j'aie jamais eues de lui, c'était une lettre à Noël et un cadeau qu'il m'envoyait par la même occasion ou qu'il me faisait porter par quelqu'un qui revenait de là-bas. Ce qui fait qu'il n'a jamais vraiment existé pour moi. Il y a environ un an, il est revenu en Angleterre pour régler la situation après la mort de mon oncle et reprendre les affaires en main. En même temps, il a amené sa nouvelle femme avec lui.

— Et, ça, vous l'avez mal pris ?

— Oui, c'est vrai.

— Mais pourtant votre mère était morte. Et il n'est pas extravagant, dans ces conditions, qu'un homme se remarie. Surtout après une aussi longue séparation. Cette femme qu'il a amenée, était-ce celle qu'il souhaitait déjà épouser quand il avait manifesté l'intention de divorcer ?

— Oh ! non. Celle-ci est très jeune. Et très belle. Et elle se conduit comme si papa était sa propriété personnelle ! (Elle s'interrompit un instant, puis reprit d'un ton passablement puéril :) Moi, je m'étais imaginé qu'il revenait un peu pour *moi*... pour s'occuper de *moi* et... mais elle ne l'a pas laissé faire. Elle est *contre* moi. Elle m'a poussée dehors.

— Ce qui, à votre âge, devrait vous laisser indifférente. Voire vous paraître une bonne chose. Vous n'avez plus besoin qu'on s'occupe de vous. Vous êtes en mesure de vous débrouiller seule, vous êtes libre de jouir de l'existence comme vous l'entendez et libre aussi de choisir vos amis...

— Libre de choisir mes amis ? Vous ne diriez pas ça si vous saviez comment ça se passe à la maison !

— Je vous accorde que, de nos jours, la plupart des jeunes filles se voient reprocher l'étrangeté de certains de leurs compagnons.

— Tout est si différent, protesta Norma. Papa ne correspond en rien au souvenir que je gardais de lui depuis mes 5 ans. Il passait son temps à jouer avec moi, et il était si gai ! Il ne l'est plus du tout. Il est soucieux, il se met en colère et... oh ! il n'a plus rien à voir avec ce qu'il était.

— Vos souvenirs remontent à une bonne quinzaine d'années. Les gens changent, vous savez.

— Mais comment se fait-il qu'ils changent tellement ?

— Est-il changé... physiquement ?

— Oh ! non. Ça, non. Oh ! non. Si vous regardez le portrait de lui qui est au mur derrière son bureau, et bien qu'il ait été peint quand il était beaucoup plus jeune, vous le reconnaîtrez au premier coup d'œil. Seulement ce n'est pas du tout comme ça qu'il était dans mon souvenir.

— Vous savez, ma chère petite, fit Poirot avec douceur, les gens ne sont jamais tels qu'on se les rappelle. On se les représente de plus en plus, au fil des ans, tels qu'on *souhaiterait* qu'ils soient, et tels qu'on est *persuadé* s'en souvenir. Si l'on souhaite se les rappeler gais, beaux et aimables, on les fait dans sa tête beaucoup plus gais, plus beaux et plus aimables qu'ils ne l'ont jamais été.

— Vous croyez ? Vous croyez vraiment ?

Elle se tut, puis enchaîna sans attendre la réponse et sans même crier gare :

— Mais, à votre avis, pourquoi est-ce que j'ai envie de tuer les gens ?

— Pourquoi ? Voilà une question qui ne manque certes pas d'intérêt, reconnut Poirot. Mais la seule personne susceptible d'y répondre serait un médecin. Un médecin à la hauteur.

Elle réagit brutalement :

— Je n'irai jamais voir un médecin ! Je ne m'*approcherai* jamais d'un médecin ! On a voulu m'envoyer voir un médecin, et il m'aurait *illico* bouclée dans un de ces asiles pour travailleurs du chapeau dont je n'aurais jamais pu ressortir. Il n'est pas question que j'aille en voir un !

Elle s'agita, repoussa sa chaise et essaya de se mettre sur ses pieds.

— N'ayez pas peur, tenta de la rassurer Poirot. Je n'ai aucun pouvoir qui me permette de vous forcer à aller en voir un. Mais vous pourriez aller en voir un de votre propre chef. Vous pourriez aller en voir un, lui raconter ce que vous venez de me dire et le lui assener, votre fameux *pourquoi.* Et il pourrait se faire qu'il vous en explique la cause.

— C'est ce que David n'arrête pas de me dire. C'est ce qu'il m'a dit cent fois de faire, mais je ne crois pas... je ne crois pas qu'il *comprenne.* Ce médecin, il faudrait que je lui dise que je... que j'ai peut-être essayé de... de passer à l'acte.

— Qu'est-ce qui vous le fait croire ?

— Le fait que je ne me rappelle pas toujours mes faits et gestes... ni les endroits où j'ai pu aller. Il m'est arrivé d'avoir des trous d'une heure... de deux heures... sans pouvoir rien me remémorer de ce que j'avais pu faire. Je me suis retrouvée dans un corridor, un jour, le corridor qui menait à *sa* porte. J'avais quelque chose dans la main... et je ne sais pas comment cette chose y était arrivée. *Elle* est venue vers moi... mais quand elle est arrivée tout près, son visage n'était plus son visage. Ça ne lui ressemblait plus du tout. Elle s'était changée en quelqu'un d'autre.

— Qui vous dit que vous n'êtes tout bonnement pas hantée par un cauchemar ? C'est dans les cauchemars que les gens se changent couramment en quelqu'un d'autre.

— Ce n'était pas un cauchemar. J'ai ramassé le revolver... Il était là, à mes pieds...

— Dans le corridor ?

— Non, dans la cour. Elle est venue me le prendre des mains.

— Qui ça ?

— Claudia. Elle m'a fait remonter à l'appartement et m'a donné à boire un truc très amer.

— Où se trouvait votre belle-mère, à ce moment-là ?

— Elle était là, elle aussi... Non, elle n'y était pas. Elle était à Crosshedges. Ou à l'hôpital. C'est là qu'ils ont découvert qu'elle avait été empoisonnée... et que c'était moi qui l'avais fait.

— Ce n'était pas forcément vous... Ç'aurait pu être n'importe qui d'autre.

— Qui, par exemple ?

— Peut-être... son mari.

— Papa ? Pourquoi diable est-ce que papa voudrait empoisonner *Mary* ? Il ne jure que par elle. Il est fou d'elle !

— Il y a d'autres gens dans la maison, n'est-ce pas ?

— L'oncle Roderick ? Ce pauvre vieux ? Ça ne tient pas debout !

— On ne sait jamais. Il a peut-être un grain. Il a pu se dire qu'il était de son devoir d'empoisonner une femme qui pouvait être la blonde fatale des romans d'espionnage. Quelque chose dans ce goût-là.

— Ce serait fascinant, sourit Norma, oubliant momentanément ses problèmes et parlant d'une voix naturelle. L'oncle Roderick a bel et bien été mêlé jusqu'au cou à des histoires d'espions et d'espionnage pendant la dernière guerre. Qui d'autre encore ? Sonia ? J'imagine qu'elle pourrait très bien être la belle espionne dans le tableau, mais ce n'est quand même pas comme ça que je vois le personnage.

— Non, en effet, et il ne semble guère y avoir de raisons pour qu'elle ait pu vouloir faire boire le bouillon d'onze heures à votre belle-mère. J'imagine qu'il doit y avoir des domestiques à demeure, des jardiniers ?

— Non, ils ne viennent qu'à la journée. Et je ne crois pas... enfin, quoi, ils ne sont pas du genre à avoir des *raisons*.

— Elle aurait pu faire ça toute seule.

— Se *suicider*, vous voulez dire ? Comme l'autre ?

— C'est une éventualité.

— Je n'arrive pas à imaginer *Mary* en train de se suicider. Elle a beaucoup trop les pieds sur terre. Et puis qu'est-ce qui aurait pu lui donner envie d'en finir de cette façon-là ?

— Vous voulez dire que, si elle l'avait fait, ç'aurait été en se mettant la tête dans le four à gaz ou en se couchant sur un lit de parade après avoir avalé trois tubes de somnifère, c'est ça ?

— Oui, ça lui aurait ressemblé davantage. Ce qui fait, voyez-vous, conclut-elle avec le plus grand sérieux, *que ce ne pouvait être que moi.*

— Tiens donc ! Là encore, vous m'intéressez. Vous *préféreriez* presque, me semble-t-il, que ce soit vous qui ayez fait le coup. L'idée que ce soit votre main qui ait pu verser la dose fatale de je ne sais trop quoi m'a tout l'air de vous séduire étrangement. Oui, cette idée vous enchante.

— Comment osez-vous dire une chose pareille ! Comment le pouvez-vous ?

— *Pour l'excellente raison que je suis persuadé que c'est la vérité,* assena Poirot. Pourquoi l'éventualité d'avoir effectivement tenté de commettre un meurtre vous séduit-elle, vous transporte-t-elle à ce point ?

— Ce n'est pas vrai.

— Je me le demande, répliqua Poirot.

Elle empoigna son sac et fourragea dedans d'une main fébrile :

— Je n'ai pas l'intention de m'incruster ici à vous entendre me débiter ces horreurs.

Elle fit signe à la serveuse qui s'approcha en griffonnant sur son bloc, en détacha l'addition et la posa à côté de l'assiette de Norma.

— Permettez, fit Poirot.

Il s'en empara prestement et se prépara à sortir son portefeuille. La jeune fille lui arracha la note des mains :

— Ah ! ça non. Je ne vous laisserai pas payer pour moi.

— Comme il vous plaira, capitula Poirot.

Il avait eu le temps de vérifier ce qu'il voulait. C'était une addition pour deux. Il semblait donc établi que David au beau plumage ne voyait aucune objection à ce que son casse-croûte lui soit offert par une héritière enamourée.

— Ainsi, c'est vous qui nourrissez votre petit ami, à ce que je vois.

— Comment avez-vous appris que j'en avais un ?

— Je vous l'ai dit, je sais bien des choses.

Elle jeta une poignée de monnaie sur la table et se leva :

— Et maintenant je m'en vais, et je vous interdis de me suivre.

— L'envie m'en prendrait-elle que je n'y parviendrais pas, répliqua Poirot. Vous oubliez mon grand âge. Pour peu que vous dévaliez la rue en courant, jamais je n'arriverais à vous rattraper.

Elle se dirigea vers la sortie.

— Vous m'entendez ? grinça-t-elle encore. Il n'est pas *question* que vous me suiviez.

— À tout le moins me permettrez-vous de vous tenir la porte, fit-il en s'exécutant avec force courbettes. À vous revoir, très chère demoiselle.

Elle lui jeta un coup d'œil soupçonneux et s'éloigna d'un bon pas en regardant de temps à autre pardessus son épaule. Sans même songer à s'avancer sur la chaussée et encore moins à essayer de la rattraper, Poirot demeura un moment sur le seuil. Puis, quand elle fut hors de vue, il regagna l'intérieur de l'établissement.

« Mais que diable tout cela peut-il bien signifier ? » se demandait-il.

La serveuse s'avançait vers lui d'un air belliqueux. Poirot regagna sa chaise derrière la table et amadoua la maritorne en lui commandant un café.

« Il y a là quelque chose de très curieux, se dit-il encore. Oui, de très curieux, vraiment. »

Une tasse pleine d'une sorte de jus de chaussette de couleur pâlichonne fut bientôt déposée devant lui. Il en but une gorgée et fit une grimace.

Il se demanda où pouvait bien se trouver Mrs Oliver à l'heure qu'il était.

9

Où elle se trouvait ? À bord d'un bus, quelque peu hors d'haleine, mais radieuse et savourant chaque instant de la traque. Son gibier, celui qu'en son for intérieur elle appelait le Paon, avait le pied léger. Mrs Oliver, elle, n'était pas la reine des marcheuses et elle avait sué sang et eau à rester dans son sillage tout au long de l'Embankment. Parvenu à Charing Cross, il avait plongé dans les entrailles du métro et elle avait dévalé les escaliers à sa suite. Il en était ressorti à Sloane Square et elle en avait fait autant. Elle avait fait la queue pour un bus trois rangs derrière lui. Il l'avait pris, ce bus, et elle en avait une fois encore fait autant. Il en descendit à World's End, et elle en fit toujours autant. Il s'engagea alors dans un hallucinant dédale de ruelles entre King's Road et la Tamise. Puis il obliqua vers ce qui semblait un terrain vague ou un chantier de construction déserté. Mrs Oliver se blottit dans l'ombre d'un porche et attendit. Elle le vit disparaître au coin d'une venelle, décida de lui accorder une longueur d'avance et se remit en marche. Parvenue à son tour dans la venelle, elle ne le vit plus nulle part... il s'était volatilisé. Elle étudia la topographie des lieux. Les bâtisses environnantes menaçaient ruine. Elle s'engagea plus avant dans le passage. D'autres passages y prenaient naissance, ainsi d'ailleurs que quelques culs-de-sac, le tout dans un enchevêtrement démentiel. Mrs Oliver avait perdu tout sens de l'orientation quand elle se retrouva sur le chantier de construction... et quand, dans son dos, une voix s'exprimant avec une politesse exquise lui fit faire un saut de dix pieds :

— J'espère que je n'ai pas marché trop vite pour vous ?

Elle se retourna d'un bond. Et ce qui n'était encore quelques secondes plus tôt qu'une partie de plaisir d'un nouveau genre, poursuite entreprise d'un cœur léger et le sourire aux lèvres, se mua brusquement en cauchemar. Ce qu'elle éprouvait maintenant, c'étaient les affres de la peur. Oui, elle avait peur. L'atmosphère s'était chargée d'une sourde menace. Pourtant, la voix n'était ni brutale ni déplaisante ; mais elle savait que derrière son apparente courtoisie et son ironie contenue se dissimulait la colère. Le genre de colère aveugle et soudaine qui lui fit se remémorer confusément, dans le désordre, toutes les abominations qu'on pouvait lire depuis belle lurette dans la presse. Des petites vieilles attaquées par des bandes d'adolescents. Des adolescents sans foi ni loi, cruels, mus par la haine et le désir de faire souffrir. Il était du lot, ce garçon qu'elle avait suivi. Il savait qu'elle marchait dans son sillage, et s'il l'avait semée, c'était pour mieux la pister à son tour et la piéger dans cette impasse où il l'avait acculée, lui interdisant définitivement toute possibilité de retraite. C'est ça, le chiendent, à Londres : la minute d'avant, vous êtes noyée au cœur d'une cohue sans nom, et puis, tout d'un coup, il n'y a plus personne en vue. Des gens, il devait bien y en avoir dans la rue toute proche. Quelqu'un vaquait peut-être à ses occupations dans une maison du voisinage. Et pourtant là, tout près, il n'y avait que ce personnage inquiétant, menaçant, ce personnage aux énormes mains cruelles. Et elle se dit que, à cet instant précis, il songeait à la meilleure façon de les utiliser, ces mains-là... Le Paon. Un paon orgueilleux. Resplendissant dans sa livrée de velours. Moulé dans son élégant pantalon noir. S'exprimant d'une voix amusée, doucement ironique, mais au fond de laquelle transparaissait la colère...

Mrs Oliver avala trois bols d'air à grands coups saccadés. Puis, dans un soudain sursaut de tout son être, elle élabora à toute allure un système de défense. Aussitôt dit, aussitôt fait : avec autant de dignité que de détermination, elle s'assit sur la poubelle poussée contre le mur à côté d'elle.

— Seigneur Dieu, ce que vous m'avez fait peur ! haleta-t-elle. Je n'avais aucune idée que vous étiez dans mon dos. J'espère que vous ne m'en voulez pas trop.

— Alors, comme ça, vous me filiez bel et bien ?

— Oui, je l'avoue à ma grande honte. J'imagine que cela a dû vous exaspérer. Et moi qui m'étais pourtant dit que c'était là une si merveilleuse occasion ! Je comprends que vous soyez fou furieux, notez bien. Et cependant vous vous méprenez. Vous vous méprenez complètement. Voyez-vous... (Mrs Oliver s'installa un peu plus confortablement sur sa poubelle :)... voyez-vous, j'écris des romans. J'écris des romans policiers et j'ai passé une matinée horrible à me creuser la cervelle. Ce qui fait que, en désespoir de cause, je suis entrée dans un café pour essayer de m'éclaircir les idées. Je venais d'en arriver dans mon livre au point où je devais entamer une filature. Je veux dire : au point où mon héros se mettait à suivre quelqu'un. Et je me suis dit : « Ma pauvre, tes connaissances dans ce domaine sont égales à zéro. » Je veux dire, je me débrouille toujours pour signaler dans tous mes romans que mon héros suit quelqu'un, et j'ai lu des tas de livres où les gens suivent d'autres gens comme leur ombre, mais je me suis également toujours demandé si c'était aussi facile que ça le paraissait ou bien si c'était presque entièrement impossible, comme ça en a tout l'air dans les livres de mes chers confrères. Ce qui fait que je me suis dit : « Eh bien, au bout du compte, la seule chose à faire, c'est d'essayer *toi-même* », parce que, de vous à moi, tant que vous n'avez pas personnellement mis la main à la pâte, vous êtes incapable de savoir de quoi il retourne. Je veux dire que vous ne savez pas ce qu'on ressent, que vous ne savez pas si vous faire semer par votre proie vous met dans tous vos états. Et c'est à ce moment de mes cogitations que j'ai levé les yeux, que je vous ai vu assis à la table d'à côté dans ce café et que je me suis dit que vous seriez... — j'espère une fois de plus que vous ne le prendrez pas en mauvaise part — je me suis dit que vous seriez la personne idéale à suivre.

Il la fixait toujours de ses étranges yeux d'un bleu de glace, mais elle se rendit pourtant compte que toute colère en avait disparu :

— Pourquoi étais-je cette personne idéale ?

— Eh bien, voyez-vous, c'est que vous êtes si... si décoratif, expliqua Mrs Oliver. Votre style vestimentaire me ravit. Il a quelque chose de... de Régence, si vous voyez ce que je veux dire. Et je me suis dit qu'à tant suivre un inconnu, autant profiter de l'occasion et tenter l'expérience avec quelqu'un qui serait facile à repérer dans la foule. Ce qui fait, voyez-vous, que lorsque vous avez quitté le café, je me suis lancée dans la carrière. Et je peux bien maintenant vous avouer que ça n'a vraiment pas été facile du tout. (Elle le regarda dans les yeux :) Ça vous ennuierait de me dire si vous avez tout de suite remarqué que je vous suivais comme votre ombre ?

— Non, pas tout de suite.

— Je vois, acquiesça Mrs Oliver, pensive. Mais il va de soi que je ne suis pas aussi repérable que vous l'êtes. Au beau milieu d'un lot de vieilles de mon acabit, je ne vous sauterais pas immédiatement aux yeux. Je n'ai rien qui tranche sur la grisaille ambiante, non ?

— Les romans que vous écrivez, ils sont publiés ? Est-ce que j'aurais pu par hasard tomber dessus ?

— Ça, je ne sais pas. Ce n'est pas impossible. J'en suis à mon quarante-troisième. Je m'appelle Oliver.

— Ariadne Oliver ?

— Alors comme ça vous connaissez mon nom !

s'émut Mrs Oliver. Je suis très flattée, bien sûr, encore que je ne pense pas que vous pourriez beaucoup apprécier mes livres. Vous les trouveriez démodés... pas assez violents.

— Et vous, vous ne me connaissiez pas avant ce matin ?

Mrs Oliver secoua la tête :

— Non, je vous jure bien que non.

— Et la fille avec laquelle j'étais ?

— Vous voulez dire celle qui se trouvait au café et avec laquelle vous dégustiez... — il s'agissait bien de haricots à la mélasse, c'est ça ? Non, je ne crois pas. Bien sûr, je ne voyais que sa nuque. Elle m'a fait l'effet... bref, les filles, de nos jours, se ressemblent plus ou moins toutes, vous ne trouvez pas ?

— Elle, elle vous connaissait.

Le ton du garçon s'était fait tranchant comme le fil d'un rasoir :

— Elle a même mentionné un jour qu'elle vous avait rencontrée il n'y a pas longtemps. Guère plus d'une semaine, si je ne m'abuse.

— Où cela ? À un cocktail ? Il est fort possible en effet que nous ayons été présentées. Comment s'appelle-t-elle ? Peut-être son nom me dirait-il déjà quelque chose.

Elle eut l'impression qu'il hésitait beaucoup pour savoir s'il allait le lui révéler ou pas. Mais il opta en fin de compte pour l'affirmative.

— Elle s'appelle Norma Restarick, articula-t-il tout en scrutant le visage de la romancière pour y déchiffrer la plus infime réaction.

— Norma Restarick... Oh ! mais oui, où avais-je donc la tête ! C'était lors d'un verre, à la campagne. Un village qui s'appelle... laissez-moi un instant... Long Norton, ce n'est pas ça ? Le nom de la propriété, en revanche, ne me revient pas du tout. Je ne crois de toute façon pas que je l'aurais reconnue, encore que je croie bien qu'elle m'ait dit quelques mots sur mes romans. Je lui avais même promis de lui en dédicacer un. C'est tout de même extravagant

— non ? — que, décidée à suivre quelqu'un, je sois précisément allée, par le plus grand des hasards, porter mon choix sur le compagnon de table d'une jeune fille que je connais plus ou moins ! Extravagant ! Et le mot est faible ! Je ne crois pas que je pourrai jamais mettre un truc pareil dans l'un de mes romans. Personne n'irait gober une coïncidence aussi flagrante, non ? (Mrs Oliver se leva de son siège :) Dieu du ciel, sur quoi étais-je donc assise ? Une poubelle ! Je rêve ! Et même pas la plus appétissante des poubelles, soit dit entre nous. (Elle se pinça le nez :) Où suis-je donc venue atterrir !

David la dévisageait. Et elle eut brusquement la conviction qu'elle s'était trompée du tout au tout sur le compte de ce garçon. « C'est stupide de ma part, se gourmanda-t-elle. Ariadne, ma fille, tu es stupide. Comment ai-je pu me fourrer dans la tête qu'il était dangereux ? Qu'il pouvait me faire passer un mauvais quart d'heure ? » Il lui souriait et un charme extraordinaire se dégageait de son sourire. Il secoua doucement la tête et ses boucles châtain virevoltèrent sur ses épaules. Quelles drôles de créatures étaient désormais les garçons !

— Le moins que je puisse faire, sourit-il, c'est de vous montrer jusqu'où le fait de me suivre a pu vous entraîner. Venez, nous allons grimper là-haut.

Il lui désigna un escalier extérieur menaçant ruine et qui donnait accès à une sorte de galetas sous les toits.

— Grimper par là ?

Mrs Oliver commença à déchanter. Qui sait s'il ne lui avait pas fait du charme dans le seul but de l'entraîner là-haut pour l'étrangler tout à son aise ? « Tant pis, ma vieille, s'admonesta-t-elle. Tu es venue jusqu'ici, eh bien maintenant tu n'as plus qu'à continuer si tu veux découvrir ce que tu étais venue y chercher. »

— Vous êtes sûr que ces marches vont supporter mon poids ? s'inquiéta-t-elle néanmoins. Elles m'ont l'air terriblement branlantes.

— Elles en ont vu d'autres, répliqua David. Je passe devant pour vous montrer le chemin.

Mrs Oliver grimpa péniblement derrière lui. C'était l'horreur. Elle était, jusqu'au tréfonds, de nouveau en proie à l'épouvante. Non pas tant qu'elle soit épouvantée par le Paon lui-même, mais bien plutôt par l'endroit où le Paon projetait de l'emmener. Bah ! elle n'allait pas tarder à être fixée. Il poussa la porte en haut des marches et la fit pénétrer dans un vaste grenier — longue pièce dénudée et qui avait tout l'air d'un atelier d'artiste improvisé. Quelques matelas gisaient çà et là à même le sol et des toiles s'entassaient contre le mur. Une tenace odeur de peinture flottait dans l'air. Il y avait deux personnes dans la pièce. Un jeune barbu, debout devant un chevalet, était occupé à peindre. Il tourna la tête à leur entrée :

— Salut, David ! Tu nous amènes de la compagnie ?

C'était, se dit Mrs Oliver, le garçon le plus crasseux qu'elle ait jamais rencontré. Ses cheveux, noirs et huileux, lui dégringolaient sur le front et dans le cou dans une approximation de coiffure à la Jeanne d'Arc. Outre une barbe en bataille, le reste de son visage proclamait qu'il n'avait pas connu le feu du rasoir depuis une bonne quinzaine. Et quant à ses vêtements, ils se résumaient à un ensemble pantalon-gilet de cuir noir graisseux et à des bottes montantes.

Le regard de Mrs Oliver s'en fut se poser au-delà, sur la fille qui jouait présentement les modèles. Juchée sur une estrade, elle était affalée en travers d'une caisse, la tête renversée en arrière, et ses longs cheveux noirs semblaient dégouliner jusqu'au sol. Mrs Oliver la reconnut tout de suite. Il s'agissait de la deuxième des trois filles des Résidences Borodene. Mrs Oliver ne parvenait pas à retrouver son nom mais se souvenait de son prénom. Il s'agissait de la languide mais éminemment décorative Frances.

— Ça, c'est Peter, signala David en désignant l'artiste à l'aspect quelque peu répugnant. L'un de nos génies en puissance. Et cette créature, c'est Frances, qui a pris la pose de la rosière au désespoir, suppliant qu'on la fasse avorter.

— La ferme, patate ! fulmina Peter.

— Je crois que je vous connais, non ? mondanisa gaiement Mrs Oliver, de l'air de la dame qui n'en jurerait pas. Je suis prête à parier que nous nous sommes déjà vues quelque part ! Et il n'y a pas longtemps, qui plus est.

— Vous êtes Mrs Oliver, c'est ça ? dit Frances.

— C'est bien ce qu'elle m'a affirmé, commenta Peter. Et ce serait exact, par-dessus le marché ?

— Voyons, où donc ai-je bien pu vous rencontrer ? poursuivit Mrs Oliver. Lors d'une quelconque réunion en société, peut-être ? Non. Attendez que je réfléchisse... Je sais. C'était aux Résidences Borodene.

Frances s'était maintenant redressée sur son siège improvisé et discourait elle aussi sur un ton raffiné en dépit de son côté traînant. Peter poussa un beuglement de fureur :

— Tu as encore foutu en l'air la pose ! Qu'est-ce qui t'oblige à gigoter sans arrêt ? Tu peux pas te tenir tranquille, non ?

— Non, je n'en pouvais plus. C'était atroce. Ça m'a fichu dans l'épaule une crampe à tout casser.

— Je viens de faire l'expérience de suivre quelqu'un, expliqua Mrs Oliver à la cantonade. C'est beaucoup plus difficile que je ne le pensais. C'est un studio d'artiste que vous avez là ? enchaîna-t-elle en regardant autour d'elle avec intérêt.

— C'est comme ça qu'ils sont, de nos jours, grommela Peter. Des sortes de greniers... et encore heureux si on ne passe pas à travers les lames du plancher.

— Il y a tout le confort, tu veux dire ! s'interposa David. Éclairage plein nord, de la place en veux-tu en voilà, une paillasse où dormir, le droit d'usage d'un quart des WC du rez-de-chaussée... plus ce qu'ils appellent un coin cuisine. Lequel est d'ailleurs doté de quelques bouteilles, ajouta-t-il. (Puis, se tournant vers Mrs Oliver, sur un tout autre ton et avec la plus parfaite des politesses :) Au fait, peut-on vous offrir un verre ?

— Je ne bois pas, se défendit Mrs Oliver.

— La rombière ne boit pas ! s'esclaffa David. Qui l'eût cru ?

— C'est assez grossièrement formulé, mais vous êtes dans le vrai, convint Mrs Oliver. La plupart des gens que je croise se précipitent sur moi pour me dire : « Et moi qui avais toujours cru que vous buviez comme un trou ! »

Elle ouvrit son sac à main... et trois torsades de cheveux gris en jaillirent aussitôt et atterrirent sur le parquet. David plongea pour les ramasser et les lui tendre.

— Oh ! merci mille fois, s'exclama Mrs Oliver. Je n'avais pas eu le temps de les mettre ce matin. Je me demande s'il me reste encore des épingles à cheveux.

Elle fouilla dans son sac, trouva ce qu'elle cherchait et raccrocha tous ses postiches.

Peter partit d'un rire énorme.

— Alors, là, chapeau, vous me la coupez ! hoqueta-t-il.

« Quand je pense que j'ai pu avoir l'idée idiote que j'étais en danger ! se morigéna Mrs Oliver. En *danger*... auprès de *ces gens-là* ? Quelle que soit leur dégaine, ce sont des garçons et des filles adorables et doux comme des agneaux. C'est bien vrai, ce qu'on me répète toujours. J'ai beaucoup trop d'imagination. »

Elle ne tarda pas à signaler qu'il fallait qu'elle se retire, et David, très homme du monde, l'aida à redescendre les marches branlantes avant de lui indiquer le meilleur itinéraire pour regagner King's Road.

— Et là, lui signala-t-il, vous pourrez sauter dans un bus ou héler un taxi si le cœur vous en dit.

— Un taxi, précisa-t-elle. J'ai les pieds en compote. Plus tôt je dénicherai un taxi, mieux cela vaudra.

Merci, ajouta-t-elle, d'avoir pris avec tant de sérénité le fait que je vous aie suivi d'une manière qui a pu vous paraître extrêmement sujette à caution. Encore que je n'imagine pas après tout que les détectives privés, les as de la filature ou quel que soit le nom dont on les affuble puissent avoir quoi que ce soit en commun avec une créature dans mon genre.

— Qui sait ? murmura David d'un ton grave. Vous prendrez ici à gauche... et puis la première à droite, et puis encore une fois à gauche jusqu'à ce que vous aperceviez la Tamise, et là, à gauche toute et puis droit devant.

Bizarrement, alors qu'elle retraversait le terrain vague, la même angoisse que celle qu'elle avait précédemment éprouvée, le même sentiment de danger l'envahit. Elle se retourna pour jeter un œil à l'escalier branlant et à la porte du studio. La silhouette de David, en train de l'observer comme pour mieux veiller sur elle, se découpait toujours sur le seuil. « Trois jeunes gens tout ce qu'il y a de charmants, se dit Mrs Oliver. Tout ce qu'il y a de charmants et gentils comme tout. À gauche, ici, et puis là, à droite. Rien que parce qu'ils ont *l'air* pas comme tout le monde, on se monte le bourrichon et on brame qu'ils doivent être dangereux. Est-ce que c'est encore une fois à droite ? ou bien à gauche ? À gauche, je crois bien. Oh ! doux Jésus, mes pieds ! Et voilà par-dessus le marché qu'il va se mettre à pleuvoir. » Le trajet semblait interminable, et King's Road incroyablement loin. Elle ne percevait maintenant presque plus le bruit de la circulation... Et où diantre se trouvait la Tamise ? Elle commença à se demander si elle n'avait pas suivi de travers les directives de David.

« Bah ! philosopha la romancière. Je finirai bien par arriver quelque part... à la Tamise, à Putney, à Wandsworth ou au Diable vert, mais *quelque part.* »

Elle demanda le chemin de King's Road à un passant qui lui baragouina qu'il était étranger et ne parlait pas l'anglais.

Épuisée, Mrs Oliver tourna dans une étroite

impasse et vit enfin luire au loin les eaux sombres du fleuve. Elle accéléra l'allure, entendit un bruit de pas dans son dos mais, avant même d'avoir pu tourner la tête, reçut un coup sur le sommet du crâne et sombra dans ce qui lui parut l'infini d'un ciel peuplé d'étoiles tourbillonnantes.

10

— Buvez ça ! ordonna une voix.

Norma tremblait de tous ses membres. Regard hébété, elle se recroquevilla dans son fauteuil. L'injonction fut réitérée :

— Buvez ça !

Cette fois, elle obéit et s'étrangla un peu.

— C'est... c'est très fort, hoqueta-t-elle.

— Ça vous remettra d'aplomb. Dans deux secondes vous vous sentirez mieux. Ne bougez pas et vous allez voir.

L'étourdissement et les nausées s'estompèrent. Un peu de couleur lui revint aux joues et son tremblement s'atténua. Pour la première fois elle regarda autour d'elle et prit connaissance du décor qui l'entourait. Elle avait été jusque-là obnubilée par un sentiment d'horreur et de terreur sans nom, mais tout semblait maintenant revenir à la normale. Elle se trouvait dans une pièce de dimensions moyennes, meublée d'une manière vaguement familière. Un bureau, un divan, un fauteuil, une chaise, un stéthoscope sur une table basse et un appareil qui, songeat-elle, devait concerner les examens de la vue. Son attention passa alors du général au particulier. À l'homme qui lui avait fait avaler un remontant.

C'était un rouquin d'une trentaine d'années, au visage taillé à la serpe et d'une laideur éminemment séduisante. Très décontracté pour un médecin, il s'exprimait toujours avec la plus grande familiarité :

— Vous commencez à reprendre du poil de la bête ?

— Je... oui, je crois. Je... est-ce que vous avez... je veux dire : que s'est-il passé ?

— Vous ne vous en rappelez pas ?

— Les voitures. Je... elle m'a foncé dessus... elle... (Elle leva les yeux sur lui :) Je me suis fait écraser.

— Oh ! non. Vous ne vous êtes pas fait écraser. J'ai veillé au grain.

— Vous ?

— Oui. Vous vous trouviez en plein trafic, une voiture fonçait droit sur vous et j'ai réussi à vous empoigner pour vous tirer de ce mauvais pas. Qu'est-ce qui vous avait pris de courir comme une dératée au beau milieu de la chaussée ?

— Je ne m'en souviens pas. Je... oui, je pense que je devais avoir la tête ailleurs.

— Une Jaguar arrivait à fond de train, et il y avait un bus qui fonçait dans l'autre sens. La Jaguar n'essayait pas de vous passer dessus exprès ou un truc dans ce genre-là, non ?

— Je... non, non, je suis sûre que non. Je veux dire, je...

— Je me suis posé la question, voyez-vous. Et puis... de votre part, il aurait aussi pu s'agir d'autre chose que d'un simple accident, non ?

— Que voulez-vous dire ?

— Eh bien, que ç'aurait pu être délibéré.

— Comment ça, délibéré ?

— En fait, je me suis demandé si vous n'étiez pas en train de chercher à vous faire tuer. C'était le cas ? demanda-t-il comme s'il posait là la question la plus naturelle du monde.

— Je... non... euh... non, bien sûr que non.

— Si oui, ç'aurait été une façon parfaitement débile de le faire. (Son ton se modifia quelque peu :) Allons, vous devez quand même bien garder un souvenir quelconque de cette histoire.

Son tremblement la reprit :

— Je me suis dit... je me suis dit que, comme ça, tout serait terminé. Je me suis dit...

— Ainsi, vous étiez donc bien en train d'essayer de vous suicider, non ? Qu'est-ce qui ne va pas ? Vous pouvez me le dire. Il y a un garçon qui vous a plaquée ? C'est le genre de truc qui peut faire très mal. Qui plus est, on a toujours la volupté de se dire que, si on se suicide, l'autre va être aux cent coups. Mais ça, il ne faut jamais s'y fier. Les gens ont horreur d'avoir des remords ou de se dire que quelque chose est de leur faute. Tout ce que décréterait le garçon en question se bornerait probablement à : « J'avais toujours dit qu'elle avait un grain. Au fond, tout est pour le mieux. » Gardez ça en mémoire pour la prochaine fois que vous ressentirez l'envie pressante d'agresser une Jaguar. Même les Jaguar ont des sentiments qu'il faut éviter de froisser. *Alors* ? C'était *quoi* qui n'allait pas ? Votre petit ami qui vous a laissée choir ?

— Non, fit Norma. Oh ! non. C'était même le contraire. Il voulait m'épouser.

— Il n'y a pas là de quoi se jeter sous une bagnole.

— Si. Et je l'ai fait parce que...

Elle s'interrompit.

— Vous feriez mieux de me raconter tout ça, vous ne croyez pas ?

— Comment suis-je arrivée ici ?

— Je vous y ai amenée en taxi. Vous ne paraissiez pas blessée... à part quelques contusions, j'imagine. Mais ce qu'il y a de sûr, c'est que vous étiez en état de choc. De choc profond. Je vous ai demandé votre adresse et vous m'avez regardé comme si vous ne saviez pas de quoi je vous parlais. Par-dessus le marché, la foule commençait à s'attrouper. Ce qui fait que j'ai hélé un taxi qui nous a transportés jusqu'ici.

— C'est un... un dispensaire ?

— C'est un cabinet médical, et je suis le médecin. Mon nom est Stillingfleet.

— Je ne veux pas voir de médecin ! Je ne veux pas parler à un médecin ! Je ne...

— Du calme, du calme. Parler à un médecin, voilà dix minutes que vous le faites. Et puis qu'est-ce que vous avez contre les médecins, de toute façon ?

— J'en ai peur. J'ai peur de ce qu'un médecin pourrait me dire de...

— Allons, ma pauvre petite, vous n'êtes pas en train de me consulter à titre professionnel. Considérez-moi comme un simple étranger qui est venu jouer les mouches du coche et vous sauver de la mort ou plus probablement vous éviter un bras cassé, une jambe en capilotade, une fracture du crâne ou Dieu sait quoi de plus invalidant encore qui vous aurait laissée sur le flanc votre vie durant. Ce qui n'aurait d'ailleurs été qu'une paille à côté des désagréments qui vous auraient pendu au nez. Il n'y a pas de ça bien longtemps, pour suicide calculé, vous auriez été traînée en justice. Vous pourriez l'être encore, en cas de promesse écrite de suicide en commun. Vous visualisez bien la situation ? Vous ne pourrez en tout cas pas dire que je n'ai pas été franc avec vous. Et vous m'obligeriez en me rendant la pareille et m'expliquant d'où diable vous vient cette frousse des médecins. Qu'est-ce qu'ils vous ont fait ?

— Rien. Ils ne m'ont rien *fait*. Mais j'ai peur qu'ils décrètent que...

— Que quoi ?

— Qu'il faut m'enfermer.

Le Dr Stillingfleet haussa ses sourcils roux comme pour mieux la dévisager :

— Bigre ! Vous semblez avoir de curieuses notions sur ce qu'est le corps médical. Pourquoi décréterais-je qu'il faut vous enfermer ? Au fait, vous n'avez pas envie d'une tasse de thé ? À moins que vous ne préfériez un barbiturique ou un anxiolytique quelconque ? C'est le genre de cochonneries dont raffolent les gens de votre âge. Vous avez déjà dû pas mal donner là-dedans, non ?

— Pas... pas *vraiment*.

— Je ne vous crois pas. N'importe comment, pourquoi cette inquiétude et cet accablement ? Vous n'êtes pas une aliénée au sens clinique du terme. Ce n'est à première vue pas mon diagnostic. Et le rêve des médecins n'est pas de faire boucler leurs patients. Il y a déjà bien trop de monde dans les asiles psychiatriques. Y caser un nouveau ou une nouvelle ne serait pas commode. D'autant que, en désespoir de cause, on a plutôt tendance à en éjecter un bon nombre qui mériteraient pourtant bien d'y rester. Mais que voulez-vous, tout est tellement bondé, dans ce pays.

» Alors, poursuivit-il, vous optez pour quoi ? Mon armoire à pharmacie ou une bonne vieille tasse de thé bien de chez nous ?

— Je... je prendrais volontiers une tasse de thé.

— Chine ou Ceylan ? C'est ce qu'il est de bon ton de demander, non ? Notez que je ne jurerais pas d'avoir du thé de Chine.

— Je préfère le Ceylan.

— Ouf ! (Il alla ouvrir la porte et vociféra :) Annie ! Du thé pour deux ! (En revenant s'asseoir, il reprit :) J'espère que je me suis bien fait comprendre, miss... Comment vous appelez-vous, à propos ?

— Norma Rest...

Elle s'interrompit.

— Oui ?

— Norma West.

— Parfait, miss West, mettons les choses bien au clair. Vous n'êtes pas ma patiente, vous n'êtes pas venue me consulter. Vous avez failli être victime d'un accident de la circulation... c'est comme ça que nous qualifierons l'incident, et c'est d'ailleurs comme ça, j'imagine, que vous comptiez que ça se passe si votre plan avait fonctionné, ce qui aurait entre parenthèses salement compliqué l'existence du type de la Jaguar.

— J'avais d'abord envisagé de me jeter du haut d'un pont.

— Voyez-vous ça ! Comme si c'était tellement commode. Les gens qui construisent des ponts sont devenus prudents, par les temps qui courent. Ce qui revient à dire qu'il vous aurait fallu escalader un parapet, ce qui est la croix et la bannière. Et il se trouve toujours un empêcheur de tourner en rond pour vous cramponner par les basques au tout dernier moment. Bref, pour en revenir à mon exposé des faits, je vous ai ramenée à mon cabinet parce que vous étiez en trop grand état de choc pour m'indiquer votre adresse. Quelle est-elle, à propos ?

— Je n'ai pas d'adresse. Je... je ne vis nulle part.

— Intéressant, commenta le Dr Stillingfleet. Vous êtes ce que la police appelle une « Sans domicile fixe ». Comment vous débrouillez-vous ? Vous passez vos nuits sur les quais ?

Elle lui coula un regard méfiant.

— J'aurais pu détailler l'incident à la police, poursuivit-il, mais rien ne m'obligeait à le faire. J'ai préféré m'en tenir à la version édulcorée selon laquelle, en état de rêverie d'adolescente amoureuse, vous traversiez la rue sans commencer par regarder à gauche.

— Vous ne ressemblez pas du tout à l'idée que je me faisais d'un médecin, marmonna Norma.

— Ah bon ? Figurez-vous que, de mon côté, j'ai progressivement pris la médecine en grippe, dans ce pays. En fait, je cesse de pratiquer en Angleterre et je pars pour l'Australie dans une quinzaine. Ce qui fait que, avec moi, vous êtes tranquille et que vous pouvez me dire, si ça vous chante, que vous voyez des éléphants roses jaillir d'un peu partout, que vous croyez dur comme fer que les arbres tendent leurs branches pour mieux vous étrangler, que vous savez comme personne détecter le moment précis où c'est le diable qui vous regarde avec les yeux des gens d'en face et autres joyeusetés du même acabit — le tout sans que je lève le petit doigt ! Mais, de vous à moi et soit dit sans vous offenser, vous m'avez plutôt l'*air* relativement saine d'esprit.

— Je ne crois pas que je le sois.

— Après tout, c'est peut-être vous qui êtes dans le

vrai, admit le Dr Stillingfleet, bon prince. Expliquez-moi d'où vous vient cette conviction.

— Je fais des choses et je ne m'en souviens pas... Je dis aux gens des choses à propos de ce que j'ai fait et je ne me *souviens* pas de le leur avoir dit...

— Vous avez la mémoire qui flanche, un point c'est tout.

— Vous ne comprenez pas. Il s'agit toujours de... de choses qui ont à voir avec le *mal*.

— Transes religieuses ? Exaltation mystique ? Ça, par exemple, ça m'intéresse énormément.

— Ça n'a rien de mystique ni de religieux. Il s'agit tout simplement de... tout simplement de *haine*.

Un coup léger fut frappé à la porte et une femme d'un certain âge entra avec un plateau. Elle le posa sur le bureau et se retira aussitôt.

— Sucre ? s'enquit le Dr Stillingfleet.

— Oui, s'il vous plaît.

— Bravo ! Vous êtes une fille sensée. Rien de tel en effet que le sucre quand on se relève d'un choc.

Il remplit deux tasses, en posa une à portée de Norma et y adjoignit le sucrier.

— Et maintenant, fit-il en se rasseyant, de quoi dissertions-nous donc ? Ah ! oui, de la haine.

— Il n'est pas impossible, n'est-ce pas, de détester quelqu'un au point d'avoir vraiment envie de le tuer ?

— Certes non, convint le Dr Stillingfleet, imperturbable. Ça n'a rien d'impossible. C'est on ne peut plus naturel. Mais même si vous en mourez d'envie, passer à l'acte est une autre paire de manches. L'être humain est équipé de freins de secours qui bloquent automatiquement la machine quand le besoin s'en fait sentir.

— Vous faites paraître tout cela si banal... remarqua Norma avec de la contrariété dans la voix.

— Parce que ça l'est. Les enfants vivent ça quasiment tous les jours. Ils piquent des crises de fureur, lancent à leurs père et mère : « Vous êtes infects, je vous déteste, je voudrais vous voir mourir comme des mouches. » Les mères — créatures qui savent parfois se montrer moins stupides qu'on ne l'imagine — ne relèvent d'ordinaire même pas. En grandissant, les chérubins continuent à détester la Terre entière, mais ils ne peuvent pas se payer le luxe de pousser le bouchon trop loin. Ou s'ils le font, s'ils passent à l'acte avec toutes les difficultés et les horreurs que cela comporte... on les expédie faire un tour à l'ombre. Au fait, vous n'êtes pas en train de me mener en bateau avec toutes vos histoires, non ? ajouta-t-il négligemment.

— Bien sûr que non ! (Norma se redressa sur son siège et ses yeux lancèrent des éclairs :) Bien sûr que non. Vous croyez que je vous raconterais toutes ces abominations si ce n'était pas la vérité ?

— Bah ! sourit le Dr Stillingfleet, des tas de gens le font. Ils n'aiment rien tant que de débiter des monceaux d'insanités sur leur propre compte. (Il la débarrassa de sa tasse vide :) Et maintenant, vous feriez bien de vider votre sac, de tout me dire : qui vous détestez, pourquoi vous les détestez et ce que vous voudriez leur faire.

— L'amour peut se changer en haine.

— On dirait le refrain d'une goualante réaliste. Mais ne perdez pas de vue que la haine peut aussi se changer en amour. Allons ! avouez que tout ça, c'est suite au lâchage de votre petit copain. « *C'était mon jules et il m'a laissée choir.* » Ce n'est pas là que le bât blesse, vous en êtes sûre ?

— Non, non. Ça n'a rien à voir. Il s'agit de... il s'agit de ma belle-mère, de la seconde femme de mon père.

— Ah ! l'éternel rengaine de la cruelle marâtre. Mais ça ne tient pas debout. À votre âge, vous êtes assez grande pour vous tenir à l'écart. Qu'est-ce qu'elle vous a fait, votre belle-mère, à part épouser votre père ? Vous ne pouvez plus le voir en peinture non plus, ou bien vous l'aimez tellement que vous ne supportez pas d'avoir à le partager ?

— Ce n'est pas ça du tout. Pas du tout. Je l'aimais beaucoup, dans le temps. Je l'aimais de tout mon cœur. Il était... il était... je le trouvais merveilleux.

— Stop ! décréta le Dr Stillingfleet. Et maintenant, écoutez-moi. Je vais vous suggérer une bonne chose. Vous voyez cette porte ?

Norma tourna la tête et regarda la porte d'un air intrigué.

— Tout ce qu'il y a d'ordinaire, cette porte, hein ? Pas fermée à clé. Elle s'ouvre et se ferme sans problème aucun. Allez-y et essayez vous-même. Vous avez vu ma femme de ménage l'emprunter pour entrer et sortir, non ? Pas le moindre tour de passe-passe. Allez. Levez-vous. Et faites ce que je viens de vous dire.

Norma se leva de son fauteuil et, après une légère hésitation, gagna la porte et l'ouvrit. Puis elle s'immobilisa dans l'embrasure, la tête tournée vers le médecin et le regard interrogateur.

— Parfait. Qu'est-ce que vous voyez, de là où vous êtes ? Un vestibule comme il y en a tant et qui aurait besoin d'un coup de peinture mais qui n'y aura pas droit puisque je pars pour l'Australie. Maintenant allez jusqu'à la porte d'entrée et ouvrez-la. Pas d'embrouilles là non plus. Sortez et descendez sur le trottoir, ce qui vous permettra de constater que vous êtes libre comme l'air et que personne n'envisage d'attenter à cette liberté. Quand vous serez enfin convaincue que vous pouvez sortir d'ici sans anicroche chaque fois que le cœur vous en dit, revenez vous asseoir dans cet excellent fauteuil et dites-moi tout de vous. Ensuite de quoi je vous gratifierai de mes précieux conseils. Vous n'aurez d'ailleurs pas besoin de les suivre, la rassura-t-il. Les gens le font rarement. Mais autant que vous les entendiez quand même. Pigé ? D'accord ?

Norma traversa d'un pas d'automate le vestibule — un vestibule comme il y en avait tant d'autres, ainsi que lui avait fait remarquer le médecin —, ouvrit la porte d'entrée d'un simple mouvement du poignet, descendit les quatre marches du perron et se retrouva sur le trottoir d'une rue aux maisons élégantes quoique sans grand intérêt. Elle y resta plantée un moment, sans le moins du monde se douter de la discrète surveillance à laquelle se livrait le Dr Stillingfleet par la fenêtre de son cabinet. Au bout de deux minutes, elle pivota sur ses talons et, d'un pas plus détendu, remonta les quatre marches, referma la porte d'entrée derrière elle et regagna le cabinet du médecin.

— Tout est OK ? s'enquit le Dr Stillingfleet. Vous êtes convaincue que je ne cherche pas à vous jouer un tour de cochon ? Rien dans les mains, rien dans les poches ?

La jeune fille hocha la tête.

— Bon. Alors asseyez-vous. Prenez vos aises. Vous fumez ?

— C'est-à-dire que je...

— Uniquement des joints... quelque chose dans ce goût-là ? Oubliez ma question, vous n'avez pas besoin de me répondre.

— Il va de soi que je ne touche pas à ces choses-là.

— À votre place, j'aurais évité le « il va de soi », mais un médecin se doit de croire ce que lui dit son patient. Passons. Maintenant, racontez-moi tout sur vous.

— Je... je ne sais pas... Il n'y a rien à raconter, au fond. Vous voulez que je m'étende sur le divan ?

— Pour me débiter vos rêves et tout le fourbi ? Non, pas spécialement. Ce que j'aimerais connaître, c'est tout au plus vos antécédents. Vous voyez ce que je veux dire : où vous êtes née, si vous avez été élevée en ville ou à la campagne, si vous avez des frères et sœurs ou si vous êtes fille unique, etc. Quand votre mère est morte, vous avez pris ça très mal ?

— Bien sûr, que j'ai pris ça mal !

— Vous avez trop tendance à dire « bien sûr » et « il va de soi », miss West. À propos, vous ne vous appelez pas West, n'est-ce pas ? Ce qui me laisse d'ailleurs indifférent, je ne tiens pas à connaître votre véritable identité. Quoi qu'il en soit, que s'est-il passé, après la mort de votre mère ?

— Elle était très atteinte depuis des années déjà. Et elle passait le plus clair de son temps dans des institutions et des maisons de repos. J'étais hébergée chez une de mes tantes, une personne très âgée, au fin fond du Devonshire. Ce n'était pas vraiment ma tante, plutôt une cousine germaine de ma mère. Et puis mon père est rentré en Angleterre il y a environ six mois. J'étais... j'étais folle de joie.

Son visage s'était soudain illuminé. Et elle ne s'avisa même pas du rapide coup d'œil sagace que le jeune médecin, apparemment impassible, lui avait décoché.

— Je me souvenais à peine de lui, vous savez. Il avait dû nous abandonner quand j'avais 5 ans. Je croyais ne jamais le revoir. Ma mère ne parlait pas souvent de lui. Je crois qu'elle avait espéré au tout début qu'il laisserait tomber l'autre femme et qu'il nous reviendrait.

— L'autre femme ?

— Oui, il n'était pas parti tout seul. C'était une femme de mauvaise vie, disait ma mère. Elle récriminait souvent à son propos, et à celui de papa aussi, mais moi, je me répétais tout le temps que papa n'avait peut-être pas... n'avait peut-être pas autant de torts qu'elle voulait bien le dire et que c'était cette femme qui était responsable de tout.

— Ils se sont mariés ?

— Non. Ma mère avait toujours dit qu'elle ne divorcerait pas. Elle était très pieuse. Elle n'admettait pas le divorce.

— Ils ont longtemps vécu ensemble ? Et elle s'appelait comment, cette femme, ou bien est-ce un secret, là aussi ?

— Je ne me rappelle pas son nom de famille. (Norma secoua la tête :) Non, je n'ai pas l'impression qu'ils aient longtemps vécu ensemble, mais je n'en sais pas long non plus sur la question. Ils sont partis pour l'Afrique du Sud, et là il semble qu'ils se soient bagarrés assez vite et qu'ils aient fini par partir chacun de son côté, parce que c'est à ce moment-là que ma mère a dit qu'elle espérait que papa allait nous revenir. Mais il ne l'a pas fait. Il n'a même pas écrit. Pas même à moi. Mais il m'envoyait des trucs à Noël. Des cadeaux, toujours.

— Il avait beaucoup de tendresse pour vous ?

— Je ne sais pas. Comment aurais-je pu le deviner ? Personne ne parlait jamais de lui. Sauf l'oncle Simon... son frère. Il gérait l'affaire, et il était furieux que papa lui ait laissé tout le travail sur les bras. Il disait qu'il avait toujours été le même, incapable d'avoir les pieds sur terre et de s'accrocher, mais que, au fond, ce n'était pas un mauvais bougre. Qu'il était faible, un point c'est tout. Je n'ai jamais beaucoup vu l'oncle Simon. On ne fréquentait que les amies de ma mère. La plupart étaient d'un ennui à périr. Toute ma vie a été d'un ennui à périr...

» Oh ! et c'est pour ça que c'était tellement merveilleux que papa rentre enfin pour de bon. J'ai tout de suite essayé de me rappeler un peu mieux comment il était, les choses qu'il m'avait dites, les jeux auxquels on avait joué. Il me faisait tellement rire ! J'ai essayé de voir si je pouvais retrouver quelques vieilles photos de lui. Mais elles semblaient avoir été toutes jetées. C'est elle qui avait dû les mettre à la poubelle.

— Elle était restée à ce point vindicative ?

— Je crois que c'est à Louise qu'elle en voulait surtout.

— Louise ?

Il vit la jeune fille se raidir :

— Je ne me souviens pas... Je vous l'ai dit... Je n'ai pas la mémoire des noms.

— Aucune importance. Vous me parliez de la femme avec laquelle votre père avait filé. C'est bien ça ?

— Oui. Ma mère disait qu'elle buvait, qu'elle se droguait et qu'elle finirait mal.

— Mais vous ne savez pas si elle a réellement mal fini ?

— Je ne sais rien... (Son désarroi allait grandissant :) J'aimerais que vous cessiez de me torturer avec vos questions ! Je ne sais rien à son sujet ! Je n'ai plus jamais entendu parler d'elle ! J'avais oublié jusqu'à son existence et il a fallu que vous me la rappeliez. Je vous dis que je ne sais *rien*.

— Allons, allons, tenta de la calmer le Dr Stillingfleet. Ne vous agitez pas comme ça. Inutile de vous biler pour ce qui est de l'histoire ancienne. Pensons plutôt à l'avenir. Qu'est-ce que vous allez faire, à partir de maintenant ?

Elle poussa un profond soupir :

— Je n'en sais rien. Je n'ai nulle part où aller. Je ne peux pas... ce serait pourtant beaucoup mieux... je suis sûre que ce serait beaucoup mieux de... d'en finir une bonne fois pour toutes... seulement je ne peux pas...

— Seulement vous ne pouvez pas vous permettre une nouvelle tentative de suicide, c'est ça ? Ce serait en effet totalement stupide, je vous en fiche mon billet. D'accord, vous n'avez nulle part où aller, personne à qui vous fier. Mais de l'argent, vous en avez un peu ?

— Oui, j'ai un compte en banque que papa alimente tous les trois mois, mais je ne suis pas sûre que... peut-être qu'à l'heure qu'il est, ils sont en train de me chercher et... Oh ! *je ne veux pas qu'on me trouve.*

— Ça n'est pas inéluctable. Je veillerai à ce que ça ne se produise pas. Il y a un endroit qui s'appelle Kenway Court. Il n'est pas aussi grandiose que son nom le laisserait supposer. C'est un genre de maison de convalescence où les gens vont faire des cures de repos. Il n'y a pas de médecins ni de cellules capitonnées et vous n'y seriez pas enfermée, je vous en donne ma parole. Vous pourriez en sortir les mains dans les poches à tout bout de champ. Vous y faire servir votre petit déjeuner au lit, et rester couchée toute la sainte journée s'il vous en prenait l'envie. Vous vous y reposeriez un bon coup et je viendrais vous y voir un de ces jours pour que nous discutions jusqu'à trouver la solution à quelques-uns de vos problèmes. Est-ce que ce programme vous irait ? Est-ce que vous seriez d'accord ?

Norma le dévisagea. Sans la moindre expression, sans même ciller, elle resta là à contempler les traits du jeune médecin.

Puis, avec infiniment de lenteur, elle acquiesça de la tête.

*

* *

Plus tard ce même soir, le Dr Stillingfleet donna un coup de téléphone :

— Kidnapping réussi sur toute la ligne, déclara-t-il dans le combiné. Je l'ai fourrée à Kenway Court. Elle m'y a suivi comme un agneau. Je ne peux pas vous en dire grand-chose pour le moment. Excepté le fait qu'elle est camée jusqu'aux oreilles. Je parie qu'elle a dû tâter des barbituriques, des amphétamines, et probablement du LSD. Elle doit planer depuis un bon moment déjà. Elle dit que non, mais je ne suis pas prêt à gober ce qu'elle raconte.

Il écouta un moment son interlocuteur, puis :

— Ah ! ne m'en parlez pas. Il va falloir mettre la pédale douce. Elle a facilement les jetons... Oui, elle a la frousse de je ne sais quoi — à moins qu'elle ne *prétende* l'avoir...

» Je ne peux pas dire, je ne sais pas encore. N'oubliez pas que les gens qui se dopent sont souvent ficelle. On ne peut pas toujours se fier à leurs salades. Nous n'avons rien précipité et je ne tiens pas à la paniquer...

» Une fixation sur le père, qui remonte à la petite enfance. Peu d'attachement en revanche pour la mère, qui m'a tout l'air d'avoir été une enquiquineuse de première — le genre martyre qui en fait des tonnes. Je soupçonne le père d'avoir été un joyeux drille qui ne supportait plus le côté sinistre de leur vie de couple. Vous avez entendu parler d'une dénommée Louise ?... Ce prénom m'a paru la mettre dans tous ses états... M'est avis que ç'a été la première haine de la gamine. Ladite Louise a embarqué « papa » alors que la gosse n'avait que 5 ans. Les enfants ne comprennent pas grand-chose à ce qui se passe, à cet âge-là, mais ils ont vite fait d'avoir une dent à l'encontre de ceux qui viennent semer la pagaille dans leur petit univers. Elle n'avait apparemment jamais revu son père avant ces tout derniers mois. M'est avis qu'elle avait fait de beaux rêves en ce qui le concerne et qu'elle se voyait déjà fillette à son papa et prunelle de ses yeux. Il lui a manifestement fallu déchanter. Papa est revenu au bercail avec une nouvelle épouse, une très jolie femme. Elle ne s'appellerait pas *Louise,* par hasard ?... Bah ! je vous demandais ça comme ça. Bon, je me contente de vous brosser un tableau d'ensemble, de vous tracer un portrait sommaire...

La voix, à l'autre bout du fil, se fit coupante :

— Qu'est-ce que vous venez de dire ? Répétez-moi ça.

— Je vous disais que je me contentais de vous brosser un tableau d'ensemble, de vous tracer un portrait sommaire.

Il y eut un silence.

— À propos, il y a eu un léger incident qui pourrait vous intéresser. La fille nous a fait une assez maladroite tentative de suicide. Ça vous fait bondir ou pas ?

» Ah ! ça ne vous fait ni chaud ni froid... Non, elle n'a pas avalé dix tubes d'aspirine et elle n'a pas non plus mis la tête dans le four à gaz. Elle s'est contentée de se jeter quasiment sous les roues d'une Jaguar qui fonçait beaucoup plus vite qu'elle ne l'aurait dû... Et je vous signale que je suis arrivé juste à temps... Oui, j'estime que ce n'était pas du bidon. Elle a d'ailleurs confirmé la chose. La phrase classique : "Envie d'en finir une bonne fois pour toutes."

Il écouta un torrent de paroles, puis reprit :

— Je ne sais pas. À ce stade, je ne peux rien affirmer... Le tableau parle de lui-même. Une gamine névrosée, au bout du rouleau, abrutie par l'abus de drogues en tout genre. Non, je ne pourrais pas vous indiquer avec précision lesquelles. Il y en a des dizaines qui traînent sur le marché et qui toutes produisent des effets légèrement différents. Elles peuvent nous donner au choix confusion mentale, perte de mémoire, agressivité, hébétude ou *delirium tremens* ! Toute la difficulté est de distinguer ce qui est à mettre au compte de la drogue de ce qui est à mettre à celui du tempérament du sujet considéré. Il y a deux possibilités, voyez-vous. Ou bien c'est une fille qui se donne la comédie, qui joue la névrose, le ras-le-bol généralisé et qui clame haut et fort de prétendues tendances suicidaires. Je ne dis pas que ça ne pourrait pas être le cas. Je la crois parfaitement capable de monter ce genre de bateau et de donner d'elle-même, pour Dieu sait quel obscur motif, une image de bout en bout faussée. Si tel est le cas, chapeau, c'est très réussi. Encore qu'il y ait de-ci de-là deux ou trois détails qui clochent. Ou bien alors c'est une abrutie congénitale, victime de la drogue et de ses réelles tendances suicidaires. Elle pourrait être l'une ou... Quoi ? Qu'est-ce que vous dites ?... Oh ! la Jaguar !... Oui, elle était conduite beaucoup trop vite. Vous pensez que ça pourrait bien ne pas avoir été une tentative de suicide ? Que la Jaguar avait la ferme intention de lui passer sur le corps ?

Il réfléchit quelques secondes.

— Je ne peux trancher, reprit-il lentement. *Ça pourrait* être le cas. Oui, ça le pourrait, mais je n'avais pas envisagé la question sous cet angle-là. L'embêtant, c'est que tout est possible, pas vrai ? Tout et son contraire. Ce qu'il y a de sûr, c'est que je lui en ferai cracher davantage d'ici peu. Je l'ai conditionnée de telle sorte qu'elle condescende à m'accorder une sorte de confiance mitigée pour autant que je ne pousse pas mes avantages trop loin et que j'y aille de toute façon en douceur. Elle ne va pas tarder à se montrer moins rétive et à se déboutonner un peu plus. Et, si tant est qu'elle n'ait pas joué la comédie, elle me déballera toute son histoire... et trépignera même pour me forcer à l'écouter jusqu'au bout. Pour le moment, il y a quelque chose qui la terrorise...

» Si, en revanche, elle m'a fait marcher depuis le début, il va de soi qu'il faudra que nous en découvrions la raison. Elle est pour l'heure à Kenway Court et je *pense* qu'elle n'en bougera pas. Je vous suggère tout de même de dénicher quelqu'un qui pourrait avoir l'œil sur elle pendant un jour ou deux et qui, pour autant qu'elle ne le connaisse pas de vue, puisse la suivre au cas où elle chercherait à nous fausser compagnie.

11

Andrew Restarick rédigeait un chèque... et ne parvenait pas, ce faisant, à réprimer une légère crispation du visage.

Son bureau, vaste et splendidement meublé, était à l'image de ceux de ses confrères capitaines d'industrie. Mobilier et décoration dataient du temps de Simon Restarick et Andrew les avait faits siens avec indifférence, se contentant d'éliminer quelques tableaux pour y substituer son propre portrait, tout récemment rapporté de la campagne, ainsi que, souvenir d'Afrique du Sud, une aquarelle de la montagne de la Table.

Andrew Restarick était un homme entre deux âges et qui, même s'il commençait à s'empâter, n'avait qu'étrangement peu changé si on le comparait au portrait, peint quelque quinze ans plus tôt, accroché derrière lui. C'était bien le même menton jeté en avant, les mêmes lèvres obstinément serrées et les mêmes sourcils haussés en accent circonflexe. Un homme, somme toute, sans rien de bien remarquable... un homme très ordinaire et, pour le moment, un homme fort loin de nager dans le bonheur. Sa secrétaire entra dans la pièce... et se dirigea vers son bureau sitôt qu'il leva les yeux :

— Un *monsieur* Hercule Poirot souhaiterait vous voir. Il affirme qu'il a un rendez-vous... mais je n'en trouve trace nulle part.

— Un M. Hercule Poirot ?

Le nom lui semblait vaguement familier, mais il ne savait pas à quoi le raccrocher. Il secoua la tête :

— Je n'ai aucune idée de qui cela peut bien être, encore que je sois persuadé d'avoir déjà entendu ce nom-là. De quoi a-t-il l'air ?

— C'est un très petit homme... un étranger... un Français, à première vue... doté d'une invraisemblable paire de moustaches.

— J'y suis ! Je vois encore Mary me le décrire. Il est venu rendre visite à mon vieil oncle Roddy. Mais qu'est-ce que c'est que cette histoire de rendez-vous avec moi ?

— Il prétend que vous lui avez écrit.

— Je n'en ai pas le souvenir... ce qui ne veut d'ailleurs pas dire que je ne l'ai pas fait. Peut-être que Mary... Bah ! peu importe. Je ferais mieux de voir de quoi il retourne.

Quelques instants plus tard, Claudia Reece-Holland revint lui amener un étrange bout d'homme : crâne en forme d'œuf, moustaches superlatives, bottines vernies à bout pointu, élégance d'un autre âge et air éminemment satisfait de sa petite personne, il concordait trait pour trait avec la description que lui en avait faite sa femme.

— M. Hercule Poirot, annonça Claudia Reece-Holland avant de se retirer.

Poirot se dirigea vers le bureau et Restarick l'accueillit en se levant.

— Mr Restarick ? Je suis Hercule Poirot, tout à votre service.

— Oui, bien sûr. Ma femme m'a dit que vous étiez venu nous rendre visite... ou plutôt rendre visite à mon oncle. Que puis-je pour vous ?

— Vous me voyez ici en réponse à votre lettre.

— Quelle lettre ? Je ne vous ai pas écrit, monsieur Poirot.

Poirot écarquilla les yeux. Puis il sortit une lettre de sa poche, la déplia, y jeta un coup d'œil et la tendit à travers la table de travail avec une courbette :

— Voyez vous-même, monsieur.

Ce fut au tour de Restarick de se montrer stupéfait. Elle était tapée sur le papier à en-tête de sa firme. Sa signature, à l'encre, était tracée au bas de la page.

Cher Monsieur Poirot,

Je serais très heureux que vous consentiez à me rendre visite à l'adresse ci-dessus le plus tôt qu'il vous sera loisible de le faire. D'après les renseignements que je tiens de ma femme et que tout ce que je possède de relations à Londres n'a fait que confirmer, je conclus que vous êtes un homme à qui l'on peut se fier les yeux fermés dès lors que vous acceptez de vous charger d'une mission qui exige la discrétion.

Respectueusement vôtre,

Andrew Restarick

Il s'enquit d'un ton dur :

— Quand avez-vous reçu cela ?

— Ce matin. Et aucune affaire ne me prenant mon temps pour le moment, j'ai accouru à votre appel.

— Tout cela est bien singulier, monsieur Poirot. Cette lettre, ce n'est pas moi qui l'ai écrite.

— Pas vous ?

— Non. Ma signature est d'ailleurs très différente... jugez-en par vous-même.

Il fouilla quelques papiers pour en trouver un exemplaire et, sans même y réfléchir à deux fois, tourna le chéquier sur lequel il venait d'apposer son paraphe de façon que Poirot puisse le vérifier :

— Vous voyez ? La signature de la lettre ne ressemble en rien à la mienne.

— Mais c'est ahurissant ! s'exclama Poirot. Absolument ahurissant ! Qui pourrait bien avoir écrit cette lettre ?

— C'est la question que je me pose.

— Ne se pourrait-il pas... pardonnez-moi... que ce soit votre épouse ?

— Non, non. Mary ne ferait jamais une chose pareille. Et, en tout état de cause, pourquoi signeraitelle de mon nom ? Oh ! non, si elle avait fait ça, elle me l'aurait dit, elle m'aurait prévenu de votre visite.

— Vous ne voyez donc aucune raison pour que quiconque ait pu m'envoyer ce billet ?

— Aucune.

— Vous n'avez pas non plus connaissance, Mr Restarick, du sujet sur lequel vous souhaitez, selon les termes de cette lettre, prendre langue avec moi ?

— Comment le saurais-je ?

— Je vous demande bien pardon, monsieur, mais vous ne l'avez pas encore intégralement lue. Vous remarquerez, au bas du verso et après la signature, un discret T.S.V.P.

Restarick retourna la lettre. Au verso, et en haut, une phrase était tapée à la machine :

Le problème au sujet duquel je souhaiterais vous consulter concerne ma fille Norma.

Les manières de Restarick changèrent du tout au tout. Et son visage s'assombrit :

— Ainsi, c'est donc ça ! Mais qui peut bien savoir... qui peut bien vouloir se mêler de cette histoire ? Qui peut bien être au courant ?

— Ne s'agirait-il pas là d'une façon de vous pousser à me consulter ? De l'œuvre d'un ami bien intentionné ? Vous n'avez vraiment *aucune* idée quant à l'auteur possible de cette missive ?

— Pas la moindre.

— Et n'avez-vous aucun souci au sujet de votre fille... d'une fille qui se prénommerait Norma ?

— J'ai une fille unique, déclara lentement Restarick, et elle se prénomme en effet Norma.

— Et elle a des problèmes ? Elle est en butte à des difficultés quelconques ?

— Pas que je sache.

L'homme d'affaires avait cependant marqué quelque hésitation en prononçant ces derniers mots.

Poirot se pencha en avant :

— Je ne crois pas que cela reflète l'exacte vérité,

Mr Restarick. Je pense bien plutôt qu'elle a des problèmes — ou alors que c'est vous qui en avez avec elle.

— Qu'est-ce qui vous a mis cette idée en tête ? Est-ce que quelqu'un a abordé le sujet avec vous ?

— Ma conviction est uniquement née du ton de votre voix, monsieur. Bien des gens, à l'heure actuelle, ajouta Hercule Poirot, ont de gros soucis en ce qui concerne leurs filles. Elles ont le chic, ces jeunes personnes, pour se jeter dans les pires ennuis. Sans doute est-il possible que ce soit le cas de la vôtre.

Restarick resta un moment à tambouriner des doigts sur son bureau.

— Oui, je me fais du souci au sujet de Norma, avoua-t-il enfin. C'est une enfant difficile. Elle souffre d'hyperémotivité, doublée d'une certaine tendance à l'hystérie. Je... malheureusement, je ne la connais pas très bien.

— Une partie de vos soucis doit, selon toute vraisemblance, découler également de la présence d'un jeune homme en tous points détestable ?

— Dans une certaine mesure, oui, mais ce n'est pas là ce qui m'inquiète au premier chef. (Il jaugea Poirot d'un œil inquisiteur :) Puis-je tenir pour acquis que vous êtes un homme discret ?

— Je ferais un bien piètre professionnel si je ne l'étais pas.

— Ce qui me tient à cœur, voyez-vous, c'est qu'on me *retrouve* ma fille.

— Ah ?

— Elle est venue comme d'habitude passer le dernier week-end avec nous à la campagne. Et elle nous a ostensiblement quittés dimanche soir pour regagner tout droit l'appartement qu'elle partage avec deux autres filles. Seulement le hic, c'est qu'elle n'y est *pas* retournée. Elle a dû aller... Dieu sait où ailleurs.

— En somme, elle a disparu ?

— La formulation est un peu mélodramatique,

mais ça revient à ça. Je suis sûr qu'il y a une explication parfaitement banale et naturelle, mais... j'imagine que n'importe quel père dans ma situation éprouverait une certaine inquiétude. Elle n'a pas téléphoné, voyez-vous, pour donner une explication quelconque aux jeunes filles avec lesquelles elle partage l'appartement.

— Elles aussi, elles sont inquiètes ?

— Non, je n'irai pas jusque-là. Je... je ne suis même pas sûr qu'elles trouvent cela bizarre. Les filles sont devenues très indépendantes. Elles le sont beaucoup plus que quand j'ai quitté l'Angleterre il y a quinze ans.

— Et le garçon que vous ne tenez pas en odeur de sainteté ? Ne se peut-il pas qu'elle soit partie s'installer chez lui ?

— Je l'espère de tout mon cœur. C'est certes une éventualité, mais je ne... ma femme n'est pas de cet avis. Vous l'avez aperçu, je crois, le jour où vous êtes venu à la maison présenter vos respects à mon oncle...

— Ah ! oui... Je me souviens du personnage en question. Un garçon d'une très grande beauté mais pas auquel un père, si je puis m'exprimer ainsi, pourrait accorder sa bénédiction. J'ai cru remarquer qu'il ne plaisait guère non plus à votre épouse.

— Ma femme est persuadée qu'il s'est introduit dans la maison ce jour-là en espérant passer inaperçu.

— Sans doute sait-il qu'il n'est pas le bienvenu chez vous ?

— Il ne le saura jamais assez.

— N'en concluez-vous donc pas qu'il n'est que trop vraisemblable qu'elle soit allée le rejoindre ?

— Je ne sais que penser. Je ne le savais pas... au début.

— Vous êtes allé trouver la police ?

— Non.

— Dans les cas de disparition, le mieux est toujours d'aller trouver la police. Là aussi on est capable de discrétion, et là surtout on dispose de moyens que quelqu'un comme moi ne possède pas.

— Je ne veux pas aller trouver la police. C'est *ma* fille, mon vieux, vous comprenez ? *Ma* fille. Si elle a décidé de... de s'éloigner pour un temps sans nous laisser d'adresse où la joindre, c'est son choix. Il n'y a aucune raison de croire qu'elle soit en danger ni quoi que ce soit de ce genre. Je... tout ce que je veux savoir pour ma tranquillité d'esprit, c'est où elle est.

— Je n'exclus pas, Mr Restarick... — et j'espère, ce faisant, ne pas me montrer offensant — je n'exclus pas, disais-je, que ce ne soit pas là le seul souci que vous cause votre fille.

— Pourquoi pensez-vous qu'il devrait y avoir autre chose ?

— Parce que le simple fait qu'une jeune personne s'absente pour quelques jours sans en prévenir ses parents ni les amis dont elle partage le logis n'a rien en soi de particulièrement exceptionnel de nos jours. Ce qui vous plonge dans l'inquiétude, c'est en effet cette absence, dans la mesure où elle entre en conjonction avec, comme vous le dites si bien, *autre chose*.

— Ma foi, sans doute avez-vous raison. Il n'est... (Il regarda Poirot avec embarras :) Il n'est jamais facile d'évoquer ce genre de problème face à un étranger.

— Vous me permettrez de ne pas être de votre avis, déclara Poirot. Il est infiniment moins difficile d'aborder de tels sujets avec un parfait étranger que de le faire devant des amis ou connaissances. Je pense que vous en conviendrez avec moi ?

— Peut-être. Oui, peut-être, après tout. Je comprends votre point de vue. Eh bien, soit, je me ronge d'inquiétude au sujet de ma fille. Voyez-vous, elle n'est pas tout à fait comme les filles de son âge et il s'est déjà produit un... — appelons ça un incident — qui est à la source de tous mes tourments... de tous nos tourments à ma femme et à moi.

— Sans doute votre fille est-elle à cet âge difficile

où les adolescentes, en proie à des émotions contraires, sont, entre nous soit dit, capables d'actes dont on ne saurait raisonnablement les tenir responsables. Si je hasarde une hypothèse sur un sujet délicat, ne le prenez pas en mauvaise part... Se pourrait-il que votre fille accepte mal le fait d'avoir une belle-mère ?

— Ce n'est malheureusement que trop vrai. Dieu sait qu'elle n'a pourtant guère de raisons de s'en offusquer, monsieur Poirot. Ce n'est pas comme si ma femme et moi n'étions séparés que depuis peu. La cassure s'est produite il y a de longues années déjà. (Il s'interrompit un temps, puis reprit :) Autant vous parler à cœur ouvert. Après tout, il n'y a jamais rien eu là de secret. Mon épouse et moi avons suivi des chemins divergents. Inutile de se voiler la face : j'avais rencontré quelqu'un d'autre, quelqu'un dont j'étais tombé éperdument amoureux. J'ai quitté l'Angleterre pour l'Afrique du Sud en emmenant cette personne. Ma femme avait toujours été opposée au divorce et je n'ai pas voulu le lui imposer. J'ai pris des dispositions financières pour que ma femme et notre enfant ne manquent de rien... la petite avait 5 ans, à l'époque...

Il observa une pause de quelques instants avant de poursuivre :

— Avec le recul, je vois bien que la vie que j'avais menée jusque-là avait depuis longtemps cessé de me plaire. J'aspirais aux voyages. À cette période de mon existence, je ne détestais rien tant qu'être enfermé dans un bureau. Maintenant que j'étais en âge de collaborer avec lui, mon frère me reprochait sans cesse de ne pas suffisamment m'intéresser à l'entreprise familiale. De ne pas "faire ma part". Mais je ne voulais pas de cette vie-là. Je ne tenais pas en place. Je rêvais d'aventure. Je voulais voir le monde, aborder des rivages inconnus... (Il s'interrompit brusquement. Puis :) Mais vous n'êtes après tout pas venu pour que je vous inflige l'histoire de ma vie. Je suis parti pour l'Afrique du Sud, et Louise m'a suivi.

Notre vie de couple a été un échec. Je l'avoue sans ambages. J'étais amoureux d'elle mais nous ne cessions de nous chamailler. Elle ne supportait pas la vie en Afrique du Sud. Elle voulait revoir Londres, Paris... retrouver les endroits où l'on mène la vie à grandes guides. Nous n'étions pas depuis un an là-bas que nous avons rompu. (Il soupira :) Peut-être aurais-je dû revenir ici à ce moment-là, réendosser le harnais d'homme marié et reprendre le train-train qui me déplaisait si fort. Mais je ne l'ai pas fait. Je ne sais pas si ma femme m'aurait accueilli à bras ouverts ou non. Probablement se serait-elle sentie obligée de le faire. Ç'avait toujours été, dans toute l'acception du terme, une femme de devoir.

Poirot perçut la sourde amertume qui teintait son propos.

— Sans doute aurais-je dû, j'imagine, me préoccuper davantage de Norma. Seulement, que voulez-vous, c'est comme ça. Je la savais en sécurité dans le giron maternel. Les arrangements financiers avaient été pris. Je lui écrivais de temps à autre, et je lui envoyais des cadeaux, mais jamais un instant je n'ai songé à revenir la voir. Notez que je ne m'estime pas entièrement à blâmer dans l'affaire. J'avais adopté un style de vie qui n'avait plus rien à voir avec le précédent et je me disais qu'il serait plus préjudiciable qu'autre chose à l'équilibre de l'enfant d'avoir un père à éclipses, que cela pourrait même ne lui causer que des troubles. En somme, disons que j'ai toujours pensé agir pour le mieux.

Comme si l'homme éprouvait un profond soulagement à s'épancher auprès d'un auditeur compréhensif, son débit se fit soudain plus rapide. C'était là une réaction que Poirot connaissait bien et qu'il s'employa à encourager :

— Vous n'avez jamais souhaité revenir en Angleterre quitte à y vivre de votre côté, en... en célibataire ?

Restarick secoua résolument la tête :

— Non. Voyez-vous, je menais le genre de vie dont

j'avais toujours rêvé, le genre de vie qui était fait pour moi. D'Afrique du Sud, je suis passé en Afrique orientale. D'un point de vue financier, je faisais des merveilles, tout ce que j'entreprenais était couronné de succès, tous les projets que je mettais en chantier, seul ou en association avec d'autres, étaient des réussites. Je raffolais des expéditions en brousse. C'était la vie que j'avais toujours voulu mener. J'ai toujours été un homme des grands espaces. Peut-être est-ce la raison pour laquelle je me suis senti piégé, emprisonné, lors de mon premier mariage. Non, j'adorais ma liberté et pas un instant je n'ai à l'époque souhaité revenir à l'existence casanière et confinée que j'avais menée ici.

— Mais vous avez quand même fini par le faire ?

— Oui, je suis effectivement rentré, soupira Restarick. Bah ! on vieillit, que voulez-vous. Et puis un de mes associés et moi venions de réussir un coup comme on n'en réussit pas souvent. Nous avions obtenu une concession qui promettait de rapporter gros, mais la conclusion du marché exigeait quelques négociations à Londres. Là, je comptais sur mon frère pour agir à ma place, seulement c'est le moment que le malheureux a choisi pour mourir. J'étais toujours son associé. Il était donc tout naturel que j'envisage de venir régler mes problèmes ici moi-même et de reprendre en main l'entreprise familiale. C'est bien là la première fois que j'ai songé au retour.

— Peut-être votre épouse... votre seconde épouse...

— Oui, vous mettez peut-être là le doigt sur quelque chose. Mary et moi étions mariés depuis un mois ou deux quand mon frère est mort. Bien qu'elle soit née en Afrique du Sud, elle s'était rendue plusieurs fois en Angleterre et elle aimait la vie à l'européenne. Ce qui la tentait surtout, c'était la perspective d'un jardin anglais !

» Quant à moi ? Eh bien, pour la première fois sans doute, je me suis dit que, à moi aussi, l'Angleterre après tout me manquait. Et puis j'ai pensé à

Norma. Sa mère était morte deux ans plus tôt. J'ai exposé la situation à Mary et c'est de grand cœur qu'elle a accepté que ma fille devienne en quelque sorte aussi la sienne. Et tout cela a donc fait... (Il sourit :) Et tout cela a donc fait que je suis rentré au bercail.

Poirot contempla le portrait accroché dans le dos de Restarick. La lumière était plus flatteuse ici que dans le salon sans caractère de la maison de campagne. Et la ressemblance avec l'homme assis au bureau était frappante. Les traits caractéristiques étaient tous là : même port de tête, même obstination trahie par le menton, mêmes sourcils haussés dans un élan de raillerie. Mais la toile reflétait en outre une qualité que son modèle ne possédait plus : la jeunesse.

Un autre détail traversa l'esprit de Poirot. Pourquoi Andrew Restarick avait-il transporté son portrait de la campagne à Londres ? Peints à la même époque et par le même artiste à la mode, son portrait et celui de sa première femme formaient indubitablement une paire. Il eût été plus naturel de les laisser ensemble, comme ils avaient à l'origine été conçus pour ce faire. Et cependant Restarick en avait transféré un, le sien, dans son bureau. Fallait-il y voir une manifestation de vanité ? Le désir de s'afficher en tant qu'homme du monde et homme d'affaires de premier plan ? Or, c'était cependant ce même homme qui avait vécu les plus belles années de sa vie dans la brousse et qui clamait son amour des contrées sauvages. Ou bien n'avait-il pas plutôt obéi là à un impérieux besoin d'avoir constamment sous les yeux l'image de sa nouvelle condition, comme pour bien s'en ancrer la réalité dans son esprit ?

« Face à cette alternative, songea Poirot, je suis tenté d'opter pour la première hypothèse : celle de la vanité. Même moi, s'avoua encore le petit Belge dans un inhabituel élan de modestie, même moi, il m'arrive en de rares occasions de céder à ce déplorable penchant qu'est la vanité. »

Le bref silence dont les deux hommes ne semblaient pas avoir pris conscience fut soudain brisé.

— Je vous dois des excuses, monsieur Poirot, fit Restarick, confus. J'ai dû vous ennuyer, à vous raconter l'histoire de ma vie.

— Mais pas du tout, Mr Restarick. Vous n'avez évoqué les péripéties de votre existence que dans la mesure où elles avaient pu affecter celle de votre fille. Vous êtes très inquiet à son sujet. Mais je ne crois pas que vous m'ayez encore communiqué la véritable raison de cette inquiétude. Vous voulez qu'on retrouve cette jeune personne, m'avez vous dit ?

— Oui, je veux qu'on la retrouve.

— Vous voulez que ce soit fait, j'entends bien, mais voulez-vous que ce soit *moi* qui m'en charge ? Oh ! n'hésitez pas. « De la courtoisie avant toute chose », voilà qui est certes infiniment précieux dans la vie mais dont nous n'avons que faire ici. Ecoutez-moi bien. Si vous voulez qu'on retrouve votre fille, je vous conseille vivement, moi, Hercule Poirot, d'aller trouver la police afin de bénéficier de ses atouts. Et je sais d'expérience qu'elle sait se montrer discrète.

— Je ne ferai pas appel à la police tant que je ne serai pas... tant que je ne serai pas au bord du désespoir.

— Vous préféreriez avoir affaire à un détective privé ?

— Oui. Mais, voyez-vous, je n'en connais aucun. Je ne sais pas à qui... à qui on peut faire confiance. Je ne sais pas qui...

— Et que savez-vous de moi ?

— Un certain nombre de choses. Je sais, par exemple, que vous occupiez un poste de responsabilité au sein de l'Intelligence Service durant la guerre, et ce, ne serait-ce que parce que mon oncle vous porte aux nues. Et ça, c'est un fait patent.

L'expression un tantinet sarcastique du visage de Poirot échappa à son vis-à-vis. Le « fait patent » avait bon dos ! Restarick devait quand même bien se rendre compte qu'il eût été périlleux de se fier à la mémoire et au jugement du cher vieux sir Roderick. Non, la vérité était tout autre. L'homme d'affaires avait gobé le baratin de Poirot au point d'avaler l'hameçon, la ligne et jusqu'au bouchon. Ce dernier ne le désillusionna pas. Et la chose ne fit que le confirmer dans sa conviction de toujours, à savoir qu'il ne faut jamais croire ce qu'on peut vous raconter avant de l'avoir vérifié. « Soupçonner tout le monde » était depuis de nombreuses années, si tant est que ce ne l'ait pas été de tout temps, l'une de ses maximes de prédilection.

— Laissez-moi vous rassurer, dit-il en toute simplicité. Je n'ai guère connu, tout au long de ma carrière, que des succès exceptionnels. Et, dans bien des domaines, je demeure inégalé.

Restarick parut moins rassuré qu'il ne l'aurait dû. Car, aux yeux d'un Anglais, quiconque se gargarisait en ces termes de ses vertus supposées ne pouvait qu'éveiller la méfiance.

— Qu'en pensez-vous vous-même, monsieur Poirot ? Vous sentez-vous réellement en mesure de retrouver ma fille ?

— Sans doute pas aussi rapidement que ne le ferait la police, mais oui, bien sûr que oui.

— Et... et si vous...

— Mais si vous voulez que je le fasse, Mr Restarick, il faut que vous me disiez tout ce que vous m'avez caché jusqu'ici.

— Mais je ne vous ai rien caché. Je vous ai dit le moment de sa disparition, le lieu, l'endroit où elle devrait normalement se trouver. Je peux encore vous fournir la liste de ses amis...

Poirot parut un instant ne plus pouvoir s'arrêter de secouer la tête :

— Non, non, je vous suggère tout au plus de me dire la vérité.

— Laisseriez-vous entendre que je ne vous l'ai pas dite ?

— Vous ne me l'avez pas dite tout entière. Ça, j'en ai la certitude. De quoi avez-vous peur ? Quels sont les faits que j'ignore… les faits que je dois cependant connaître pour avoir quelques chances de succès ? Votre fille n'aime pas sa belle-mère. Rien là que de très banal. Ne perdez pas de vue qu'elle aura pu vous idéaliser en secret pendant toutes ces années. C'est fréquent chez les enfants traumatisés par l'éclatement du cocon familial. Oui, oui, je sais de quoi je parle. Vous dites que l'enfant possède la faculté d'oublier. C'est exact. Votre fille pourrait vous avoir oublié, en ce sens que le souvenir de votre voix et de vos traits se serait chez elle estompé. Au lieu de quoi elle se serait créé sa propre image de vous. Vous étiez parti. Elle voulait votre retour. Sa mère refusait sans doute de lui parler de vous, et elle ne vous en aura que davantage révéré. Vous n'en aurez que davantage *compté* pour elle. Et parce qu'elle ne pouvait pas parler de vous à sa mère, elle a développé une réaction naturelle chez l'enfant : punir le parent demeuré en place, le tenir pour responsable de l'absence de celui qui s'est éloigné. Elle s'est en gros tenu un discours du style « Papa m'adorait. C'est ma mère qu'il n'aimait pas » et de là est née une sorte d'idéalisation, une sorte de secrète liaison amoureuse entre elle et vous. Ce qui était arrivé n'était pas, ne pouvait pas être la faute de son père ! Jamais elle n'en démordrait !

» Oh ! oui, je peux vous l'assurer — et j'en connais long dans le domaine de la psychologie —, ce n'est que trop souvent que les choses se passent de cette manière. Alors quand elle apprend que vous revenez, que vous serez enfin tous deux réunis, des tas de souvenirs enfouis refont surface. Son père est sur le chemin du retour ! Elle et lui seront à jamais heureux ensemble ! L'existence d'une belle-mère, peut-être ne s'y est-elle même pas attardée avant de la voir en chair et en os. Et là, sa jalousie éclate. Encore une fois, rien que de plus naturel, je vous le garantis. Et si elle se montre d'une jalousie folle, c'est que votre nouvelle épouse, cette créature qui lui a volé sa place, est de surcroît belle, élégante, qu'elle a du charme et de l'allure, ce que ne peuvent supporter les jeunes filles souvent gauches et qui souffrent de complexes d'infériorité. Rongée par la jalousie, elle lui voue sans doute une haine immédiate ; mais une haine tempérée, ainsi qu'il en va chez les adolescentes qui sont encore à demi des enfants.

— Euh... (Restarick marqua une hésitation :) C'est plus ou moins là ce que le médecin m'a déclaré quand je l'ai consulté et... je veux dire...

— Tiens donc ! fit Poirot. Ainsi vous avez consulté un médecin ? Il vous aura fallu une bonne raison — n'est-ce pas ? — pour faire appel à un praticien ?

— Bah ! rien, en vérité.

— Ah ! non, vous ne pouvez pas dire ça à Hercule Poirot. Ce ne n'était sûrement pas *rien*. Ce ne pouvait être que quelque chose de sérieux et vous feriez bien de me signaler de quoi il retournait au juste, ce qui m'aidera dans ma tâche. La situation ne s'en débloquera que plus vite.

Restarick demeura un long moment silencieux. Puis il sembla se décider :

— Ce qui vient restera entre nous, monsieur Poirot ? Je peux me fier à vous ?... Vous m'en donnez l'assurance ?

— Je vous en donne même ma parole. Quel a été le problème ?

— Je ne... je ne suis sûr de rien.

— Votre fille s'en est-elle violemment prise à votre épouse ? S'est-elle laissée aller à davantage que de puériles paroles déplacées ou autres grossièretés ? Serait-ce réellement plus grave que cela ? Plus sérieux ? L'aurait-elle... l'aurait-elle agressée *physiquement* ?

— Non, il ne s'agissait pas d'une agression... pas d'une agression musclée, en tout cas, mais... rien n'a été prouvé.

— D'accord, d'accord. Je veux bien tenir ce point pour acquis.

— Ma femme s'est soudain mise à n'être plus bien du tout...

Il hésita à poursuivre.

— Ah ! fit Poirot. Je vois... Et quelle était la nature de son mal ? Digestive, non ? Un genre d'entérite ?

— Vous allez vite en besogne, monsieur Poirot. Très vite. Oui, il s'agissait bien de troubles digestifs. Comme elle avait toujours joui d'une excellente santé, ses malaises nous ont étonnés. Finalement, les médecins l'ont envoyée à l'hôpital pour un examen général et mise « en observation » comme ils disent.

— Et le résultat ?

— Je ne crois pas qu'il ait été très concluant... Elle a paru se remettre et nous l'avons ramenée à la maison. Sur quoi ses troubles ont repris. Nous avons examiné à la loupe ce qu'elle mangeait, la façon dont les plats avaient été préparés. Elle semblait continuer à souffrir d'empoisonnement intestinal sans que la cause puisse en être décelée. Franchissant une étape supplémentaire, nous avons alors fait envoyer en laboratoire des échantillons de tout ce qu'elle consommait. Et la preuve ne tarda pas à nous parvenir : une certaine substance avait été introduite dans quelques-uns des plats servis au cours de nos repas. Et, dans chacun des cas, il s'agissait de plats auxquels seule touchait ma femme.

— En langage clair, quelqu'un lui donnait de l'arsenic ou un équivalent. Exact ?

— Exact. À petites doses mais qui finissaient par avoir un effet cumulatif.

— Vous avez soupçonné votre fille ?

— Non.

— Je pense que si. Qui d'autre aurait pu le faire ? Vous avez soupçonné votre fille.

Restarick poussa un profond soupir :

— Très franchement, oui.

Quand Poirot rentra chez lui, il trouva Georges qui l'attendait :

— Une certaine Edith a appelé Monsieur au téléphone, monsieur.

Poirot fronça les sourcils :

— Edith ?

— Elle est, ai-je présumé, au service de Mrs Oliver. Elle m'a prié de vous signaler que Mrs Oliver avait été admise en urgence à l'hôpital Saint-Giles.

— Qu'est-ce qui lui est arrivé ?

— J'ai cru comprendre qu'elle s'était fait... euh... estourbir.

Georges garda pour lui la dernière partie du message qui consistait en un virulent : « Et vous lui direz, à votre patron, que ce qui est arrivé à ma maîtresse est entièrement de sa faute à lui ! »

Poirot claqua la langue :

— Je l'avais pourtant bien prévenue... Et j'ai eu une vilaine impression, hier au soir, quand je lui ai téléphoné et que personne n'a répondu. Ah ! les femmes...

12

— Eh bien, achetons un paon ! décréta Mrs Oliver de façon aussi soudaine qu'inattendue.

Elle n'avait pas ouvert les yeux, mais sa voix, bien que faiblarde, vibrait d'indignation.

Trois personnes la dévisagèrent avec stupeur.

— Un coup sur la cafetière ! déclara-t-elle encore.

Elle ouvrit des yeux qui n'étaient guère en face de leurs trous et s'efforça de découvrir où elle se trouvait.

La première chose qu'elle repéra fut un visage rigoureusement inconnu d'elle. Celui d'un jeune homme en uniforme, fort occupé à écrire dans un carnet et qui s'interrompit, stylo levé.

— Agent de police ! pronostiqua-t-elle sans l'ombre d'une hésitation.

— Je vous demande pardon, madame ?

— J'ai dit que vous étiez agent de police, expliqua Mrs Oliver. Je me suis trompée ?

— Non, madame.

— Tentative de viol ! frémit encore Mrs Oliver avant de refermer les paupières, la mine satisfaite.

Quand elle les rouvrit, elle parvint à se faire une idée plus précise de son environnement. Et elle en arriva à la conclusion qu'elle était au lit, dans un de ces lits d'hôpital à l'aspect désespérément hygiénique et qu'on peut hausser, baisser, incliner et faire pivoter en tous sens. Elle n'était pas chez elle. Un coup d'œil circulaire lui permit de découvrir la nature des lieux :

— Hôpital ! trancha-t-elle. À moins qu'il ne s'agisse d'un asile d'aliénés.

Une surveillante d'étage du genre autorité faite femme était plantée près de la porte. Une infirmière était debout près de son lit. Elle identifia un quatrième personnage.

— Personne, énonça-t-elle, ne pourrait se tromper sur l'identité du propriétaire de ces moustaches. Que faites-vous ici, monsieur Poirot ?

Hercule Poirot vint à son chevet :

— Je vous avais dit d'être prudente, chère madame.

— Tout le monde peut se perdre en route, répliqua assez obscurément Mrs Oliver. Mon crâne me fait très mal.

— Le contraire serait étonnant. Comme vous devez vous en douter, vous avez été frappée à la tête.

— Oui. Par le Paon.

L'agent, un peu mal à l'aise, s'agita sur sa chaise :

— Je vous demande pardon, madame, vous venez bien de dire que vous aviez été agressée par un paon ?

— Mais bien évidemment. Je me sentais dans mes petits souliers, depuis un moment... question d'ambiance, voyez-vous.

Mrs Oliver s'essaya à un ample geste de la main comme pour mieux décrire ce que pouvait être une ambiance, et son visage se crispa.

— Aïe ! gémit-elle, je ferais mieux d'éviter de recommencer ça.

— Ma patiente a besoin de repos ! s'insurgea la surveillante, au comble de la réprobation.

— Pouvez-vous me préciser où cette agression a eu lieu ?

— Je n'en ai pas la moindre idée. J'avais perdu mon chemin. Je revenais d'une sorte de studio d'artiste. Sordide. Crasseux. L'autre garçon ne s'était pas rasé depuis une éternité. Moulé dans des vêtements de cuir nauséabonds.

— C'est celui-là qui vous a agressée ?

— Non, c'en est un autre.

— Si vous vouliez bien me dire seulement...

— Mais c'est ce que je suis en train de faire, non ? Je l'ai suivi, voyez-vous, tout au long d'un parcours insensé depuis le café... à ceci près que je ne suis pas doué pour les filatures. Manque de pratique, sans doute. Et puis c'est beaucoup plus difficile que vous ne pourriez l'imaginer. (Ses yeux se braquèrent sur l'agent de police :) Encore que, vous, vous devez tout savoir sur la question. Vous avez droit à des cours... sur l'art et la manière de filer son prochain, non ? Mais bon, passons, c'est sans importance. Voyez-vous, reprit-elle en se mettant à parler de plus en plus vite, c'est très simple. J'étais descendue du bus à World's End... c'était l'Apocalypse, en quelque sorte... du moins je crois bien, et j'ai tout naturellement pensé qu'il était resté avec les autres... ou qu'il était parti en sens inverse. Au lieu de quoi je l'ai tout à coup senti dans mon dos.

— Qui ça ?

— Le Paon, répliqua Mrs Oliver, un peu agacée. Et ça m'a fait faire un bond, voyez-vous. Parce que ça vous surprend, quand les choses se passent à l'opposé de la façon dont elles devraient se passer. Je veux dire : qu'il soit en train de me suivre alors que c'était moi qui étais censée le filer... seulement, ça, c'était plus tôt... et, comme je vous l'ai déjà dit, je me suis sentie du coup dans mes petits souliers. En fait, si vous voulez tout savoir, j'avais *peur*. Je ne sais pas pourquoi. Il parlait très poliment, mais j'avais *peur*. Enfin, bref, c'était comme ça, et il m'a dit : « Montez donc voir le studio », et j'ai grimpé un escalier branlant, une sorte d'échelle de meunier. Et là-haut il y avait l'autre garçon dont je vous ai parlé — celui qui était crasseux —, et il était en train de peindre un portrait et il y avait une fille qui posait pour lui. Elle, elle était très propre. Et vraiment assez jolie. Et on est restés là à bavarder, et ils étaient polis et gentils comme tout, et puis tout d'un coup j'ai dit que je devais rentrer chez moi et ils m'ont indiqué l'itinéraire pour que je me retrouve sans problème à King's Road. Seulement ils n'ont pas dû m'indiquer le bon. Où alors il faudrait que ce soit *moi* qui me sois trompée. Vous savez comment ça se passe quand les gens vous disent la deuxième à gauche et ensuite la troisième à droite : les trois quarts du temps, vous faites le contraire. En tout cas moi. N'importe comment, je me suis retrouvée dans un quartier assez louche du côté de la Tamise. La peur m'avait depuis longtemps quittée, à ce moment-là. Et je ne devais plus être du tout sur mes gardes quand le Paon m'a frappée.

— Je crois qu'elle délire, annonça l'infirmière, très fière de son diagnostic.

— Non, pas du tout ! s'emporta Mrs Oliver. Je sais très bien ce que je dis !

L'infirmière ouvrit la bouche, capta le froncement de sourcils comminatoire de la surveillante et la referma aussitôt.

— Velours, satin et longs cheveux bouclés, énuméra Mrs Oliver.

— Un paon revêtu de satin ? Un vrai paon, madame ? Vous pensez avoir vu un paon à Chelsea, au bord de la Tamise ?

— Un vrai paon ? s'esclaffa Mrs Oliver. Bien sûr que non. Que vous êtes donc nigaud ! Que ferait un vrai paon sur les quais de Chelsea ?

Personne ne parut trouver la réponse adéquate.

— Il fait la roue, expliqua Mrs Oliver, c'est pour ça que je l'appelle le Paon. Il se pavane, il en rajoute. Il est bouffi de vanité, j'imagine. Ravi de lui-même et de son allure. Et de sans doute bien d'autres choses encore. (Elle décocha une œillade à Poirot :) David Je-ne-sais-trop-quoi. Vous savez qui je veux dire.

— Vous prétendez que c'est ce garçon, ce David, qui vous a agressée et flanqué un coup sur la tête ?

— Oui, bien sûr.

— Vous l'avez *vu* le faire ? insista Poirot.

— Mais non, je ne l'ai pas vu ! se récria Mrs Oliver. Je n'ai rien su de ce qui se passait. J'ai juste eu l'impression d'entendre quelque chose dans mon dos et, avant que j'aie pu me retourner pour voir... patatras ! Ç'a été comme si une tonne de briques ou de je ne sais trop quoi me dégringolait dessus. Je crois que je vais maintenant faire un petit somme, ajouta-t-elle sans transition.

Elle bougea légèrement la tête, fit une grimace de douleur et replongea dans ce qui avait tout l'air d'une bienheureuse inconscience.

13

Féru de traditions, Poirot se servait rarement de la clé de son appartement. Il préférait de beaucoup, suivant en cela la coutume ancienne, tirer la sonnette et attendre que son remarquable factotum, Georges, vienne lui ouvrir. Cette fois-là, cependant, au retour de sa visite à l'hôpital, ce fut miss Lemon qui le fit entrer.

— Vous avez deux visiteurs, lui annonça-t-elle sur un diapason admirable, certes pas contenu jusqu'au chuchotement mais un bon nombre de notes plus bas que son registre habituel. L'un est Mr Goby et l'autre, un homme du monde d'un certain âge, sir Roderick Horsefield. Je ne sais pas lequel vous souhaitez recevoir en premier.

— Sir Roderick Horsefield, tiens donc ! murmura Poirot.

La tête penchée de côté, dans une attitude qui lui donnait de faux airs de rouge-gorge méditatif, il se demanda ce en quoi ce nouveau développement serait susceptible de modifier la configuration d'ensemble de la situation. Sur ces entrefaites et avec sa soudaineté coutumière, Mr Goby surgit du minisanctuaire réservé à la machine à écrire de miss Lemon et où cette dernière avait manifestement cru bon de remiser ce visiteur d'un rang subalterne.

Poirot ôta son pardessus. Miss Lemon le suspendit à la patère du vestibule. Et Mr Goby, fidèle à lui-même, s'adressa à un objet — en l'occurrence, la nuque de la fidèle secrétaire :

— Je vais prendre une tasse de thé à la cuisine avec Georges. J'ai tout mon temps. Je peux attendre.

Il disparut obligeamment vers les quartiers domestiques. Et Poirot gagna son bureau où un sir Roderick au sommet de sa forme était occupé à faire les cent pas.

— Je vous force dans votre tanière, mon garçon ! s'exclama-t-il, ravi. Une merveilleuse invention, le téléphone !

— Vous m'avez trouvé par l'annuaire ? Vous vous souveniez donc de mon nom ? Vous m'en voyez flatté.

— Ma foi, je ne m'en souvenais pas au juste, avoua sir Roderick. Les noms, ça n'a jamais été mon fort. Mais un visage, je ne l'oublie jamais, se rengorgea-t-il. Non. J'ai téléphoné à Scotland Yard.

— Oh !

Le premier étonnement passé, Poirot convint à part lui que c'était bien là le genre de démarche dont on pouvait s'attendre de la part de sir Roderick.

— Ils m'ont demandé à qui je désirais parler. Je leur ai répondu : « Passez-moi le grand patron. » C'est comme ça qu'il faut faire dans la vie, mon garçon. Ne jamais se contenter du sous-fifre. Ça ne vous avance jamais à rien. Adressez-vous au sommet, voilà ce que je dis toujours. J'ai signalé qui j'étais, notez bien. J'ai répété que je voulais le dessus du panier et j'ai fini par l'obtenir. Un type très aimable, soit dit entre nous. Je lui ai expliqué qu'il me fallait l'adresse d'un vieux copain des Services secrets alliés qui se trouvait en campagne avec moi en France à tel endroit et à telle date. Sur le moment, le pauvre bougre a été un peu perdu, alors j'ai ajouté : « Vous voyez quand même bien qui je veux dire ! Un Français, je lui ai dit, ou un Belge. » C'est bien belge, que vous êtes, non ? Et puis je lui ai dit aussi : « Il a un prénom qui sonne comme Achille. Ce n'est pas Achille, je lui ai dit, mais c'est *comme* Achille. Un petit bout d'homme, ai-je ajouté, avec des moustaches grandes comme ça. » Et là, ça a eu l'air de lui ouvrir des horizons, et il m'a répondu que vous deviez être dans l'annuaire. Je lui ai dit d'accord, mais j'ai ajouté : « Il n'y sera pas listé sous son prénom d'Achille ou d'Hercule (comme il m'a dit que c'était le cas), pas vrai ? Or, impossible de me remémorer son nom de famille. » Ce qui fait qu'il me l'a indiqué. Un type tout ce qu'il y a d'aimable. Vraiment tout ce qu'il y a d'aimable, force m'est de le reconnaître.

— Je suis ravi de vous voir, affirma Poirot tout en frémissant d'avance à l'idée des commentaires que ne manquerait pas de lui faire un jour prochain l'interlocuteur téléphonique de sir Roderick.

Dieu merci, il ne devait pas s'agir d'une des huiles, mais bien plutôt du premier planton à avoir décroché et dont la fonction devait précisément consister à débiter des amabilités au kilomètre à toutes les vieilles gloires du temps passé.

— N'importe comment, triompha encore sir Roderick, je vous ai eu au débuché !

— J'en suis encore une fois ravi. Et permettez-moi de vous offrir un rafraîchissement quelconque. Thé, sirop de grenadine, whisky soda, deux doigts de sirop de cassis dans un grand...

— Dieu m'en préserve ! s'écria sir Roderick, épouvanté à la seule évocation du sirop de cassis. J'opterai de préférence pour le whisky. Non que j'y sois autorisé, ajouta-t-il, mais les médecins sont des ânes bâtés, nous le savons vous et moi. Tout ce qui les intéresse, c'est vous priver de tout ce dont vous pourriez avoir envie.

Poirot sonna Georges et lui donna les instructions en conséquence. Whisky et siphon furent placés à portée de main de sir Roderick, et Georges se retira.

— Et maintenant, s'enquit Poirot, que puis-je pour vous ?

— J'ai un boulot à vous confier, ma vieille branche.

Il semblait encore plus convaincu que la fois précédente des liens étroits qui les avaient unis par le passé, Poirot et lui, ce qui était tant mieux, se dit Poirot, et ne pourrait que l'aider dans ses rapports avec le neveu de la vieille ganache.

— C'est une histoire de paperasses, confia sir Roderick en baissant la voix. J'ai perdu une poignée de paperasses et il faut que je les retrouve, vous y êtes ? Alors je me suis dit que, avec ma vue qui n'est plus ce qu'elle était et ma mémoire qui me joue parfois des tours, j'aurais intérêt de m'adresser à un lascar dont ce soit le rayon, pigé ? Vous avez débarqué à pic, l'autre jour, juste à temps pour vous montrer utile, parce qu'il faut que je remette le grappin dessus, vous comprenez ?

— La mission me paraît du plus haut intérêt, admit bien volontiers Poirot, mais en quoi consistent au juste les paperasses en question, si je puis me permettre ?

— J'imagine que, si vous devez les chercher, vous êtes en droit de poser la question. Ces papiers sont confidentiels et même archisecrets, figurez-vous. « Secret défense »... ou du moins ils l'ont été. Et on dirait bien qu'ils vont le redevenir sous peu. Un échange de lettres, voilà ce dont il s'agit. Sans importance particulière à l'époque, estimait-on... seulement voilà : en politique, tout change. Vous savez comment ça se passe. Mensonges d'hier, vérités d'aujourd'hui. Ou vice versa. Vous vous rappelez la situation quand la guerre a éclaté ? Personne ne savait sur quel pied danser. Un coup, nous étions copains comme cochons avec les Italiens, le coup suivant on leur tape dessus. Et qu'on ne me demande pas ce qui valait le mieux. Durant la Première Guerre mondiale, les Japonais étaient nos alliés bien-aimés, et ne voilà-t-il pas qu'au cours de la Seconde, ils bombardent Pearl Harbor ! Comment voulez-vous qu'on s'y retrouve ? Idem avec les Russes : c'est une fois l'adoration, l'autre fois la haine. Je vais vous dire une bonne chose, Poirot : il n'y a rien de plus difficile à l'heure actuelle que la question des alliés. Ils peuvent changer du jour au lendemain.

— Et vous avez perdu quelques papiers, rappela Poirot, histoire de ramener le vieillard au but de sa visite.

— Oui. J'en ai des tas, vous savez, et je les ai ressortis récemment. Je les tenais jusque-là au frais, vous comprenez. Dans une banque. Et puis je les ai ressortis pour me mettre à les trier parce que je me demandais pourquoi je n'écrirais pas mes Mémoires. Tous les copains en font autant. On a eu Montgomery, et Alanbrooke, et Auchinleck, qui ont tous pissé la copie, histoire surtout de dire ce qu'ils pensaient les uns des autres. Nous avons même eu le vieux Moran, médecin pourtant respectable, qui s'est mis à déblatérer et à divulguer l'état de santé de Churchill. Je me demande jusqu'où on va aller ! N'importe comment, c'est comme ça, et je me suis dit que ce ne serait pas inintéressant que je dévoile quelques menues anecdotes concernant un certain nombre d'individus qu'il m'a été donné d'approcher. Pourquoi est-ce que je ne tenterais pas le coup comme tout le monde ? J'ai été dans le bain, moi aussi.

— Je suis sûr que les lecteurs seraient fascinés, hasarda Poirot.

— Et comment ! Il y en avait à la pelle, de ces gros bonnets dont les journaux nous rebattaient les oreilles ! Tout le monde leur vouait une admiration béate. Personne ne se doutait des abrutis auxquels on avait affaire, mais moi, je le savais. Saperlipopette, les âneries que tous ces galonnards à la manque ont pu commettre... vous n'en reviendriez pas ! J'ai donc sorti mes papiers, et la chère petite m'a aidé à les trier. Une bonne petite, et futée comme pas deux. Elle ne sait pas très bien l'anglais, elle le parle même comme une vache espagnole, mais à part ça elle est intelligente comme tout et elle m'est très utile. Nous avons farfouillé dans un monticule de documents mais le résultat ne s'est pas fait attendre : *les papiers sur lesquels je voulais mettre la main avaient disparu.*

— Ils n'étaient pas là ?

— Non. On a d'abord pensé qu'on les avait sautés au passage, mais je vous prie de croire qu'on a tout recommencé de zéro, et je peux vous dire, Poirot, que j'ai bien l'impression qu'un tas d'archives m'ont été barbotées. Il y avait dans le lot des trucs sans intérêt. En fait, ce que je cherchais n'était pas non plus très important... je veux dire, personne ne l'avait trouvé important, sinon j'imagine qu'on ne m'aurait pas laissé partir avec. Mais ce qu'il y a de sûr, c'est que l'échange de lettres en question n'était plus là.

— Pour rien au monde je ne voudrais me montrer indiscret, soupira Poirot, mais pourriez-vous m'éclairer quelque peu sur la nature de ce courrier ?

— Je crains bien que ce ne soit hors de question, mon pauvre cher vieux. Le plus loin que je puisse aller, c'est en vous disant que ça touche quelqu'un qui la ramène actuellement beaucoup sur ses hauts faits passés. Mais il s'agit d'un ramassis de mensonges, et ces lettres dénoncent sans contestation possible le bonimenteur qu'il est. Notez bien que je ne pense pas une minute qu'on me laisserait les publier maintenant. Mais je me propose de lui envoyer de belles copies du tout pour lui remettre en mémoire ses déclarations de l'époque et lui signaler que nous en possédons la preuve écrite. Et je ne serais pas surpris si... comment dire ?... si le cours de la vie publique n'en était pas quelque peu modifié. Vous pigez ? Comme si j'avais d'ailleurs besoin de vous poser la question ! Vous connaissez comme votre poche ce genre de micmacs.

— Vous avez mille fois raison, sir Roderick. Je sais tout sur les pratiques que vous évoquez, mais avouez que vous aider à retrouver quelque chose tout en ignorant ce dont il s'agit et la direction que ça a pu prendre à l'heure qu'il est n'est pas tâche facile.

— Pour commencer et d'une : je veux savoir qui m'a barboté ces lettres, parce que c'est là l'important.

Il se peut, voyez-vous, qu'il y ait d'autres documents *top secret* dans ma petite collection, et je ne veux pas qu'on fasse main basse dessus.

— Vous n'avez pas une petite idée sur la question ?

— Vous estimez que je devrais avoir des soupçons, hein ?

— Ma foi, il me semble que les gens à qui il aurait été le plus facile de...

— Je sais. Vous voudriez que je vous dise que c'est la petite qui a fait le coup. Eh bien, je ne crois pas *du tout* que ce soit elle. Elle m'a dit qu'elle ne l'avait pas fait, et sa parole me suffit. Vous ne comprenez pas ça ?

— Si, soupira encore Poirot, je le comprends.

— *Primo*, elle est trop jeune. Elle n'aurait pas pu savoir que ces machins étaient importants. Ça date d'avant son temps.

— Quelqu'un aurait pu la renseigner, fit remarquer Poirot.

— D'accord, d'accord, ça n'est pas faux. Mais ç'aurait été cousu de fil blanc.

Poirot n'en avait décidément pas fini de soupirer. Mais il renonça par avance à mettre en cause la partialité, elle aussi cousue de fil blanc, de sir Roderick :

— Qui d'autre avait accès à vos documents ?

— Andrew et Mary, cela va sans dire, mais je doute qu'Andrew se soit jamais intéressé à ce genre de choses. Et puis ç'a toujours été un garçon d'une droiture parfaite. Toujours. Non pas que je l'aie jamais connu très bien. Il avait dû venir une fois ou deux en vacances avec son frère, et c'est bien le tout. Ah ! bien sûr, il a plaqué sa légitime pour filer en Afrique du Sud avec un joli petit lot, mais c'est ce qui se serait passé avec n'importe quel malheureux qui aurait été affligé d'une femme comme Grace. Non pas que je l'aie jamais beaucoup vue elle non plus. Le genre de créature à l'œil perpétuellement baissé, confite en dévotion et uniquement préoccupée de bonnes œuvres. De toute façon, je ne vois pas un garçon comme Andrew dans la peau d'un espion. Quant à Mary, elle a l'air brave fille. Pour autant que je sache, elle n'a jamais regardé rien d'autre qu'un rosier. On a un jardinier, mais il a 83 ans et a toujours vécu au village. Et puis il y a aussi deux femmes de journée qui passent leur temps à faire un boucan des cent mille diables avec leurs aspirateurs du haut en bas de la maison mais que je ne vois quand même pas non plus dans le rôle d'espionnes. Ce qui fait qu'il ne peut s'agir que de quelqu'un de l'extérieur. Ah ! c'est vrai que Mary porte perruque, ajouta sir Roderick non sans quelque inconséquence. Je veux dire par là que ça pourrait vous la faire prendre pour une espionne, mais ce n'est pas le cas. Elle a perdu ses cheveux suite à un coup de fièvre quand elle avait 18 ans. Sacrée déveine pour une jeune femme. Je n'aurais jamais soupçonné qu'elle en portait une si elle ne se l'était pas prise un jour dans les épines d'un rosier et qu'elle avait bien failli l'y laisser. Oui, sacrée déveine.

— Je m'étais en effet bien dit qu'il y avait quelque chose d'un peu bizarre dans sa façon de se coiffer, remarqua Poirot.

— De toute façon, les agents secrets qui se respectent ne portent jamais perruque, crut bon de l'informer sir Roderick. Les pauvres diables en font déjà assez avec les opérations chirurgicales qu'il leur faut subir pour changer de visage. Seulement ce n'est pas le tout, quelqu'un est venu tripatouiller dans mes papiers.

— Vous ne pensez pas que vous auriez éventuellement pu les ranger ailleurs ? Dans un autre tiroir ? Un classeur différent ? Quand les avez-vous vus pour la dernière fois ?

— J'y ai fourré mon nez il y a un an de ça. Je me souviens que c'est à ce moment-là que je me suis dit que ça ferait de la rudement bonne copie et que je me suis attardé sur ces lettres. Et maintenant elles ont disparu. Quelqu'un est parti avec.

— Vous ne soupçonnez ni votre neveu Andrew, ni sa femme, ni le personnel. Et la fille de la maison ?

— Norma ? Ma foi, Norma est un peu brindezingue. Ce que je veux dire par là, c'est qu'elle pourrait bien être de ces kleptomanes qui vous subtilisent vos affaires sans même savoir qu'ils le font... mais je ne la vois quand même pas trifouiller dans mes papiers.

— Alors *qui*, à votre avis ?

— Ma foi, vous êtes venu à la maison. Vous avez vu comment les choses s'y passent. N'importe qui peut y entrer quand ça lui chante. On ne ferme pas les portes à clé. On ne l'a jamais fait.

— Est-ce que vous fermez à clé la porte de votre chambre... quand vous venez à Londres, par exemple ?

— L'idée ne m'en est jamais venue. Maintenant, c'est différent, bien sûr, mais à quoi bon ? C'est trop tard. De toute façon, je n'ai qu'une clé ordinaire, qui ouvre toutes les portes. Quelqu'un a dû venir de l'extérieur. De nos jours, c'est comme ça que se font tous les cambriolages. Les gens débarquent chez vous en plein midi, montent les escaliers comme ils le feraient chez eux, entrent dans les chambres à la bonne franquette, vident le coffre à bijoux et repartent comme ils étaient venus sans que personne ne songe à leur demander ce qu'ils sont venus faire. Ils ont probablement des dégaines de blousons noirs, ou de beatniks, ou de quel que soit le nom dont s'affublent de nos jours ces créatures aux cheveux sur les épaules et aux ongles crasseux. J'en ai vu plus d'un déambuler chez nous. Avec ça que c'est gênant de les apostropher avec un : « Mais qui diable êtes-vous donc ? » D'autant que vous ne savez jamais à quel sexe ils appartiennent, ce qui vous met dans l'embarras. La maison grouille de ces créatures. J'imagine que ce sont des amis de Norma. Ils n'auraient jamais pu franchir le seuil, dans le bon vieux temps. Et si par hasard on s'avise de les flanquer dehors, on découvre qu'on a affaire au vicomte Trucmuche ou à lady Machinchose. Comment voulez-vous qu'on sache où on en est ?

Il s'interrompit un temps, puis :

— Si quelqu'un peut tirer cette affaire au clair, c'est bien vous, Poirot. (Il engloutit la dernière gorgée de son whisky et se leva :) Eh bien voilà. À vous de jouer. Vous prenez ça en main, pas vrai ?

— Je ferai de mon mieux, promit Poirot.

La sonnette de la porte d'entrée tinta.

— C'est la petite, décréta sir Roderick. Ponctuelle à la seconde près. Merveilleux, non ? Je ne pourrais pas me promener à Londres sans elle, vous savez. Je suis myope comme une taupe. Pas fichu de traverser la rue.

— Vous ne pouvez pas porter des lunettes ?

— J'en ai une paire dans un coin, mais elles passent leur temps à me tomber du nez, et je les sème. Et puis j'ai horreur des lunettes. Je n'en ai jamais porté. À 65 ans je pouvais lire sans, ce qui n'est pas le cas de tout le monde, hein ?

— Les meilleures choses, s'assombrit Poirot, n'ont, hélas ! qu'un temps.

Georges fit entrer Sonia. Elle était ce jour-là extrêmement jolie. Et Poirot se dit que sa légère timidité lui allait comme un gant. Il se dirigea vers elle avec un empressement bien continental.

— Enchanté, chère mademoiselle ! s'exclama-t-il en se courbant sur sa main.

— En retard je ne suis pas, sir Roderick ? interrogea-t-elle en se désintéressant de Poirot comme pour mieux reporter toute son attention sur son employeur. Je ne vous ai pas fait attendre ? Oh ! j'espère que non !

— Exacte à la seconde près, fillette ! s'extasia le vieil homme. Toutes voiles dehors et parée à naviguer !

Elle lui lança un regard un tantinet perplexe.

— Vous avez fait un bon goûter, j'espère ? poursuivit son seigneur et maître. Je vous avais dit, rappelez-vous, de boire une bonne tasse de thé et de dévorer des petits pains, des éclairs au chocolat ou tout ce dont les jeunes filles d'aujourd'hui aiment se gaver. Vous n'avez pas désobéi, au moins ?

— Si, un petit peu. Mon temps libre j'ai préféré profiter pour m'acheter paire de chaussures. Regardez, jolies elles sont, non ?

Sur quoi elle leva un pied. Un très joli petit pied. Le visage de sir Roderick vira au rouge brique.

— Eh bien, il faut que nous allions prendre notre train, n'en déclara-t-il pas moins. Je suis peut-être vieux jeu, mais je ne jure que par les chemins de fer. Ils partent à l'heure, arrivent à l'heure — au moins en principe. Tandis que ces voitures qui roulent à la queue leu leu aux heures de pointe et qui vous font perdre une heure sur un trajet de dix minutes, très peu pour moi ! Les voitures ! Pouah !

— Dois-je prier Georges de vous appeler un taxi ? s'enquit Poirot. C'est sans problème aucun, je vous l'assure.

— Un taxi j'ai déjà qui attend, signala Sonia.

— Qu'est-ce que je vous disais ! se rengorgea sir Roderick. Vous voyez ? Elle pense à tout.

Il lui tapota l'épaule. Et elle lui lança en retour un regard qui en donna long à penser à Poirot.

Il les accompagna jusqu'à la porte palière et prit courtoisement congé d'eux. Mr Goby était sorti de la cuisine et, planté dans le hall, présentait dirons-nous toutes les apparences de l'employé du gaz venu relever le compteur.

Georges referma la porte sitôt que le couple eut disparu dans l'ascenseur et se retourna à point pour croiser le regard de Poirot.

— Puis-je vous demander votre opinion sur cette jeune personne, Georges ? s'enquit le détective.

Sur un certain nombre de sujets, Georges était infaillible.

— Eh bien, monsieur, répondit ce dernier, si je puis me permettre et si j'ose m'exprimer ainsi, il est salement mordu, monsieur. Il l'a dans la peau, comme on dit.

— Je crois que vous avez raison, convint Hercule Poirot.

— Ce n'est bien sûr pas inhabituel chez les messieurs de cet âge. Je me rappelle lord Mountbryan. Il avait beaucoup vécu et il était du genre à qui on ne la fait pas. Eh bien, vous n'en seriez pas revenu. Une jeunesse est venue lui faire des massages. Vous ne seriez pas revenu de tout ce qu'il a pu lui donner. Une robe du soir, et un bracelet joli comme tout. À motifs de myosotis, il était. Tout en diamants et turquoises. Pas *hors* de prix, mais qui avait dû coûter chaud quand même. Ensuite de quoi une étole de fourrure — pas du vison, du façon hermine — et un sac du soir brodé au petit point. Après ça, son frère s'est trouvé dans les ennuis, dettes ou autre, encore que je me demande souvent si elle en avait un, de frère. Lord Mountbryan lui a donné l'argent pour régler le problème... elle se faisait tellement de mauvais sang ! Et le tout platonique, par-dessus le marché, notez bien. Les messieurs semblent perdre tout sens commun, quand ils arrivent à cet âge. Et c'est le genre gnangnan et un peu pot de colle qui emporte le morceau, pas celle qui fait du rentre-dedans.

— Je ne doute pas une seconde que vous ayez mille fois raison, Georges, acquiesça Poirot. Vous n'avez néanmoins pas entièrement répondu à ma question. Je vous avais demandé ce que vous pensiez de la *jeune personne.*

— Oh ! la jeune personne... Ma foi, monsieur, sans vouloir me montrer trop catégorique, je dirai qu'elle appartient à un genre bien défini : le genre de celles qu'on ne pourrait épingler sur rien, mais qui savent à mon avis parfaitement ce qu'elles font.

Poirot gagna son bureau et, sur son injonction, Mr Goby le suivit. Mr Goby s'assit, selon son habitude, sur une chaise de préférence à un fauteuil et adopta sa pose favorite : genoux joints et pieds en dedans. Puis il sortit de sa poche un calepin passablement écorné, l'ouvrit avec des précautions maniaques et entreprit de contempler le siphon d'eau de Selz avec sévérité :

— Rapport sur les antécédents que vous m'aviez demandé d'examiner.

» Famille Restarick : parfaitement respectable et de bon standing. Pas de scandales connus. Le père, James Patrick Restarick, avait la réputation de ne pas s'en laisser conter. L'affaire est dans la famille depuis trois générations. Le grand-père l'a fondée, le père l'a fait fructifier, Simon Restarick l'a maintenue à flot. Ce même Simon Restarick a souffert de problèmes coronariens il y a de cela deux ans et sa santé a décliné. Il est mort de thrombose coronaire l'an passé.

» Son jeune frère, Andrew Restarick, est entré dans la firme sitôt après sa sortie d'Oxford. Il a épousé miss Grace Baldwin. Une fille, Norma. Il a quitté sa femme et émigré en Afrique du Sud. Une miss Birell l'y a suivi. Pas de procédure de divorce. Mrs Andrew Restarick est morte il y a deux ans et demi des suites d'une longue maladie. Miss Norma Restarick a été pensionnaire au collège de filles de Meadowfield. Rien à dire sur son compte à l'époque. (S'autorisant à laisser ses yeux s'égarer sur le visage de Poirot, Mr Goby conclut :) En somme, rien de ce qui concerne la famille Restarick ne semble sujet à caution. Tout y est réglé comme du papier à musique.

— Pas de brebis galeuse ? Pas de troubles mentaux ?

— Rien sur quoi mettre le doigt.

— Décevant, maugréa Poirot.

Mr Goby ne releva pas. Il se racla la gorge, s'humecta un doigt et tourna une page de son carnet :

— David Baker. Rien de satisfaisant dans les renseignements recueillis sur son compte. Deux mises à l'épreuve consécutives. La police s'intéresse de fort près à lui. Mêlé à plusieurs combines douteuses, est toujours soupçonné dans une grosse affaire de vol de tableaux mais sans preuves à l'appui. Évolue dans le milieu artiste. Aucun moyen de subsistance connu mais se débrouille néanmoins très bien. Préfère les filles cousues d'or. Ne répugne pas à se laisser entretenir par celles qui ont le béguin pour lui. Répugne encore moins à monnayer auprès des pères sa rupture d'avec leurs filles. Le type même de la parfaite fripouille, mais avec assez de jugeote pour éviter de se fourrer dans de sales draps. (Mr Goby osa, l'espace d'un instant, regarder Poirot dans les yeux :) Vous l'avez rencontré, je crois bien ?

— En effet, admit Poirot.

— À quelles conclusions êtes-vous parvenu sur son compte, si je puis me permettre ?

— Aux mêmes que les vôtres, concéda Poirot. Un individu qui vous en met plein la vue, ajouta-t-il, pensif.

— Il plaît aux femmes, déplora Mr Goby. L'ennui, de nos jours, c'est qu'elles n'accorderont pas un regard au brave garçon qui travaille à la sueur de son front. Elles préfèrent les bons à rien... les filous. Et elles psalmodient en chœur : « Personne ne lui a jamais donné sa chance, à ce pauvre chou. »

— Elles n'aiment rien tant non plus que ceux qui se pavanent comme des paons, renchérit Poirot.

— Oui, on peut dire ça comme ça, voulut bien admettre Mr Goby, néanmoins assez dubitatif.

— L'estimez-vous capable d'assommer quelqu'un ?

Mr Goby réfléchit un instant et secoua très lentement la tête à l'adresse du radiateur électrique :

— Personne ne l'a jamais accusé de ce genre de méfait. Je ne l'en crois certes pas incapable, mais j'inclinerais à penser que ce n'est pas son style. Il est du genre baratineur — si vous me passez le mot — plutôt que fier-à-bras.

— C'est bien comme ça que je le vois, souligna Poirot. Il pourrait se laisser acheter pour disparaître du tableau ? C'est ce que vous m'avez dit tout à l'heure ?

— Il laisserait choir n'importe quelle fille comme

une vieille chaussette pour peu que le jeu en vaille la chandelle.

Poirot dodelina de la tête. Il se remémorait un détail. Andrew Restarick lui mettant sous les yeux un chèque pour qu'il puisse voir sa signature. Or, ce n'était pas seulement la signature que Poirot avait vue, c'était aussi le nom du bénéficiaire. Il avait été rédigé au nom de David Baker, ce chèque, et pour un montant important. Est-ce que David Baker aurait scrupule à l'encaisser ? se demanda Poirot. Tout bien considéré, pas le moindre. C'était manifestement aussi l'opinion de Mr Goby. Les garçons indésirables avaient de tout temps été payés pour débarrasser le plancher, au même titre que les filles de réputation tout aussi détestable. La progéniture avait, selon le sexe, fulminé ou sangloté, mais l'argent sera toujours l'argent. Pour ce qui est de Norma, David l'avait pressée de l'épouser. Jouait-il franc jeu ? Se pouvait-il qu'il l'aime vraiment ? Si c'était le cas, il ne se laisserait pas soudoyer. Il avait semblé sincère. Norma, sans nul doute, croyait à cette sincérité. Andrew Restarick, Mr Goby et Hercule Poirot étaient d'un avis diamétralement opposé. Et, selon toute vraisemblance, c'étaient eux qui avaient raison.

Mr Goby s'éclaircit la voix et reprit :

— Miss Claudia Reece-Holland ? Il n'y a rien à redire. Rien contre elle. Rien de douteux ni d'équivoque. Père membre du Parlement, très en vue. Pas de scandales. Pas comme certains de ses congénères dont nous avons un peu trop entendu parler ces derniers temps. Éduquée à Brighton, puis à Cambridge avant de venir à Londres pour y suivre des cours de secrétariat. D'abord secrétaire d'un médecin de Harley Street, puis aux Charbonnages. Professionnelle de haut niveau. Embauchée depuis deux mois comme secrétaire particulière de Mr Restarick. Pas d'attaches sérieuses, guère plus que de petits amis de passage. Éminemment sortable, et prête à rendre service à ceux avec qui elle a vraiment envie de sortir. Rien qui laisse soupçonner des liens quelconques entre elle et son patron. Est installée depuis quatre ans aux Résidences Borodene. Le loyer y est élevé. À pris l'habitude de le partager avec deux autres filles, pas forcément des amies. Ça va et ça vient. Une jeune femme, Frances Cary, la deuxième fille, est là depuis un bon moment. Elle a fait un temps le Conservatoire, puis s'est orientée vers les beaux-arts. Travaille actuellement pour la galerie Wedderbum, un des hauts lieux de Bond Street. Organise des expositions à Manchester, Birmingham, parfois à l'étranger. Se rend souvent en Suisse et au Portugal. Affecte le genre bohème et a de nombreux amis dans le milieu artiste et chez les comédiens.

Il marqua un temps, s'éclaircit encore une fois la voix et jeta un bref coup d'œil à son calepin :

— Je n'ai pas encore eu le temps d'obtenir grand-chose en provenance d'Afrique du Sud. Je doute d'ailleurs d'y parvenir. Restarick s'est montré très remuant. Kenya, Ouganda, Ghana... et même Amérique du Sud pour un temps. Il n'a fait que bouger. Un agité. Personne ne semble l'avoir particulièrement connu de près. Il possédait assez d'argent pour aller où bon lui semblait. Et il ne s'est pas contenté d'en dépenser, il en a gagné aussi beaucoup. Il adorait sortir des sentiers battus. Tous les gens qui l'ont rencontré semblent l'avoir trouvé sympathique. Tout au plus l'estimaient-ils instable de nature. Il n'est jamais resté longtemps en contact avec qui que ce soit. Trois fois, je crois bien, on l'a cru mort... il était parti en brousse et ne donnait plus signe de vie... mais il en est toujours revenu. Cinq ou six mois plus tard, il refaisait surface dans une région ou un pays complètement différent.

» Et puis, l'an dernier, Simon Restarick est mort subitement. On a eu du mal à retrouver Andrew. La mort de son frère semblait lui avoir porté un coup. Peut-être en avait-il assez de cette vie, peut-être aussi avait-il enfin rencontré la femme qu'il lui fallait. Elle était plus jeune que lui, et de beaucoup. Enseignante, semble-t-il. Le genre solide et casanier. Toujours est-il qu'il a alors renoncé à l'errance et qu'il a regagné l'Angleterre. Outre la fortune personnelle qu'il a accumulée, il est l'héritier de son aîné.

— La gloire d'un magnat de la finance et le malheur d'une gamine, murmura Poirot. J'aimerais en savoir davantage sur le compte de cette petite. Vous avez glané tout ce que vous pouviez, récolté les faits dont j'avais besoin. Vous m'avez renseigné sur les gens qui l'ont entourée, qui auraient pu l'influencer, qui l'ont peut-être fait. Vous m'avez donné les détails que je souhaitais sur son père, sa belle-mère, le garçon dont elle est amoureuse, les filles avec lesquelles elle vivait, l'endroit à Londres où elle travaillait. Êtes-vous cependant bien sûr qu'il n'y ait pas de morts en relation avec elle ? C'est important...

— Pas l'ombre d'une, répliqua Mr Goby. Elle travaillait jusqu'il y a peu dans une entreprise appelée Homebirds — au bord de la faillite et qui ne la payait pas lourd. Sa belle-mère a récemment fait un séjour à l'hôpital, en observation. Ça se passait à la campagne. Les rumeurs y sont allées bon train, mais il semble que rien de concluant n'en soit sorti.

— La belle-mère n'est pas morte, se lamenta Poirot. Ce dont j'ai un urgent besoin, poursuivit-il sur le ton d'un assoiffé de sang, c'est d'une *mort*.

Mr Goby exprima ses regrets de ne pouvoir satisfaire à une telle requête et se mit sur ses pieds :

— Y aura-t-il encore autre chose que vous souhaiteriez obtenir dans l'immédiat ?

— Rien qui soit du domaine du renseignement, non.

— Très bien, monsieur.

Tout en réempochant son calepin, Mr Goby risqua une remarque :

— Vous me pardonnerez, monsieur, si je m'égare hors du sujet, mais cette jeune personne que vous avez reçue ici il y a un moment...

— Oui, que souhaitez-vous m'en dire ?

— Eh bien, voyez-vous, c'est... Oh ! bien sûr, je n'imagine pas un instant que cela ait à voir avec l'affaire qui nous occupe... Tout au plus me suis-je dit que je devrais peut-être vous mettre au courant, monsieur...

— Faites. J'en conçois que vous l'aviez déjà rencontrée ?

— En effet, monsieur. Il y a de cela quelques mois.

— Et où donc ?

— À Kew Gardens.

— À Kew Gardens ?

Poirot dissimulait assez mal sa surprise.

— Oh ! ce n'était pas *elle* que je suivais, monsieur. Il s'agissait de quelqu'un d'autre... de la personne, en fait, qui allait l'y rejoindre.

— Et qui était-elle, cette personne ?

— Je ne crois pas que son nom vous en apprendrait davantage, monsieur. C'était l'un des jeunes attachés de l'ambassade d'Herzégovine.

Poirot haussa les sourcils :

— Mais c'est très intéressant, dites-moi ! Mais oui, très intéressant. Kew Gardens, rêvassa-t-il. Quel endroit merveilleux ! Quel endroit merveilleux pour s'y donner rendez-vous !

— C'est ce que je me suis dit sur le moment, monsieur.

— Ils se sont parlé ?

— Non, monsieur, on aurait même dit qu'ils ne se connaissaient pas. La jeune personne était arrivée avec un livre. Elle s'est assise sur un banc. Elle a lu quelques pages et a posé l'ouvrage à côté d'elle. Sur ce mon gaillard est venu s'asseoir sur le même banc. Ils n'ont pas échangé un mot... la jeune personne s'est contentée de se lever et de s'éloigner à petits pas. Lui est resté un moment assis avant de se lever pour s'éloigner à son tour. Avec à la main le livre que cette jeune personne avait abandonné derrière elle. C'est tout, monsieur.

— Eh bien... murmura Poirot. Voilà qui est *très* intéressant.

Mr Goby chercha où poser les yeux, avisa la bibliothèque et lui dit au revoir. Puis il s'en fut.

Poirot poussa un soupir d'exaspération :

— Bon sang de bonsoir, c'en est trop ! La coupe est pleine ! Me voilà maintenant embarqué dans une histoire d'espionnage et de contre-espionnage. Alors que ce après quoi je me languis, c'est tout bêtement un bon crime sans fioritures inutiles. Je commence d'ailleurs à soupçonner que le crime en question n'a eu lieu que dans les brumes du cerveau d'une toxicomane enragée !

14

— Chère, chère madame...

Poirot plongea dans une courbette grand style et tendit à Mrs Oliver un bouquet très élaboré, coussinet rond et serré à la manière victorienne.

— Monsieur Poirot. Vraiment, comme c'est gentil à vous, et comme cela vous ressemble ! Mes bouquets sont toujours si échevelés !

Elle leva les yeux sur un vase hérissé de chrysanthèmes d'humeur apparemment fantasque et revint aux boutons de roses blottis les uns contre les autres en un cercle parfait :

— Et comme c'est aimable à vous de venir me voir.

— Je suis ici, madame, pour vous féliciter de votre prompt rétablissement.

— Oui, reconnut Mrs Oliver, je suis de nouveau moi-même. (Elle remua la tête non sans quelques précautions :) Encore qu'il m'en reste des migraines. De très désagréables migraines.

— Vous devez vous rappeler, madame, que je vous avais mise en garde.

— Vous m'aviez dit que c'était dangereux. Vous m'aviez dit de ne pas fourrer mon nez dans cette affaire. C'est d'ailleurs sûrement pour ça que je l'ai fait. Or, le danger, je l'ai très vite flairé, ajouta-t-elle. Il était dans l'air. Et je me suis mise à avoir peur. À avoir peur et à me traiter d'imbécile de céder comme ça à la panique. Qu'est-ce qui me fichait cette peur bleue ? Bon sang, ça se passait à Londres. En plein jour et en plein Londres. Ça grouillait de monde. Qu'est-ce qui pouvait bien me mettre dans un état pareil ? Je n'étais quand même pas toute seulette, le soir au coin d'un bois !

Poirot la dévisagea, pensif. Mrs Oliver avait-elle réellement ressenti cette frayeur nerveuse ? Avait-elle réellement flairé l'imminence d'un danger, soupçonné la présence du mal, éprouvé l'horrible sensation que quelqu'un souhaitait sa perte ? Ou bien n'avait-elle pas plutôt imaginé tout cela après coup ? Il ne connaissait que trop bien le processus. D'innombrables clients avaient prononcé devant lui les mêmes mots que ceux de la romancière : « Je devinais qu'il se tramait du vilain. Je sentais le mal qui rôdait. Je savais qu'un malheur allait arriver... » alors qu'en fait ils n'avaient rien su ni rien senti du tout. Quel genre de personne était Mrs Oliver ?

Il poussa plus loin son examen. Mrs Oliver se flattait toujours de l'extrême qualité de ses intuitions. Il est vrai qu'elles se succédaient en cascade et que l'auguste personne s'arrogeait immanquablement le droit de brandir celle qui par hasard s'était révélée positive pour accréditer à elle seule la fiabilité du système.

Et pourtant, dans un domaine pas tellement différent, il arrive très souvent qu'on partage avec un animal quelconque — chien, chat ou autre — le malaise qu'il ressent à l'approche d'un orage ou cette sensation confuse qu'il éprouve, ce sentiment qu'il y a là *quelque chose qui ne va pas,* sans toutefois savoir de quoi il retourne.

— Cette peur, quand a-t-elle commencé à vous étreindre ?

— Sitôt que j'ai quitté les grandes artères, avoua Mrs Oliver. Jusque-là, la filature était sans histoire et même plutôt exaltante, et... oui, je m'amusais beaucoup, même si j'étais un peu mortifiée de découvrir à quel point suivre quelqu'un m'était difficile. (Elle s'interrompit, le temps de réfléchir deux secondes, puis :) Oui, jusque-là, ç'avait été comme un *jeu.* Et puis, brusquement, ça n'a plus du tout eu l'air d'un jeu. Tout ça à cause de ces ruelles sordides, de ces maisons décrépites, de ces hangars, de ces terrains vagues et de ces chantiers de construction... oh ! je ne sais pas, je ne sais plus, je ne sais pas comment l'expliquer. Mais tout était *différent*. Comme dans un mauvais rêve. Vous savez comment sont ces rêves-là. Ils commencent quelque part, au cours d'un cocktail, d'une soirée, je ne sais pas, moi... et puis sans avoir eu le temps de crier gare, vous vous retrouvez dans la jungle ou dans un endroit qui n'a plus rien à voir... et tout est sinistre et effrayant.

— Dans la jungle ? releva Poirot. Oui, c'est intéressant que vous ayez formulé ça comme ça. Ainsi, il vous a donc semblé que vous vous trouviez dans la jungle et c'est à ce moment-là que vous avez été épouvantée par un paon ?

— Je ne crois pas que ce soit de lui que j'aie particulièrement eu peur. Après tout, le paon n'est pas un animal dangereux. C'est... comment dire ?... je crois que j'ai pensé à lui comme à un paon parce que je me suis dit que c'était une créature extrêmement *spectaculaire*. C'est très spectaculaire, un paon, très décoratif, non ? Or, cet ignoble individu est lui aussi très décoratif.

— Juste avant d'être frappée, vous n'aviez pas songé un instant que vous étiez suivie ?

— Non. Non, je n'en avais pas la moindre idée... mais je suis encore maintenant persuadée qu'il avait fait exprès de m'envoyer dans la mauvaise direction.

Poirot hocha pensivement la tête.

— Et ce qu'il y a de sûr, reprit Mrs Oliver, c'est que ce ne peut être que le Paon qui m'a assommée. Qui d'autre aurait pu le faire ? Le peintre crasseux ? Il sentait mauvais, mais il n'avait rien de redoutable. Et ça n'aurait pas non plus pu être cette mollassonne de Frances Je-ne-sais-quoi : elle était juchée sur une caisse d'emballage dans une pose alanguie avec ses longs cheveux noirs cascadant jusqu'au plancher.

Elle m'avait d'ailleurs fait penser à je ne sais plus quelle actrice.

— Vous dites qu'elle jouait les modèles ?

— Oui. Mais pas pour le Paon. Pour le crasseux. Elle, je ne me souviens pas si vous l'avez déjà rencontrée ou non.

— Je n'ai pas encore eu ce plaisir... si tant est que ce puisse en être un.

— Oh ! elle n'est pas du tout vilaine à regarder pour qui aime le genre artiste et attifé à la va-comme-je-te-pousse. Des tonnes de maquillage. Du blanc cadavérique, du mascara à la pelle et les habituels cheveux dans la figure. Elle travaille pour une galerie d'art, d'où on peut supposer qu'il est tout naturel qu'elle fréquente des beatniks et pose pour des peintres mal lavés. Mais qu'est-ce que ces filles ont donc dans la peau ! J'imagine qu'elle en pince sans doute pour le Paon. Ou plus probablement pour le crasseux. N'importe comment, je ne la vois pas me défoncer le crâne.

— J'avais une autre possibilité en tête, madame. Quelqu'un aurait pu remarquer que vous suiviez David... et vous avoir suivie à votre tour.

— Quelqu'un m'aurait vue, moi, filer le train à David et m'aurait ensuite rendu la pareille ?

— Ou bien quelqu'un aurait déjà pu se trouver dans ce dédale de ruelles ou dans le terrain vague, occupé peut-être à surveiller les gens que vous observiez vous-même.

— C'est une idée, bien sûr, concéda Mrs Oliver. Mais je me demande de qui il pourrait bien s'agir.

Poirot poussa son énième soupir d'exaspération :

— C'est le grand point d'interrogation. Toute cette histoire est difficile, compliquée... trop compliquée. Il y a trop de gens, trop de choses. J'en arrive à ne plus rien distinguer clairement. Je ne veux voir qu'une chose, qu'une fille qui dit qu'il se pourrait qu'elle ait commis un meurtre. C'est à cela qu'il faut que je m'accroche, et vous conviendrez avec moi que même là les difficultés ne manquent pas.

— Qu'entendez-vous par difficultés ?

— Réfléchissez, conseilla Poirot.

La réflexion n'avait jamais été le fort de Mrs Oliver.

— Vous m'embrouillez toujours, gémit-elle.

— Je parle d'un meurtre, mais duquel ?

— Celui de la belle-mère, j'imagine.

— Mais la belle-mère n'a pas été assassinée. Elle est vivante.

— Vous êtes exaspérant ! s'emporta Mrs Oliver.

Poirot se redressa dans son fauteuil. Il joignit l'extrémité de ses doigts et s'apprêta — ou du moins le supposa Mrs Oliver — à s'accorder un moment de bienheureuse jouissance intime.

— Vous refusez de réfléchir, lui reprocha-t-il. Mais qui ne réfléchit pas n'aboutit jamais rien.

— Eh bien, moi, je ne veux pas réfléchir. Ce que je veux, c'est savoir ce que vous avez fabriqué pour faire progresser l'affaire pendant que j'étais à l'hôpital. Vous avez bien dû faire *quelque chose*. Qu'avez-vous fait au juste ?

Poirot ignora la question :

— Il nous faut commencer par le commencement. Vous m'avez un jour téléphoné. Et vous m'avez trouvé en plein désarroi. Oui, je l'avoue, j'étais au comble de la détresse. On venait de prononcer un jugement qui m'avait profondément blessé. Vous, madame, vous vous êtes montrée la gentillesse même. Vous m'avez remonté le moral, réchauffé le cœur. Vous m'avez offert une délicieuse tasse de chocolat. Qui plus est, non contente de m'avoir offert votre aide, vous m'avez effectivement aidé. Vous m'avez aidé à retrouver la fille qui était venue me voir pour me dire qu'il se pourrait qu'elle ait commis un meurtre ! Interrogeons-nous, madame, sur le sens de cette phrase. De quel meurtre s'agit-il ? Sur la personne de qui a-t-il été commis ? L'a-t-il seulement été ? Et pour quel motif se pourrait-il que ce meurtre ait été ou non commis ?

— Oh ! arrêtez ! supplia Mrs Oliver. Vous me donnez le tournis, ma tête me refait mal et je n'ai pas besoin de ça.

Poirot n'accorda pas la moindre attention à sa requête :

— Avons-nous seulement un meurtre ? Vous me dites : celui de la belle-mère. À quoi je vous réponds que ladite belle-mère n'est pas morte. D'où il découle que nous n'avons *pas* de meurtre. Mais il aurait *dû* y avoir un meurtre. D'où, encore une fois, ma question : *qui* est mort ? Quelqu'un vient me trouver et mentionne un meurtre. Un meurtre commis Dieu sait comment et Dieu aussi sait où. Seulement ce meurtre, je n'arrive pas à mettre le doigt dessus, et ce que vous allez me répéter dans deux secondes, à savoir que la tentative de meurtre sur la personne de Mary Restarick fait parfaitement l'affaire, ne satisfait pas du tout Hercule Poirot.

— Je n'arrive pas à imaginer ce qu'il vous faut de plus, s'obstina Mrs Oliver.

— *Je veux un meurtre !* tonna Hercule Poirot.

— Vous m'avez tout l'air d'un fou sanguinaire quand vous dites ça comme ça !

— Je cherche un meurtre et je n'en trouve pas. Or, rien n'est plus exaspérant... et c'est pourquoi je vous exhorte à réfléchir avec moi.

— J'ai une idée sublime ! s'anima soudain Mrs Oliver. Supposons qu'Andrew Restarick ait assassiné sa première femme avant de filer à toute allure en Afrique du Sud. Aviez-vous un instant envisagé cette hypothèse ?

— Pareille idée ne m'aurait jamais effleuré, répliqua Poirot avec indignation.

— Eh bien, *moi,* je l'ai même caressée, se rengorgea Mrs Oliver. Elle ouvre des horizons inouïs. Il était amoureux de l'autre et voulait, comme Crippen, s'enfuir avec elle, ce qui fait qu'il a tué la première et que personne ne l'a jamais soupçonné.

Poirot manqua s'étrangler :

— *Mais sa femme est morte onze ou douze ans au bas mot après qu'il a quitté l'Angleterre pour émigrer en Afrique du Sud*, et la gamine n'aurait pas pu être impliquée dans le meurtre de sa propre mère alors qu'elle n'avait que 5 ans !

— Elle aurait pu faire prendre à sa mère le médicament empoisonné. Ou bien peut-être Restarick s'est-il contenté de dire qu'elle était morte. Après tout, nous n'avons aucune *preuve* qu'elle le soit.

— Moi, si, j'en ai, signala Poirot. Je me suis renseigné. La première Mrs Restarick est morte il y a deux ans et demi, le 14 avril 1963.

— Où êtes-vous allé pêcher ça ?

— J'ai eu recours aux services d'un spécialiste pour qu'il me recueille des *faits*. Je vous en conjure, madame, évitez de sauter à des conclusions aussi aberrantes avec une telle vélocité.

— J'avais pourtant l'impression de faire preuve d'ingéniosité, se rebiffa Mrs Oliver. Si je devais traiter ce genre d'histoire dans l'un de mes romans, c'est comme ça que je m'y prendrais. Et ce serait la fille qui aurait fait le coup. Pas sciemment, bien sûr, mais pour faire plaisir à son père qui lui aurait dit de donner à boire à sa mère une décoction de feuilles de troène préalablement réduites en bouillie.

— Nom de nom de sacré nom d'un petit bonhomme ! vociféra Poirot.

— Bon, d'accord, capitula Mrs Oliver. Alors donnez-moi votre version.

— Hélas ! je n'en ai pas. Je m'évertue à trouver un meurtre et je n'en ai toujours pas le moindre sous la main.

— Vous en auriez un tout à fait convenable si, après avoir été patraque et admise en observation à l'hôpital où elle se serait sentie mieux, Mary Restarick était rentrée chez elle pour retomber malade aussitôt. On aurait alors fait des recherches poussées dans la maison et probablement déniché de l'arsenic ou tout ce que vous voudrez dans les affaires de Norma.

— C'est exactement ce qui s'est passé.

— Mais alors, sérieusement, monsieur Poirot, que diable vous faut-il de *plus* ?

— Que vous ne perdiez pas de vue les subtilités du langage. Cette fille m'a répété ce qu'elle avait dit à mon valet, l'irremplaçable Georges. Elle ne nous a jamais dit à l'un ou à l'autre « J'ai essayé de tuer quelqu'un » ni « J'ai essayé de tuer ma belle-mère ». Elle a chaque fois évoqué un fait accompli, un meurtre déjà perpétré. Un meurtre au *passé*.

— J'abandonne, décréta Mrs Oliver. Vous refusez d'admettre que Norma ait pu essayer de tuer sa belle-mère.

— Mais non, je crois bien au contraire que c'est parfaitement possible. Et je suis même persuadé que c'est ce qui est arrivé. Du point de vue psychologique, cela se tient. Et si l'on songe à l'état de détresse morale dans lequel elle se trouve, cela ne pouvait qu'arriver. Mais ça n'en demeure pas moins un fait *non prouvé*. N'importe qui, songez-y, aurait pu cacher une préparation à base d'arsenic parmi les effets personnels de Norma. Jusqu'à son père, au mari, qui aurait pu le faire.

— Vous êtes toujours prêt à croire que ce sont les maris qui font passer le goût du pain à leur femme, protesta Mrs Oliver.

— Le mari est d'ordinaire la personne qui a le plus de raisons de souhaiter la disparition de sa moitié, c'est pourquoi on examine toujours son cas en priorité. Mais je vous accorde que, en l'occurrence, le choix est vaste : ç'aurait pu être effectivement Norma, ç'aurait pu être l'un ou l'autre des domestiques, ç'aurait pu être la fille au pair, ç'aurait même pu être le vieux sir Roderick. Ou bien ç'aurait pu être encore *Mrs Restarick elle-même.*

— C'est idiot. Pourquoi aurait-elle fait ça ?

— Des raisons, il y en a toujours à tout. Parfois un peu tirées par les cheveux, mais le plus souvent du domaine du crédible.

— Voyons, monsieur Poirot, on ne peut pas se mettre à soupçonner *tout le monde.*

— Mais si, et c'est même mon péché mignon. Je commence par soupçonner tous azimuts, et ensuite seulement j'étudie les éventuels mobiles de chacun.

— Et quels mobiles trouvez-vous à étudier, comme vous dites, chez cette pauvre jeune fille étrangère ?

— On peut en imaginer des tas, et qui tous tiennent à la raison de sa présence dans cette maison, aux raisons qui l'ont amenée à venir en Angleterre et à bien d'autres raisons encore.

— Vous êtes complètement fou !

— La tentative de meurtre sur la personne de la belle-mère, ç'aurait aussi pu être le fait de David. Votre Paon.

— Vous parliez de raisons tirées par les cheveux, mais là, vous décrochez le pompon. David n'était d'ailleurs pas présent sur les lieux. Il ne s'est même jamais approché de cette maison.

— Oh ! que si. Il déambulait dans les corridors le jour de ma visite.

— Mais il n'était pas en train de cacher du poison dans la chambre de Norma.

— D'où tirez-vous cette belle certitude ?

— Du fait que Norma et cet effroyable énergumène sont amoureux l'un de l'autre.

— Ils en offrent toutes les apparences, je veux bien l'admettre.

— Oh ! vous vous ingéniez toujours à compliquer les choses ! gémit Mrs Oliver.

— Pas du tout. C'est *à moi* qu'on les complique. J'ai besoin de renseignements et ce sont les deux seules personnes susceptibles de m'en fournir. Or, elle, elle a disparu.

— Norma ?

— Oui, Norma.

— Mais voyons, elle n'a pas disparu. Nous l'avons retrouvée, vous et moi.

— Ce café où vous l'aviez laissée, elle en est sortie pour disparaître de nouveau.

— Et vous l'avez laissée faire ? Sans même la filer ? Sans même essayer de retrouver sa trace ?

— Je n'ai pas dit ça.

— Mais vous avez fait chou blanc, c'est ça ? Monsieur Poirot, vous me décevez beaucoup.

— J'ai un schéma d'ensemble, murmura Poirot quasi rêveusement. Oui, j'ai un schéma d'ensemble de la situation. Mais parce qu'il y manque une pièce, le puzzle est incompréhensible. Ça, au moins, vous pouvez le comprendre, non ?

— Non, maugréa Mrs Oliver, rattrapée par sa migraine.

Poirot continua à parler, davantage pour lui que pour son auditrice. Si tant est toutefois que Mrs Oliver l'écoutât. Elle était folle de rage et estimait en son for intérieur que la petite Restarick avait eu mille fois raison : Poirot était bel et bien trop vieux ! Car enfin quoi ? C'était *elle* qui lui avait retrouvé cette fille, *elle* qui avait téléphoné au détective pour s'assurer qu'il arrive à temps cependant qu'elle s'élancerait — *elle encore !* — à la poursuite de l'autre moitié du couple. Et cette fille qu'elle lui avait laissée, qu'est-ce qu'il en avait fait ? Il avait trouvé le moyen de la reperdre une fois de plus ! Elle en arrivait même à se demander sérieusement si Poirot avait jamais fait quoi que ce soit de bien de toute sa carrière. Il la décevait énormément. Quand enfin il s'arrêterait de parler, elle lui redirait le fond de sa pensée.

Poirot, cependant, n'en finissait pas de discourir et désossait avec ordre et méthode les articulations de son fameux « schéma » :

— Tout s'entrecroise. Oui, tout s'entrecroise ou s'emboîte et c'est pour cela que c'est compliqué. Un élément en amène un autre, et vous découvrez que ce deuxième élément est relié à un troisième qui ne semble pas avoir sa place dans l'ensemble. Mais qui n'en est pas pour autant hors jeu. Ce qui fait que de nouveaux candidats viennent grossir le cercle des suspects. Suspects de quoi ? Là encore, on nage dans le flou. Nous avons tout d'abord cette fille et, à travers ce dédale de pistes qui se télescopent, il me faut chercher la réponse à la plus lancinante des questions. Cette fille est-elle une victime, est-elle en danger ? Ou bien est-ce une fine mouche qui trompe son monde pour mieux tirer son épingle du jeu ? C'est tout l'un ou tout l'autre. Or, j'ai besoin d'un fait avéré. D'une preuve indiscutable... et elle doit bien se trouver là quelque part. Je suis sûr qu'elle se trouve là quelque part...

Mrs Oliver était fort occupée à fourrager dans son sac à main.

— Je ne sais pas pourquoi je n'arrive jamais à dénicher mes cachets d'aspirine quand j'ai besoin d'en prendre un, s'insurgeait-elle dans son coin.

— Nous avons un groupe dont la cohérence est assurée par des liens de parenté. Le père, la fille, la belle-mère. Leurs existences s'interpénètrent. Nous avons le vieil oncle, passablement gâteux, qui vit avec eux. Nous avons la jeune Sonia. Elle est reliée à l'oncle. Elle travaille pour lui. Elle sait y faire et connaît la musique. Il est enchanté d'elle. Il a même un grand faible pour elle. Mais quel est au juste le rôle de cette jeune personne au sein de la maisonnée ? Qu'est-elle venue faire là ?

— Apprendre l'anglais, j'imagine, hasarda Mrs Oliver.

— Elle rencontre un des membres de l'ambassade d'Herzégovine... à Kew Gardens. Elle l'y rencontre, mais ne lui parle pas. Et elle s'éloigne en abandonnant derrière elle un livre, dont il s'empare avant de quitter les lieux à son tour...

— Qu'est-ce que c'est que cette histoire ? s'étrangla Mrs Oliver.

— Est-ce que ça participe du schéma général ? poursuivit Poirot sans s'émouvoir. Nous l'ignorons encore. Cela est peu vraisemblable, mais le contraire n'en est pas pour autant à exclure. Mary Restarick serait-elle tombée sans le vouloir sur quelque chose qui pouvait gravement nuire à cette fille ?

— Ne me dites pas que vous êtes en train de faire bifurquer toute cette histoire en direction de l'espionnage ou de je ne sais trop quoi !

— Je ne vous dis rien. Je m'interroge.

— Vous avez dit vous-même que sir Roderick est gâteux.

— La question n'est pas de savoir s'il est gâteux ou non. Ç'a été, pendant la guerre, un personnage de premier plan. Des documents importants lui sont passés par les mains. Des lettres compromettantes pour certains ont pu lui être envoyées — lettres qu'il était parfaitement en droit de garder à partir du moment où elles perdaient de leur actualité.

— Vous parlez de la guerre, et la guerre remonte à loin.

— Je vous l'accorde. Mais on n'en a pas toujours fini avec le passé sous prétexte qu'il remonte à loin. Entre les hommes politiques, de nouvelles alliances se forment. Des discours publics sont prononcés qui désavouent ceci, nient cela, mentent sur autre chose. Et supposons qu'il existe encore certains documents, certains courriers permettant d'opérer une révision déchirante quant à la personnalité réelle de tel ou tel personnage de tout premier plan. Encore une fois, je n'affirme rien, comprenez-vous. Je ne me livre qu'à des hypothèses. Hypothèses comme il m'est maintes fois arrivé d'en formuler de justes tout au long de ma carrière. Il pourrait en effet se révéler de la plus grande importance que certaines lettres, certains papiers, soient ou bien détruits ou bien encore communiqués aux gouvernements de certaines puissances étrangères. Qui mieux qu'une charmante jeune fille au pair, assistante d'une vieille gloire nationale et qui l'aide à rassembler la matière nécessaire à la rédaction de ses Mémoires, pourrait en ce cas assumer une telle tâche ? Tout un chacun, de nos jours, écrit ses Mémoires. Rien ne pourrait en détourner personne ! Supposons que la belle-mère ait droit à un petit assaisonnement très spécial le jour où c'est au tour de la vaillante secrétaire-fille au pair de faire la cuisine. Et supposons que ce soit elle qui s'arrange pour que les soupçons se portent sur Norma.

— Que votre esprit est donc tortueux ! s'offusqua Mrs Oliver. C'est affreux ! Et vos élucubrations vous avancent à quoi ? La somme de toutes ces hypothèses que vous évoquez ne peut pas se muer comme par enchantement en une seule conclusion qui sera la bonne.

— C'est bien là le fond du problème. Des schémas possibles, il y en a trop. Quelle piste faut-il remonter ? Norma quitte la maison, s'en va s'installer à Londres. Elle devient « troisième fille », ainsi que vous me l'avez signalé, en partageant un appartement avec les deux autres locataires qui y sont déjà. Et là encore un nouveau schéma se dessine. Car enfin les deux locataires en question lui sont *a priori* complètement étrangères. Et puis qu'est-ce que je n'apprends pas tout à coup ? Que Claudia Reece-Holland est la secrétaire particulière du père de Norma Restarick ! Comme lien entre deux affaires, il serait difficile de trouver mieux. Se peut-il vraiment qu'il ne s'agisse que d'une coïncidence ? N'y a-t-il pas là manigance quelconque ? L'autre fille, m'avez-vous dit, joue parfois les modèles, et connaît on ne peut mieux le garçon que vous surnommez le Paon et dont Norma est amoureuse. Encore un lien. Des tas de liens. Et qu'est-ce que David — votre Paon — fait dans tout ça ? Est-il amoureux de Norma ? On le dirait. Le fait que les parents le rejettent à ce point tendrait également à le prouver.

— C'est vrai qu'il est bizarre que Claudia Reece-Holland soit la secrétaire particulière d'Andrew Restarick, murmura Mrs Oliver, pensive. Dès le premier coup d'œil, j'ai estimé qu'elle devait être d'une efficacité peu commune dans tout ce qu'elle entreprenait. J'en serais presque venue à me demander si ce n'était pas elle qui avait poussé cette femme par la fenêtre de l'étage au-dessus.

Poirot tourna lentement la tête pour la dévisager :

— Qu'est-ce que vous me chantez là ? Qu'est-ce que vous êtes en train de me raconter ?

— C'est juste quelqu'un de l'immeuble... je ne sais

même pas son nom, mais elle est tombée de sa fenêtre, ou s'est jetée par une fenêtre du 7e étage... et elle est, bien entendu, morte sur le coup.

La voix de Poirot s'éleva, sévère :

— Et vous ne me l'aviez jamais dit ?

Mrs Oliver écarquilla les yeux :

— Je ne comprends pas ce qui vous prend.

— Ce qui me prend ? Je vous avais demandé de m'aider à trouver un meurtre, un décès récent, une mort quelconque. Voilà ce qui me prend. Une *mort*. Et tout ce que vous trouvez pour me rebattre les oreilles, c'est une tentative d'empoisonnement. *Alors que vous étiez au courant d'une mort.* Une mort survenue à... quel est le nom de cet immeuble ?

— Les Résidences Borodene.

— Oui, oui. Et c'est arrivé quand ?

— Ce suicide ? Ou quoi que ç'ait pu être ? Je crois bien... oui... je crois bien que c'était en gros une semaine avant que je n'y aille.

— Parfait ! Et comment avez-vous été mise au courant ?

— C'est un laitier qui me l'a dit.

— Un laitier, ça par exemple !

— Il était en veine de bavardage. C'est une histoire assez triste. Ça s'est passé très tôt le matin...

— Comment s'appelait cette femme ?

— Aucune idée. Je ne crois pas qu'il ait mentionné son nom.

— Jeune, entre deux âges, vieille ?

Mrs Oliver réfléchit :

— Euh... il n'a pas dit son âge exact. La bonne cinquantaine, j'ai l'impression.

— Je me demande... marmonna Poirot. Ce ne serait pas quelqu'un que l'une ou l'autre des trois filles connaissait ?

— Comment le saurais-je ? Personne d'autre que le laitier ne m'en a touché mot.

— Et vous, l'idée ne vous serait pas venue de me mettre au courant ?

— Vraiment, vous exagérez, monsieur Poirot. Et

je ne vois pas du tout ce que la mort de cette femme aurait à voir avec l'affaire qui nous occupe. Bon, d'accord, ce n'est pas à exclure, mais... mais personne, que je sache, n'a jamais fait le rapprochement.

— Et pourtant, c'est le maillon qui nous manquait. Nous avons cette fille, Norma, qui vit ici, dans un de ces appartements, et un beau matin une femme se suicide — car c'est cette version-là, j'imagine, qui a généralement prévalu : une femme qui est tombée ou qui s'est jetée d'une fenêtre du 7e étage *et qui a été tuée sur le coup*. Et alors ? me direz-vous. Et alors, quelques jours plus tard, après vous avoir entendue parler de moi au cours d'un cocktail, cette petite Norma vient me trouver pour me dire qu'elle est terrifiée et qu'il se pourrait qu'elle ait commis un meurtre. Ne voyez-vous pas le lien de cause à effet ? Survient une mort brutale... et, à quelques jours de là, une jeune fille se dit qu'il se pourrait qu'elle ait commis un meurtre. Ce qui me fait conclure que *j'ai fort probablement ici le meurtre que je cherchais*.

Mrs Oliver, qui brûlait d'envie de crier à l'absurdité, n'osa cependant pas s'y risquer. Dieu sait pourtant si elle en était convaincue.

— Je dispose donc enfin de la pièce du puzzle qui n'avait pas encore été portée à ma connaissance ! n'en continuait pas moins de s'exclamer Poirot. C'est à partir d'elle que je vais pouvoir reconstituer toute l'affaire ! Certes, certes, je ne sais pas encore *comment* elle s'insère dans le tableau, mais *il est forcé qu'elle y trouve sa place*. Il faut que je réfléchisse. C'est ça qu'il faut que je fasse. Il faut que je rentre chez moi et que j'y réfléchisse jusqu'à ce que tous les morceaux épars s'emboîtent lentement les uns dans les autres... Et ils le feront, car ce que j'ai désormais en main, c'est la pièce maîtresse, la clé de voûte de tout l'édifice. Oui ! Enfin ! Enfin, je vais discerner mon chemin !

Il sauta sur ses pieds, plongea dans une courbette, bafouilla un « Adieu, chère madame » haletant et se précipita hors de la pièce. Mrs Oliver s'autorisa aussitôt à exprimer son sentiment :

— Absurde ! proclama-t-elle à l'adresse de son salon vide. Un ramassis d'absurdités. Et pour ce qui est de l'aspirine, je me demande si je ne ferais pas bien d'aller jusqu'à quatre comprimés !

15

À portée de main de Poirot il y avait une tisane, préparée pour lui par le fidèle Georges. Il la buvait à petites gorgées tout en réfléchissant. En réfléchissant à sa manière. À savoir qu'il opérait un tri dans ses pensées comme il est bon d'opérer un tri préalable parmi les pièces d'un puzzle compliqué avant de se risquer à les assembler. En temps et en heures, elles viendraient s'emboîter les unes dans les autres jusqu'à former un tableau cohérent. Pour le moment, l'essentiel était de les sélectionner, de les grouper par familles et par affinités. Il termina sa tisane, reposa sa tasse et laissa ses pensées se présenter une à une dans son esprit. Une fois qu'il les aurait toutes rassemblées, il les organiserait en ensembles cohérents. Lambeaux de ciel, sections de talus herbeux d'un beau vert, morceaux, peut-être, de pelage strié comme s'il devait y avoir un fauve dans le tableau.

Son mal de pieds dans ses bottines vernies à bout pointu peu faites pour la marche. Il démarra de là. Son cheminement suivant un itinéraire établi par son amie, cette brave Mrs Oliver. Une belle-mère. Il se revit, la main sur la poignée d'une grille. Une femme qui tournait la tête, une femme apparemment fort occupée à tuteurer des dahlias et qui tournait la tête. Pour le regarder ? Qu'y avait-il là pour lui à glaner ? Rien. Une tête blonde, blonde comme les blés au soleil, coiffée d'un enchevêtrement de boucles et de torsades qui n'allait sans évoquer les récents arrangements capillaires de Mrs Oliver. Il sourit un peu. Mais les cheveux de Mary Restarick étaient coiffés avec infiniment plus de symétrie et de raideur que ceux de l'illustre romancière. Une chevelure rayonnant comme une sphère d'or éclatant et qui, lui encadrant le visage, semblait un tantinet trop grande pour lui. Il se rappela le commentaire de sir Roderick : suite à une maladie d'adolescence, elle était contrainte de porter perruque. Triste pour une jeune femme. Il y avait, maintenant qu'il venait à y penser, quelque chose d'étrangement massif dans cette coiffure. De trop statique, de trop parfaitement ordonné. Il songea à la perruque de Mary Restarick — si tant est qu'elle portât bien perruque, car enfin on ne pouvait jurer de rien dès lors qu'il s'agissait d'un renseignement fourni par le vieux sir Roderick. Il envisagea les diverses possibilités offertes par ladite perruque pour le cas où il aurait pu s'en trouver d'intéressantes. Et il se remémora les propos qu'ils avaient échangés. S'étaient-ils dit quoi que ce soit d'important ? Il ne lui semblait pas. Il revit le salon dans lequel elle l'avait fait entrer. Une pièce sans originalité aucune, occupée depuis peu par le couple dans une maison qui appartenait au vieil oncle Roddy. Deux grands portraits aux murs. Celui d'une femme vêtue d'une robe du soir de velours gris tourterelle. Bouche légèrement pincée, lèvres minces. Cheveux châtains striés de gris. La première Mrs Restarick. Elle semblait avoir été plus âgée que son mari, tel du moins qu'on pouvait en juger d'après le portrait qui lui faisait face sur la paroi opposée. De belles toiles, autant l'une que l'autre. Lansberger avait décidément été un peintre de talent. Poirot revint en pensée au portrait du mari. Il ne lui avait pas prêté tellement d'attention ce jour-là... moins qu'il ne l'avait fait ensuite dans le bureau de Restarick...

Andrew Restarick et Claudia Reece-Holland. Y avait-il là quelque chose ? Leur association allait-elle plus loin que les rapports naturels entre une secrétaire particulière et son patron ? Pas nécessairement. Voilà un homme qui avait regagné l'Angleterre après de longues années d'absence, qui n'avait plus ni parents ni amis et qui s'inquiétait en outre de l'étrange tempérament de sa fille et de l'incongruité de ses fréquentations. Quoi de plus normal que de se tourner vers une secrétaire à l'efficacité proverbiale pour lui demander de l'aider à trouver pour sa fille un logement convenable à Londres ? Et quoi de plus normal pour la secrétaire en question que de proposer son propre appartement pour lequel elle cherchait une Troisième Fille ? Une troisième fille... L'expression, qu'il avait pour la première fois entendue de la bouche de Mrs Oliver, semblait toujours lui revenir à l'esprit. Comme si elle pouvait avoir en l'occurrence une seconde signification qu'il ne parvenait pas, Dieu sait pourquoi, à discerner.

Georges, son valet, entra et referma précautionneusement la porte derrière lui :

— Une jeune personne souhaiterait voir Monsieur. La jeune personne qui est déjà venue l'autre jour.

La phrase s'apparentait avec trop d'à-propos aux pensées de Poirot pour qu'il puisse réprimer un sursaut :

— Celle qui s'était présentée à l'heure du petit déjeuner ?

— Oh ! non, monsieur. Je faisais allusion à la jeune étrangère qui est passée prendre sir Roderick Horsefield.

— Tiens donc ! s'exclama Poirot en haussant les sourcils. Faites-la entrer. Où l'avez-vous fourrée ?

— Dans le domaine réservé de miss Lemon, monsieur.

— Bien, très bien. Oui, amenez-la moi.

Deux secondes plus tard, Sonia était là. Sans attendre que Georges l'annonce, elle l'avait devancé d'un pas rapide et l'air quelque peu agressif :

— Me libérer, pas facile ça n'a été, mais je venir vous dire que ce n'est pas moi qui ai pris ces papiers. Je n'ai rien volé. Vous comprendre ?

— Quelqu'un vous en a-t-il jamais accusée ? s'enquit Poirot. Asseyez-vous, mademoiselle.

— M'asseoir je ne veux pas. Du temps je n'ai pas beaucoup. Je suis seulement venue vous dire que ce n'est pas vrai. Je suis très honnête et ce qu'on me dit de faire je fais.

— J'en prends note. Vous affirmez n'avoir fait sortir de la demeure de sir Roderick Horsefield aucun papier, lettre ni document d'aucune sorte. C'est bien cela, n'est-ce pas ?

— Oui, et c'est pour le dire que je suis venue. Lui, il me croit. Lui, il sait que je ne jamais faire une chose pareille.

— À la bonne heure ! Ça, c'est une affirmation dont je prends également note.

— Vous croyez que vous aller les retrouver, ces papiers ?

— J'ai pour l'instant d'autres enquêtes sur les bras. Les papiers de sir Roderick devront attendre leur tour.

— Il est inquiet. Il se fait beaucoup mauvais sang. Et il y a une chose que lui dire je ne peux pas. À vous je peux. *Il perd tout.* Tout ce qu'il touche il remet au mauvais endroit. Dans endroits bizarres. Oh ! je sais. Vous me soupçonnez. Tout le monde me soupçonne parce que je suis étrangère. Et parce que je viens d'un pays étranger ils pensent que... ils pensent que je vole documents secrets comme dans vos romans d'espionnage anglais si idiots. Je ne suis pas comme ça. Je suis une intellectuelle, moi.

— Tiens donc ! s'en félicita Poirot. C'est toujours bon à savoir. Y a-t-il autre chose que vous souhaitiez porter à ma connaissance ?

— Pourquoi je devrais y porter autre chose ?

— On ne sait jamais.

— Qu'est-ce que c'est que ces autres enquêtes dont vous avez parlé ?

— Oh ! je m'en voudrais de vous faire perdre votre temps avec ça. Il est précieux. C'est votre jour de sortie, j'imagine ?

— Oui. J'ai un jour par semaine où je peux faire ce que je veux. Je peux venir à Londres. Je peux aller au British Museum.

— Et comment ! Et au Victoria and Albert Museum aussi, sans doute ?

— Exactement.

— Et à la National Gallery pour y admirer les peintures. Et, par beau temps, vous pouvez vous rendre à Kensington Gardens, voire pousser jusqu'à Kew Gardens.

Elle se raidit... et lui jeta un regard de colère :

— Pourquoi vous mentionner Kew Gardens ?

— Parce que c'est l'endroit rêvé pour admirer des essences rares. Ah ! vous ne devriez manquer Kew Gardens sous aucun prétexte. Le ticket d'entrée est à un tarif très modique. Un penny, je crois bien, à moins que ce ne soit deux pence. Et, pour le prix, vous pouvez visiter le département des plantes tropicales, ou bien même tout bonnement vous asseoir sur un banc pour y lire un livre.

Il lui décocha un sourire désarmant et fut satisfait de constater qu'elle se crispait encore un peu plus :

— Il ne faut cependant pas que je vous retienne, chère mademoiselle. Qui sait si vous n'avez pas des amis à qui rendre visite dans je ne sais quelle ambassade ?

— Pourquoi vous dites ça ?

— Sans raison particulière. Vous êtes étrangère, ainsi que vous le soulignez vous-même, et il n'y aurait rien d'impossible à ce que vous comptiez des amis parmi les membres de votre propre ambassade à Londres.

— Quelqu'un vous a dit des mensonges ! Quelqu'un a fait accusations contre moi ! Et moi, je vous répète que c'est un gros bêta qui perd toutes ses affaires. Ce n'est pas autre chose ! Et ce qu'il sait n'a pas de valeur. Il n'a pas de papiers secrets ni de documents importants. Il n'en a jamais eu.

— Ah ! vous ne mesurez pas vraiment ce que vous dites. Le temps passe, voyez-vous. Il a autrefois été un personnage de tout premier plan et il a alors eu à connaître des secrets vitaux.

— Vous essayez de me faire peur.

— Non, pas du tout. Loin de moi l'idée de me montrer mélodramatique.

— Mrs Restarick. C'est Mrs Restarick qui vous a dit des horreurs sur moi. Elle ne m'aime pas.

— Elle ne m'a jamais rien dit de tel.

— Eh bien, moi non plus je ne l'aime pas. C'est un genre de femme dont je me méfie. Et je suis persuadée qu'elle, elle cache quelque chose.

— Vraiment ?

— Oui, je suis sûre qu'elle cache des choses à son mari. Je suis sûre qu'elle va à Londres ou même parfois ailleurs pour retrouver des hommes. Pour retrouver en tout cas un autre homme.

— Ça, par exemple, c'est très intéressant. Vous croyez qu'elle fréquente un autre homme ?

— Oui, bien sûr. Elle va à Londres très souvent, et je crois bien qu'elle ne s'en vante pas toujours auprès de son mari, ou alors qu'elle lui dit qu'elle va faire des courses ou du lèche-vitrines. Ce genre de choses. Lui, il est pris par son bureau et il ne se pose pas de questions. Elle passe plus de temps à Londres qu'à la campagne. Avec ça qu'elle prétend raffoler de jardinage.

— Vous n'avez aucune idée de qui peut être l'homme qu'elle va retrouver ?

— Comment le saurais-je ? Je ne la suis pas. Mr Restarick n'est pas un homme soupçonneux. Il croit ce que lui dit sa femme. Et puis peut-être qu'il ne pense tout le temps qu'à son travail. Et à sa fille qui lui donne des soucis.

— Oui, acquiesça-t-il, il est sûr qu'il se fait beaucoup de bile au sujet de sa fille. Que savez-vous sur son compte à elle ? Jusqu'à quel point la connaissez-vous ?

— Je ne la connais pas très bien. Mais si ce que vous me demandez c'est ce que j'en pense... eh bien, je vous le dirai. Je pense qu'elle est folle.

— Folle ? Pourquoi ça ?

— Elle dit souvent des choses bizarres. Elle voit des choses qui ne sont pas là.

— Des choses qui ne sont pas là ?

— Des gens qui n'y sont pas. Et il y a des fois où elle est surexcitée, et d'autres où elle a l'air de flotter comme dans un rêve. Vous lui parlez et elle n'entend pas ce que vous lui dites. Elle ne répond pas. Et puis je crois qu'il y a des gens qu'elle aimerait vraiment voir morts.

— Vous faites allusion à Mrs Restarick ?

— *Et* à son père. Elle le fusille du regard. On dirait qu'elle le hait.

— Sous prétexte qu'ils l'empêchent d'épouser le garçon de son choix ?

— Oui. Ils feraient n'importe quoi pour que ça n'arrive pas. Ils ont mille fois raison, bien sûr, mais ça la rend folle de rage. Un beau jour, poursuivit Sonia en secouant gaiement la tête, je crois qu'elle finira par se suicider. J'espère qu'elle n'en arrivera pas à un geste aussi bête, mais c'est de ces choses qu'on fait quand on est très amoureux. (Elle haussa les épaules :) Bon... il faut que je m'en aille, maintenant.

— Juste une dernière question. Mrs Restarick porte une perruque, oui ou non ?

— Une perruque ? Comment saurais-je ? (Elle réfléchit deux secondes.) Oui, c'est bien possible, admit-elle enfin. C'est pratique, quand on voyage. Et par-dessus le marché, c'est à la mode. Moi-même j'en porte parfois une. Une *verte* ! Ou du moins je l'ai portée... Il faut vraiment que je m'en aille, ajouta-t-elle encore.

Et elle s'en fut.

16

— Aujourd'hui, j'ai beaucoup à faire, annonça le lendemain matin Poirot quand, après avoir terminé son petit déjeuner, il alla rejoindre miss Lemon. Des investigations à effectuer. Vous-même, vous avez fait les recherches nécessaires, pris les rendez-vous, établi les contacts indispensables ?

— Bien évidemment, s'offusqua presque miss Lemon. Vous trouverez tout ici, ajouta-t-elle en lui tendant un porte-documents.

Poirot jeta un bref coup d'œil à son contenu et hocha la tête :

— Comme quoi je peux toujours compter sur vous, miss Lemon. C'est fantastique.

— Navrée, monsieur Poirot, mais je ne vois rien là de fantastique. Vous m'avez donné vos instructions et je les ai exécutées, ce qui est tout naturel.

— Pas tant que ça, se récria Poirot. Est-ce que je ne donne pas souvent mes instructions aux employés du gaz, aux électriciens, au factotum qui vient réparer tout ce qui est détraqué et est-ce qu'il arrive parfois qu'ils les suivent ? Rarement, très rarement.

Il passa dans le hall :

— Mon pardessus de demi-saison, Georges. L'automne commence à fraîchir.

Il retourna passer la tête dans l'antre de sa secrétaire :

— Au fait, que pensez-vous de la jeune femme qui est venue hier ?

Miss Lemon, qui s'apprêtait à abattre dix doigts tout spécialement véloces sur le clavier de sa machine à écrire, suspendit son geste en plein vol, le temps de décréter, impitoyable :

— Que c'est une étrangère.

— Certes, certes.

— Outrageusement une étrangère.

— Votre opinion sur cette jeune personne ne va pas au-delà ?

Miss Lemon s'abîma dans ses réflexions :

— Il ne m'a été donné aucun moyen de juger de ses capacités. Tout au plus m'a-t-elle semblé avoir quelques sujets de contrariété, ajouta-t-elle, un tantinet dubitative cependant.

— On le serait à moins. Elle est, voyez-vous, soupçonnée de vol ! Oh ! il ne s'agit pas d'argent... mais de documents qui auraient disparu de chez son employeur.

— Seigneur Dieu ! s'effaroucha miss Lemon. Des documents importants ?

— Cela semble hautement probable. Encore qu'il paraisse tout aussi hautement probable qu'aucun papier n'ait disparu.

— Allez savoir, fit miss Lemon, agacée, tout en décochant à son patron son regard extra-spécial — celui qu'elle lui réservait chaque fois qu'elle souhaitait s'en débarrasser pour se plonger avec ferveur dans ses multiples tâches.

» De toute façon, ajouta-t-elle avec raideur, qui veut une employée devrait y regarder à deux fois avant de l'embaucher et, à tout prendre, mieux vaut toujours acheter anglais.

Hercule Poirot sortit et prit un taxi. Sa première visite fut pour les Résidences Borodene. Sitôt débarqué dans la cour, il la balaya d'un regard circulaire. Debout sous l'un des deux porches, un portier en uniforme sifflotait une rengaine passablement lugubre. Quand Poirot parvint à sa hauteur, il s'anima :

— Oui, monsieur ?

— Je me demandais, expliqua Poirot, si vous pourriez par hasard me renseigner sur un bien triste événement qui s'est récemment produit ici.

— Un triste événement ? s'étonna le portier. Je ne vois pas à quoi vous faites allusion, monsieur.

— Une femme qui s'est jetée par la fenêtre, ou dirons-nous plutôt qui est tombée d'une des fenêtres des étages supérieurs, et qui s'est tuée dans sa chute.

— Oh ! *ça*... Je ne sais rien sur la question pour l'excellente raison que je ne suis là que depuis une semaine. Hé, Joe !

Émergeant du porche opposé, un second portier vint à la rescousse :

— Tu dois être au courant pour la rombière qu'a chuté du 7e ? Il y a de ça un mois, dans ces eaux-là ?

— Pas tant que ça, répliqua Joe.

C'était un homme âgé, à l'élocution lente :

— Une sale affaire, que ça a été.

— Elle est morte sur le coup ?

— Ouais.

— Comment s'appelait-elle ? Il se pourrait, comprenez-vous, qu'il s'agisse pour moi d'une parente éloignée, mentit sans vergogne Poirot qui n'éprouvait jamais le moindre scrupule à s'éloigner de la vérité autant qu'il en était besoin.

— Vraiment, m'sieur ? C'est comme qui dirait bien triste. Une Mrs Charpentier, que c'était.

— Elle habitait là depuis quelque temps ?

— Voyons voir un peu... Un an et des poussières... p't'être bien un an et demi. Non, je crois que ça devait bien faire dans les deux ans. Au n° 76, qu'elle était. 7e étage.

— C'est le dernier étage ?

— Oui, m'sieur. Une Mrs Charpentier.

Censé tout connaître des habitudes et du physique de sa prétendue parente, Poirot préféra s'en tenir aux questions d'ordre général :

— Est-ce que ça a causé beaucoup de remue-ménage, d'interrogations ? À quelle heure est-ce arrivé ?

— Vers les 5 ou 6 heures du matin, je crois bien.

Comme une pierre, qu'elle est tombée. Sans crier gare ni rien. Et même que c'était tôt le matin, on a eu la foule presque tout de suite à pousser les grilles et à venir s'agglutiner dans la cour. Vous savez comment sont les gens.

— Et la police, bien sûr.

— Oh ! oui, la police est arrivée très vite. Et un médecin et une ambulance. La routine, quoi ! conclut le portier du ton désabusé de celui qui aurait l'habitude de voir des gens se jeter du septième étage pour venir s'écraser dans sa cour avec une bonne moyenne d'un cadavre tous les quinze jours.

— Et j'imagine que des tas de gens aussi sont descendus des appartements quand ils ont entendu ce qui s'était passé.

— Eh bien pas tant que ça, pour la bonne raison que, avec le bruit de la circulation et tout, la plupart n'ont rien entendu. Vous me direz qu'il s'en est quand même trouvé un ou deux pour dire qu'elle avait poussé un grand cri en tombant, mais ça n'a pas été au point de créer la panique. C'est seulement les gens qui passaient devant qui ont assisté à la chute. Et puis, comme de bien entendu, ils ont passé leur tête aux grilles, et puis d'autres les ont vus faire et ont voulu voir de quoi il retournait. Vous savez comment c'est dès qu'il y a un accident.

Poirot lui confirma qu'il savait.

— Elle vivait seule ? enchaîna-t-il sur un ton à mi-chemin entre l'affirmation et la question.

— C'est exact, oui.

— Mais elle dû se faire des amis, j'imagine, parmi les autres locataires ?

Joe haussa les épaules et secoua la tête :

— C'est pas impossible. Je pourrais pas dire. Je ne l'ai jamais beaucoup vue à la cafétéria avec des gens de l'immeuble. Je sais qu'elle y amenait de temps en temps dîner des amis de l'extérieur, mais pour le reste... Non, je ne crois pas qu'elle ait été particulièrement copine avec qui que ce soit ici. Si vous voulez en savoir plus, ajouta-t-il en commençant manifestement à en avoir soupé, si vous voulez en savoir plus, vous feriez mieux d'aller tailler une bavette avec Mr McFarlane, qui gère toute la baraque et qui pourra p't'être vous renseigner.

— Ah ! je vous remercie. Oui, c'est bien ce que j'avais l'intention de faire.

— Son bureau est situé dans ce bloc-là, monsieur. Au rez-de-chaussée. Vous verrez son nom sur la porte.

Poirot fit comme il lui avait été indiqué. Puis il sortit de son porte-documents la première des lettres que lui avait remises miss Lemon et qui était précisément adressée à Mr McFarlane. Lequel était un homme d'une bonne quarantaine, au regard vif et qui portait beau. Poirot lui tendit la lettre. Il l'ouvrit et la lut.

— Ah ! oui, acquiesça-t-il. Je vois. (Il la reposa sur son bureau et regarda Poirot :) Les propriétaires me prient de me mettre à votre entière disposition pour tout ce qui touche au bien triste décès de Mrs Louise Charpentier. Que souhaitez-vous donc savoir au juste, monsieur... (Il jeta un nouveau coup d'œil à la lettre :)... monsieur Poirot ?

— Tout ceci est, bien entendu, parfaitement confidentiel, préluda Poirot. Ses parents ont eu communication des grandes lignes de la tragédie par la police et par leur notaire, mais, comme je devais effectuer un voyage en Angleterre, ils ont beaucoup insisté auprès de moi pour que je m'efforce d'obtenir quelques détails complémentaires, des détails plus... *personnels,* si vous me comprenez. C'est affreux, pour une famille, de ne disposer que de rapports froidement officiels.

— Oui, bien évidemment. Oui, je comprends parfaitement ce que ce doit être. Comptez sur moi pour vous dire tout ce que je sais.

— Depuis combien de temps habitait-elle l'immeuble et comment en était-elle venue à louer un appartement ici ?

— Elle a emménagé ici... — je pourrai vérifier

pour vous la date exacte — il y a environ deux ans. Un appartement venait de se libérer et j'imagine que c'est la locataire précédente qui, la connaissant, lui avait signalé par avance qu'elle s'apprêtait à demander la résiliation de son bail. C'était une Mrs Wilder. Elle travaillait pour la BBC. Elle avait résidé quelque temps à Londres mais repartait pour le Canada. Une personne tout ce qu'il y a de bien... Je ne crois pas qu'elle ait jamais connu de très près la défunte. Tout au plus avait-elle dû lui signaler qu'elle quittait l'appartement. Mrs Charpentier aimait beaucoup l'endroit.

— Avez-vous trouvé que c'était une locataire convenable ?

Mr McFarlane marqua une légère hésitation avant de répondre :

— Sans problème dans l'ensemble.

— N'ayez pas peur de me choquer, sourit benoîtement Poirot. Il devait y avoir de temps en temps des soirées un peu olé olé, non ? Elle devait se montrer un petit peu trop... comment dire ?... exubérante sur le chapitre de la bagatelle ?

Mr McFarlane rompit avec la discrétion :

— Nous avons effectivement enregistré de-ci de-là quelques plaintes, mais émanant en majorité de personnes âgées.

Hercule Poirot se livra à une mimique significative.

— Un peu trop portée aussi sur la bouteille, oui, monsieur... surtout lorsqu'elle était en joyeuse compagnie. Là aussi, cela a causé de temps à autre quelques troubles de voisinage.

— Et portée également sur les messieurs, n'est-il pas vrai ?

— Eh bien... il me déplairait d'aller aussi loin que cela, mais...

— Mais nous nous comprenons, mon bon, nous nous comprenons.

— Bien sûr, elle n'était plus tellement jeune...

— Ce n'est pas une raison pour s'y fier. Quel âge lui auriez-vous donné ?

— C'est difficile à dire. Quarante ans... 45 ? Sa santé n'était plus ce qu'elle avait été.

— C'est ce que je m'étais laissé dire.

— Elle buvait trop — ça, ça ne fait pas de doute. Et puis il lui arrivait de sombrer dans la dépression. De se faire des montagnes de tout. Elle courait les médecins, sans jamais croire ce qu'ils lui disaient. Les femmes se font des idées... surtout à cette période de leur vie... elle, elle était persuadée qu'elle avait un cancer. Elle y croyait dur comme fer. Son médecin avait fait l'impossible pour la rassurer, mais ça n'avait rien donné. Il a déclaré à l'enquête qu'elle n'avait jamais rien eu de sérieux. Mais bah ! on entend des trucs comme ça tous les jours. Elle aura fini par s'en faire une montagne et puis un beau matin...

— C'est très triste, commenta Poirot. Elle avait noué des liens étroits avec certains de vos résidents ?

— Pas que je sache. Cet endroit n'est pas ce que j'appellerais propice au copinage. La plupart des locataires travaillent, sont dans les affaires.

— Je songeais en particulier à miss Claudia Reece-Holland. Je me demandais si elles ne s'étaient pas connues.

— Miss Reece-Holland ? Non, ça m'étonnerait beaucoup. Oh ! je ne veux pas dire par là qu'elles n'aient pas pu faire connaissance, parler dans l'ascenseur, ce genre de rapports de voisinage. Mais je ne crois pas que ça ait pu aller plus loin. Ne perdons pas de vue la différence de générations. Je veux dire...

Mr McFarlane semblait s'enferrer quelque peu. Poirot se demanda pourquoi.

— L'une des filles qui partagent l'appartement de miss Reece-Holland connaissait Mrs Charpentier, je crois bien... miss Norma Restarick.

— Ah bon ? Je ne saurais vous le préciser... elle n'est arrivée que ces tout derniers temps, je ne la connais guère que de vue. Une petite jeune personne à la mine un peu terrorisée. Fraîche émoulue du pensionnat, dirait-on.

» Y aurait-il encore autre chose que je puisse pour vous ? ajouta-t-il.

— Non, je vous remercie. Vous avez été l'amabilité même. Je me demande s'il serait envisageable que je jette un œil à l'appartement. Juste pour être à même de dire...

Poirot s'interrompit avant d'avoir à préciser ce qu'il souhaitait être à même de dire.

— Laissez-moi vérifier. C'est un certain Mr Travers qui vient d'y emménager. Il travaille toute la journée à la City. Oui, nous pouvons y monter un instant ensemble, monsieur.

Ils gagnèrent le septième étage. Et comme Mr McFarlane introduisait sa clé dans la serrure, l'un des chiffres métalliques se détacha du battant et manqua de peu une des bottines de cuir verni de Poirot. Ce dernier fit un prudent bond de côté et se pencha pour le ramasser avant de réenfoncer soigneusement le clou en place.

— Ces chiffres ne tiennent pas bien, marmonna-t-il.

— Je suis navré, monsieur. Je vais en prendre note. Oui, ils ont toujours un peu de jeu. Voilà, nous y sommes.

Poirot entra dans le living. Il avait, pour l'heure, aussi peu de personnalité que faire se pouvait. Les murs étaient tapissés de papier peint imitation bois. Les meubles, confortables mais d'une grande banalité. Seules touches personnelles, un téléviseur et quelques livres.

— Les appartements sont tous partiellement meublés, indiqua Mr McFarlane. Les locataires n'ont rien à apporter, à moins qu'ils n'y tiennent vraiment. La majeure partie de nos locations sont de courte durée.

— Et la décoration est partout la même ?

— Pas intégralement. Mais les gens ont un faible pour ces effets de bois brut. C'est un fond sur lequel les tableaux ressortent bien. Les seuls éléments qui diffèrent intéressent la cloison qui fait face à la porte. Nous avons un assortiment d'une dizaine de toiles et de panoramas parmi lesquels nos clients peuvent choisir. Vous pouvez admirer ici notre Estampe japonaise — d'une très grande qualité artistique, ne trouvez-vous pas ? Nous pouvons offrir notre Jardin anglais, notre Envol d'oiseaux d'un réalisme impressionnant, notre Sous-bois, notre Arlequin, notre Abstrait — effet de cubes et de traits dans des tons contrastés — et j'en passe. Le tout réalisé par d'excellents artistes. Notre mobilier, lui, est partout le même, mais offert en deux choix de couleur. Bien sûr, les locataires peuvent ajouter ce qu'ils souhaitent. Mais ils ne s'en préoccupent d'ordinaire pas.

— La plupart ne sont guère « gens d'intérieur », suggéra Poirot.

— Non, en effet, ils appartiennent davantage au type « oiseaux de passage », ou alors il s'agit de gens occupés, qui veulent du bon gros confort, des sanitaires sans problème et se soucient peu de décoration. Encore que nous ayons eu une ou deux fois des représentants de la tendance « bricoleur », ce qui est pour nous toujours dommageable. Cela nous a même amenés à inclure dans nos contrats une clause stipulant que vous devez rendre les lieux tels que vous les avez trouvés en arrivant... ou alors payer leur remise en état.

Ils s'étaient tous deux fort éloignés du pénible sujet de la mort tragique de Mrs Charpentier. Poirot s'approcha de la fenêtre :

— C'est d'ici ?

— Oui, c'est cette fenêtre-là. Celle de gauche. Elle a un balcon.

Poirot se pencha et regarda en bas :

— Sept étages. Ça fait haut.

— Oui, la mort a été instantanée, encore heureux pour elle. Bien sûr, il se pourrait quand même qu'il se soit agi d'un accident.

Poirot secoua la tête :

— Il est impossible que vous pensiez ça sérieusement, Mr McFarlane. Ce ne peut être que le résultat d'un geste délibéré.

— Que voulez-vous ! On essaie toujours de se raccrocher à une idée plus acceptable. Mais cette femme ne semblait pas heureuse, ce n'est que trop vrai.

— Merci, le remercia encore Poirot, pour vos trésors d'amabilité. Je serai, grâce à vous, à même de tracer à sa famille, en France, un tableau limpide de ce qu'était sa situation.

Pour ce qui était de lui, en tout cas, le tableau n'était guère limpide. Pas plus qu'il n'était encourageant. Rien, jusqu'à présent, ne venait corroborer sa théorie selon laquelle la mort de Louise Charpentier était le pivot autour duquel devait s'articuler toute l'affaire qu'il s'était mis en tête de tirer au clair. Il se répéta pensivement son prénom. Louise... Pourquoi ce Louise après tout banal lui hantait-il à ce point la mémoire ? Il secoua la tête, remercia Mr McFarlane pour la énième fois et s'en fut.

17

L'inspecteur principal Neele trônait derrière son imposant bureau, l'assurance de soi faite homme et très service-service. Il salua Poirot avec infiniment de courtoisie et l'invita à s'asseoir. Mais à peine le jeune planton qui avait introduit Poirot en cette auguste présence se fut-il retiré que les manières du hautain inspecteur principal changèrent du tout au tout :

— Après qui ou quoi en avez-vous cette fois, espèce de vieille fripouille doublée d'un affreux cachottier ?

— Pour ce qui est de ça, répliqua Poirot, vous êtes déjà au courant.

— Et comment ! Je vous ai d'ailleurs déniché pas mal de ce que vous sembliez rechercher, mais je ne comprends toujours pas très bien ce que vous comptez voir sortir de ce trou-là.

— Pourquoi appelez-vous ça un trou ?

— Parce que vous avez tout du chat souricier. Du vieux matou qui fait le pied de grue devant un trou de souris en attendant que la malheureuse pointe le bout de son nez. Mais si vous voulez mon avis, il n'y a pas la moindre souris dans le trou qui vous titille les moustaches. Minute ! je ne veux pas dire par là que vous ne pourriez pas réussir à mettre au jour un certain nombre de transactions douteuses. Vous connaissez ces as de la finance. Je suis prêt à parier qu'il y a des tas de sacs d'embrouilles dans leurs micmacs de gisements, de concessions, de puits de pétrole et de tout le toutim. Mais la Joshua Restarick Ltd avait une bonne réputation. C'est une affaire de famille — ou du moins ce l'était —, mais on ne saurait en dire autant maintenant. Simon Restarick n'avait pas d'enfants, et son frère Andrew n'a qu'une fille. Il y avait une vieille tante du côté maternel. La fille d'Andrew a été hébergée chez elle à sa sortie du collège et après la mort de sa mère. La tante en question est morte d'une crise cardiaque, il y a six mois environ. Elle était un peu toquée sur les bords, je crois bien... elle fréquentait des sectes religieuses toutes plus bizarres les unes que les autres. Mais il n'y a pas vraiment de mal à ça. Simon Restarick, lui, était le type même de l'homme d'affaires avisé, et il avait épousé sur le tard une femme du monde.

— Et Andrew ?

— Andrew semble toujours avoir eu la bougeotte. Rien d'apparent à lui reprocher. Il a traîné ses guêtres en Afrique du Sud, en Amérique du Sud, au Kenya et dans une multitude d'autres endroits. Son frère l'a relancé plus d'une fois pour qu'il rentre, mais il n'a jamais rien voulu savoir. Il n'aimait ni Londres ni les affaires telles qu'on les entend par ici, mais semble quand même avoir hérité le flair familial et le don de faire de l'argent. Ce qui le faisait courir, c'était la découverte de gisements, ce genre de bricoles. Il n'était ni chasseur d'éléphants, ni archéologue, ni planteur, ni rien de tout ça. Non, lui, encore une fois, c'était la course aux concessions, aux contrats fumants. Et, dans ce domaine, tout semble lui avoir toujours réussi.

— Ce qui fait qu'il est lui aussi conventionnel dans son genre ?

— Oui, c'est le cas de le dire. Je ne sais pas ce qui l'a poussé à revenir en Angleterre après la mort de son frère. Peut-être est-ce l'insistance de sa nouvelle épouse : il s'est remarié depuis peu. Une jolie femme, beaucoup plus jeune que lui. Ils vivent actuellement chez le vieux sir Roderick Horsefield, dont la sœur avait épousé un Restarick de la génération précédente. Mais j'imagine que cet arrangement n'est que provisoire. Est-ce que tout ça est de l'inédit pour vous ou bien étiez-vous déjà au courant ?

— J'en avais déjà entendu la majeure partie, avoua Poirot. Y a-t-il jamais eu des traces de dérangement mental de l'un ou l'autre côté de la famille ?

— Je n'ai pas l'impression, si l'on excepte toutefois la vieille tantine et ses facéties religieuses. Encore qu'elles soient monnaie courante chez les femmes seules.

— Ainsi donc, tout ce que vous pouvez réellement m'apprendre, c'est qu'il y a un tas d'argent en jeu, murmura Poirot.

— *Des* tas d'argent, rectifia l'inspecteur principal. D'origine avouable, qui plus est. À côté de ça, notez bien, il y a tout l'actif qu'Andrew Restarick a fait rentrer dans la firme. Concessions en Afrique du Sud, mines, gisements de toutes sortes. Autant dire que, quand tout cela aura été développé ou mis sur le marché, la fortune sera colossale.

— Et qui en héritera ?

— Cela dépendra des dispositions testamentaires ou autres que prendra Andrew Restarick. Il fera ce qu'il voudra, mais je ne vois guère en piste que sa femme et sa fille.

— Ainsi donc, elles sont toutes deux appelées à se trouver un jour à la tête d'une très grosse fortune ?

— M'est avis que oui. Et je parie qu'il y a une ribambelle de trusts familiaux et autres fidéicommis pour protéger l'ensemble contre les coups du sort.

— N'y aurait-il pas, par hasard, une autre femme à laquelle Andrew s'intéresserait de fort près ?

— Si tel est le cas, rien n'en a transpiré jusqu'ici. Mais ça m'étonnerait beaucoup. Il a une nouvelle et très jolie femme.

— Cette histoire de grosse fortune, réfléchit à haute voix Poirot, un jeune homme un peu entreprenant pourrait facilement l'apprendre.

— Et épouser la fille, vous voulez dire ? Rien ne pourrait l'en empêcher, même si elle était mise sous tutelle judiciaire ou sous une quelconque protection similaire. Bien sûr, son père pourrait toujours la déshériter si l'envie lui en prenait.

Poirot jeta un coup d'œil à la petite liste fort proprement dactylographiée qu'il tenait à la main :

— Que pouvez-vous me dire sur la galerie Wedderbum ?

— Je me suis demandé ce qui pouvait bien vous amener à creuser de ce côté-là. Un client vous a consulté à propos d'un faux en peinture ?

— Ils se livrent à un trafic de faux ?

— Personne ne se livre jamais à des trafic de faux ! répliqua l'inspecteur Neele d'un air vertueux. Mais ils ont quand même été mouillés dans une affaire embêtante. Un millionnaire du Texas est venu leur acheter des toiles. Ils lui ont vendu un Renoir et un Van Gogh qu'il a payés une somme insensée. Le Renoir était un petit portrait de fillette, et une controverse a aussitôt fait rage à son sujet. Il n'y avait, semble-t-il, aucune raison de penser que la galerie Wedderbum ne l'avait pas préalablement acheté en toute bonne foi, mais, quoi qu'il en soit, l'affaire est allée devant les tribunaux. Une armée d'experts est venue donner son verdict à la barre. Et, comme de bien entendu, chaque témoignage a contredit le précédent. La galerie a alors proposé de reprendre la toile. Mais en définitive, le dernier de nos éminents experts ayant juré ses grands dieux que le tableau était parfaitement authentique, le milliardaire s'y est cramponné et s'en est retourné dans son Texas avec son Renoir sous le bras. N'empêche que l'affaire avait fait grand bruit et que la galerie ne s'est jamais vraiment remise de cette publicité douteuse.

Poirot consulta à nouveau sa liste :

— Et pour ce qui est de Mr David Baker ? Vous avez épluché vos fichiers pour moi ?

— Bah ! C'est une canaille, un élégant représentant de la racaille ordinaire. Trafic de barbituriques... héroïne... cocaïne. Les filles sont folles de lui. C'est le genre de type sur lequel elles pleurnichent en clamant qu'il a toujours beaucoup souffert, que c'est un génie méconnu, que les gens n'y connaissent rien et que sa peinture n'est pas estimée à sa juste valeur. Le baratin habituel, quoi !

Poirot retourna encore une fois à sa liste :

— Vous savez quelque chose sur Mr Reece-Holland, le député ?

— Au plan politique, il fait incontestablement un tabac. Il a de l'entregent, la parole facile. Il a été mêlé à une ou deux transactions pas très orthodoxes à la City, mais il a réussi à se tirer les pattes sans bavure. Il s'est fait comme ça pas mal d'argent, mais on n'arrive toujours pas à savoir par où le coincer.

Poirot en vint à sa dernière interrogation :

— Et sur le compte de sir Roderick Horsefield ?

— Un bon vieux bougre, mais gâteux. Quel flair vous avez, Poirot ! Vous reniflez vraiment les embrouilles tous azimuts. Oui, ils ont pas mal de problèmes aux Services spéciaux. C'est cette folie des Mémoires qui en est la cause. Ils en sont tous à se demander quelles vont être les prochaines révélations fracassantes à sortir sur le marché. Tous ces braves vieux de la vieille, des Services secrets ou autres, se livrent à une course effrénée à qui couchera le plus vite sur le papier ce qu'il parvient à se remémorer des erreurs de jugement ou des travers inavouables de ses anciens collègues ou condisciples. Ça ne tire le plus souvent pas à conséquence, mais il arrive que... bah ! vous savez ce que c'est... les cabinets changent de ligne politique, autant ne pas froisser les susceptibilités d'untel au passage ni faire de la contre-publicité à tel autre, ce qui nous contraint à nous décarcasser pour essayer de museler ces vieux cabotins. Et certains nous donnent pas mal de fil à retordre. Mais si vous tenez à fourrer votre nez là-dedans plus avant, il faudra vous adresser directement aux Services spéciaux. J'incline à penser qu'il n'y a pas trop de bobo. Le problème, c'est qu'ils ne détruisent pas leurs paperasses alors qu'ils sont censés le faire. Ils gardent tout. Ça ne va sûrement pas chercher bien loin, mais nous avons néanmoins la preuve qu'un certain pouvoir occulte fouinasse un peu partout à l'heure actuelle.

Poirot poussa un profond soupir.

— Ce que j'ai pu fournir ne correspond pas à votre attente ? s'inquiéta Neele.

— Je suis flatté que les services officiels m'aient ouvert leurs placards à linge sale, comme on dit aujourd'hui vulgairement. Mais, non, je ne crois pas que tout cela m'aidera beaucoup. (Il soupira de nouveau et interrogea :) Qu'iriez-vous penser si quelqu'un vous disait comme la chose la plus normale du monde qu'une femme — une femme jeune et jolie — porte perruque ?

— Que c'est la chose la plus normale du monde, répliqua Neele. Ma femme en porte toujours une quand nous voyageons, ajouta-t-il non sans une pointe d'âpreté. Ça lui simplifie beaucoup la vie.

— Je vous demande pardon, crut bon de s'excuser Hercule Poirot.

Alors que les deux hommes s'apprêtaient à se séparer, l'inspecteur Neele s'enquit de but en blanc :

— Au fait, j'imagine que vous avez reçu tous les tuyaux que vous m'aviez demandés et que je vous ai fait expédier à propos de cette affaire de suicide aux Résidences Borodene ?

— Oui, je vous remercie. Le rapport officiel. Dans sa parfaite sécheresse.

— C'est quelque chose dont nous venons de parler il y a deux secondes qui m'y a fait repenser. Je ne sais plus quoi, mais ça va me revenir. Ce suicide, c'est l'éternelle histoire. Une femme qui avait assez d'argent pour vivre, pas de soucis particuliers, mais qui était un peu trop portée sur la rigolade et sur les hommes, qui levait le coude plus souvent qu'à son tour et qui dévalait doucement la pente. Et par là-dessus s'est greffée une espèce d'obsession de la maladie. Vous savez comment ça se passe, chez beaucoup de femmes : elles se fourrent dans le crâne qu'elles ont le cancer ou je ne sais quelle saloperie du même genre. Elles consultent un médecin, dix médecins, tous leur disent qu'elles n'ont rien et elles rentrent chez elles persuadées qu'elles n'en ont plus pour longtemps. Tout ça, si vous voulez mon avis, ça leur vient de la peur qu'elles ont de ne plus plaire autant aux hommes. C'est ça, ce qui leur file le bourdon. Oui, ça arrive tout le temps. Elles se sentent délaissées, les malheureuses. Mrs Charpentier était du lot. Je ne crois pas que... (Il s'interrompit brusquement, puis :) Voilà ! J'y suis, mais bien sûr ! Vous m'interrogiez sur Reece-Holland, notre député. C'est un chaud lapin, mais qui fait ses coups en douce. Quoi qu'il en soit, Louise Charpentier a été un temps sa maîtresse.

— Il s'est agi d'une liaison sérieuse ?

— À mon avis, pas particulièrement. Ils fréquentaient main dans la main des clubs assez spéciaux, vous voyez le topo. Et vous savez qu'on a toujours un œil en coulisse pour les fantaisies dans ce goût-là. Mais rien n'en a jamais transpiré dans la presse. Rien du tout.

— Je vois.

— N'importe comment, ça a quand même duré un bail. Ils ont été pas mal de fois vus ensemble pendant environ six mois, mais je ne pense pas qu'elle était pour lui la seule et, de son côté à elle, il est certain qu'il n'était pas le seul non plus. Ce qui fait que vous ne devez pas avoir là grand-chose à vous mettre sous la dent, pas vrai ?

— Je ne pense pas, en effet, conclut Poirot.

« N'empêche, se dit-il en prenant l'ascenseur pour quitter les lieux, n'empêche que c'est là un lien. Et que ça explique l'embarras du sieur McFarlane. C'est un lien, un lien ténu mais un lien quand même, entre notre député, le sémillant Emlyn Reece-Holland, et Louise Charpentier. »

Ça ne signifiait probablement rien. Qu'est-ce que ça aurait pu changer à l'affaire ? Mais pourtant...

« J'en sais trop, bougonna-t-il intérieurement. J'en sais beaucoup trop. Je connais sur tout et tout le monde une kyrielle de détails à vous donner le tournis, mais je n'ai toujours pas de fil conducteur. Les trois quarts de ce que je sais sont hors sujet. Ce qu'il me faut, c'est un fil conducteur. Je veux un fil conducteur. »

— Mon royaume pour un fil conducteur ! s'exclama-t-il à haute et intelligible voix.

— Je vous demande pardon, monsieur ? s'inquiéta le jeune liftier, tournant vers lui un visage éberlué.

— Ce n'est rien, ce n'est rien, éluda Poirot.

18

Poirot s'immobilisa devant l'entrée de la galerie Wedderbum pour examiner à son aise une toile où trois vaches à la mine agressive et à la carcasse démesurément étirée s'ébattaient sur fond de moulins à vent aux ailes hirsutes. Vaches et moulins semblaient n'avoir rien à se dire sinon s'interroger sur leur coloris commun : un étrange rouge violacé.

— Intéressant, n'est-ce pas ? ronronna une voix.

Un homme entre deux âges dont le sourire laissait entrevoir un nombre quasi excessif de dents d'une blancheur immaculée se tenait à hauteur de son épaule :

— D'une telle *fraîcheur*... (Ses mains aux doigts boudinés traçaient des arabesques autour de chacun de ses mots :) Une exposition de tout premier ordre. Terminée depuis la semaine dernière. Le vernissage de Claude Raphaël, lui, a eu lieu avant-hier. Ses toiles vont marcher très fort. Vraiment très fort.

— Ah ! fit Poirot avant de se voir happé et propulsé, à travers une paire d'épais rideaux de velours gris, dans une vaste salle tout en longueur.

Il se livra aussitôt à quelques commentaires à tout le moins prudents. Le petit homme replet le manœuvra avec maestria. Il avait là un client, se disait-il manifestement, qu'il fallait éviter d'effaroucher au point de lui voir prendre la porte en courant. C'était un individu qui avait la bosse du commerce. Avec lui, vous sentiez tout de suite que vous étiez le bienvenu, que vous pouviez passer là votre journée entière sans effectuer le moindre achat, corps et âme uniquement absorbés par l'examen de ces œuvres exquises — encore que vous ne les ayez pas trouvées si exquises que ça en entrant dans la galerie. Mais quand enfin vous en ressortiez, vous étiez à jamais convaincu qu'exquises était le qualificatif qui leur allait comme un gant. Son éducation artistique ayant été menée tambour battant par son rondouillard mentor, Poirot, sautant le pas et désignant au hasard un tableau, hasarda un songeur « j'aime assez celui-là ». Mr Boscombe s'épanouit :

— Alors, là, c'est très intéressant que vous disiez ça. Cela prouve chez vous, si je puis me permettre, une remarquable perspicacité. Vous devez d'ailleurs vous douter que ce n'est pas la réaction de tout le monde. La plupart des gens préféreront quelque chose de... eh bien, d'un peu plus *évident*, comme celui-ci, par exemple...

Il pointa le doigt sur un enchevêtrement de ratures bleues et vertes rejetées dans l'angle extrême d'une toile. Puis il revint au « j'aime assez celui-là » de Poirot :

— ... tandis qu'ici, oui, vous avez détecté l'*essence* de la peinture. J'inclinerais d'ailleurs à penser — ce n'est, bien sûr, qu'une opinion toute personnelle — que c'est là l'un des chefs-d'œuvre de Raphaël.

Têtes penchées du même côté, tous deux contemplaient une sorte de diamant orange taillé de guingois d'où pendaient deux yeux humains au bout de ce qui ressemblait à une toile d'araignée.

Une plaisante connivence artistique s'étant ainsi établie au plus haut niveau et le temps semblant devoir s'étirer à l'infini, Poirot en profita :

— Je crois qu'une miss Frances Cary travaille pour vous, non ?

— Oui ! Frances ! Quelle fille intelligente ! Très artiste, et follement compétente, ce qui ne gâte rien. Elle revient tout juste du Portugal où elle était allée organiser pour nous un Salon des artistes. Un triomphe. Elle est très bon peintre elle-même, encore qu'elle manque un peu de créativité, si vous me comprenez — et je sais que vous me comprenez. C'est sur le plan des affaires qu'elle donne toute sa mesure. Je crois d'ailleurs qu'elle le reconnaît elle-même.

— Je me suis laissé dire qu'elle était surtout grande protectrice des arts.

— Oh ! oui. Elle s'intéresse aux Jeunes. Elle encourage le talent. Elle m'a persuadé d'exposer les toiles d'un petit groupe de jeunes artistes au printemps dernier. La manifestation a eu pas mal de succès... la presse en a même dit deux mots... Oh ! le tout à son modeste niveau, entendons-nous. Oui, elle a ses protégés.

— Je suis, vous devez bien vous en rendre compte, quelque peu rétrograde. Et certains de ces jeunes gens... *vraiment !*

Les mains de Poirot s'étaient envolées à leur tour.

— Bah ! fit Mr Boscombe avec indulgence, il ne faut pas se laisser hypnotiser par les apparences. Ce n'est qu'une mode. Barbe et cuir pour les uns, brocart et cheveux longs pour les autres. Rien qu'une phase transitoire.

— David quelque chose, dit Poirot. J'ai oublié son nom de famille. Miss Cary semblait en penser le plus grand bien.

— Vous êtes sûr que vous ne voulez pas parler de Peter Cardiff ? C'est son chouchou du moment. Notez bien que je ne suis pas *tout à fait* aussi convaincu à son sujet qu'elle semble l'être de son côté. Il n'est pas tant *avant-garde* que... euh... que carrément réactionnaire. Parfois même jusqu'à en être très... très... Burne-Jones ! Cela dit, on ne sait jamais. On en a vu d'autres. Elle pose actuellement pour lui.

— David Baker... c'est le nom que j'essayais de retrouver, parvint à placer Poirot.

— Il n'est pas mauvais, admit Mr Boscombe sans enthousiasme aucun. Guère d'*originalité,* voilà ce que j'en pense. Il a fait un temps partie du groupe d'artistes que j'ai mentionné, mais il n'a pas vraiment accroché. Un *bon* peintre, notez bien, mais pas de quoi tomber à la renverse. De second ordre !

Poirot rentra chez lui. Miss Lemon lui présenta un parapheur et repartit avec son courrier dûment signé. Georges le régala d'une omelette aux fines herbes assaisonnée, pourrait-on dire, de sollicitude feutrée. Mais après le déjeuner, alors que Poirot s'installait dans son fauteuil parfaitement cubique avec son café à portée de la main, le téléphone sonna.

— Mrs Oliver, monsieur, lui signala Georges en venant déposer l'appareil à côté du café.

Poirot souleva le combiné de mauvaise grâce. Il n'avait aucune envie de parler à Mrs Oliver. Il pressentait qu'elle allait récriminer sans fin.

— Monsieur Poirot ?

— C'est moi, lui répondit-il sobrement en français.

— Eh bien, qu'êtes-vous en train de faire ? Et qu'avez-vous déjà fait ?

— Je suis assis dans mon fauteuil. Et je réfléchis.

— C'est tout ?

— C'est d'une importance capitale, pontifia Poirot. Cela me mènera-t-il au succès ou pas, c'est encore une autre paire de manches.

— Mais il faut que vous retrouviez cette fille ! Elle a probablement été kidnappée !

— C'est vrai que ça en a tout l'air, admit Poirot. Et j'ai par-dessus le marché une lettre de son père, arrivée par le courrier de midi et dans laquelle il me somme de passer le voir pour lui détailler les progrès de mon enquête.

— Oui, eh bien, ça se résume à *quoi,* les progrès de votre enquête ?

— Pour le moment, à zéro, rechigna à avouer Poirot.

— Réellement, monsieur Poirot, il faudrait que vous songiez à vous ressaisir !

— Et vous aussi !

— Comment ça, et moi aussi ?

— Oui, j'aimerais que vous cessiez une bonne fois pour toutes de me houspiller.

— Qu'est-ce qui vous empêche d'aller faire un tour à Chelsea, à l'endroit où j'ai reçu un coup sur la tête ?

— Pour que j'en reçoive un à mon tour ?

— Je ne vous comprends tout bonnement plus ! grinça Mrs Oliver. Moi, je vous ai fourni une piste en vous dénichant cette fille dans ce café. Vous l'avez reconnu vous-même. Moi, je...

— Je sais, je sais.

— Où en êtes-vous avec cette femme qui s'est jetée par la fenêtre ? Vous n'avez rien tiré de ça non plus ?

— Je me suis renseigné à son sujet.

— Et alors ?

— Alors rien. Une créature comme il y en a tant. Jeunes, elles sont séduisantes, elles ont des aventures, elles y prennent de plus en plus goût, elles couchent avec tout le monde, et puis elles deviennent moins séduisantes, elles sont malheureuses, elles boivent trop, elles s'imaginent qu'elles ont le cancer ou Dieu sait quelle maladie incurable et, minées par la solitude et le désespoir, elles finissent par se jeter par la fenêtre !

— Vous m'aviez dit pourtant que c'était probablement le meurtre que vous cherchiez... le maillon qui vous manquait.

— Ç'aurait pu l'être.

— Vraiment !

À court de commentaires acerbes, Mrs Oliver raccrocha.

Poirot s'abandonna contre le dossier de son fauteuil — pour autant toutefois qu'on puisse le faire, ce dernier étant par nature assez raide —, pria Georges de remporter le café ainsi que le téléphone et entreprit de réfléchir à ce qu'il savait et ne savait pas. Pour mieux y voir clair, il le fit à haute voix. Et il appela à la rescousse les trois grandes interrogations philosophiques : « Que sais-je ? Que puis-je espérer ? Que dois-je faire ? »

S'il n'était pas sûr de les avoir énumérées dans le bon ordre, s'il doutait encore davantage de la formulation employée, il les prit telles quelles pour fondement de ses réflexions.

— Peut-être suis-je effectivement trop vieux, ne tarda-t-il pas à se reprocher, au comble du désespoir. Qu'est-ce que je *peux bien* encore savoir ?

À force de se creuser la cervelle, il finit par en revenir à la conclusion qu'il en savait trop ! Il décida de laisser cette interrogation-là de côté pour un temps.

— Que puis-je espérer ?

Bah ! tant qu'il y a de la vie... Oui, il pouvait à tout le moins espérer que les petites cellules grises qui peuplaient son cerveau — un cerveau plus génial que celui de tous ses semblables passés et à venir — lui apporteraient tôt ou tard la réponse qu'il avait honte de ne pas trouver tout seul.

— Qu'est-ce que je devrais faire ?

Ça, ça avait le mérite d'être clair et net. Il fallait qu'il aille voir Mr Andrew Restarick, manifestement fou d'inquiétude quant au sort de sa fille et qui lui reprocherait de ne pas la lui avoir déjà ramenée saine et sauve. Mais même s'il comprenait l'inquiétude en question et se sentait enclin à plaindre le malheureux père, il éprouvait néanmoins un certain malaise à l'idée de se présenter à lui sous un jour aussi peu favorable. La démarche suivante qu'il lui faudrait accomplir ? Elle consisterait à téléphoner à un certain numéro afin de s'enquérir sur l'évolution de la situation.

Mais avant d'en passer par là, il devait s'en retourner à l'interrogation qu'il avait laissée en plan : « Que sais-je ? »

Il savait que de lourds soupçons pesaient sur la galerie Wedderbum dont les propriétaires étaient jusqu'à présent parvenus à se tenir du bon côté de la loi mais qui n'hésiteraient jamais à filouter des millionnaires trop confiants en leur vendant des toiles d'authenticité douteuse.

Il se rappela Mr Boscombe, ses mains aux doigts boudinés, son abondance de dents, et parvint à la conclusion qu'il ne l'aimait pas. Ce genre d'homme était sûrement capable des pires escroqueries tout en prenant bien garde de se protéger lui-même contre d'éventuels retours de bâton. Son cas était à prendre en considération, car il pouvait représenter un lien avec David Baker. Et puis il y avait David Baker lui-même, le Paon. Que savait-il du Paon ? Il l'avait rencontré, avait eu avec lui une conversation et était parvenu à certaines conclusions en ce qui le concernait. Pour de l'argent, ce garçon était prêt à n'importe quelle vilenie, à épouser sans amour une héritière, à lâcher le morceau moyennant finance. Oui, il était sûrement prêt à laisser tomber la fille en échange de monnaie sonnante et trébuchante. Andrew Restarick le croyait en tout cas et avait vraisemblablement raison. À moins que...

Il réfléchit sur le cas d'Andrew Restarick, s'appesantissant davantage sur le portrait accroché au mur derrière son bureau que sur l'homme lui-même. Il revit les traits marqués, le menton jeté en avant, l'air résolu, décidé. Puis il songea à la défunte Mrs Andrew Restarick. À sa bouche pincée encadrée de rides amères... Peut-être retournerait-il examiner ce portrait à Crosshedges pour tenter d'y découvrir la clé du personnage de Norma. Norma... non, il ne devait pas si vite songer à Norma. Que lui restait-il encore à envisager avant ?

Il y avait Mary Restarick, dont la jeune Sonia prétendait qu'elle avait un amant sous prétexte qu'elle se rendait à Londres si souvent. Sans exclure cette hypothèse, il ne lui accordait guère de crédit. Il estimait beaucoup plus vraisemblable qu'elle y aille pour chercher une résidence à sa convenance — un appartement somptueux, un hôtel particulier à Mayfair —, pour y rencontrer des décorateurs, pour y acheter tout ce que, dans la capitale, la fortune vous permet de vous offrir.

La fortune. L'argent. Il lui semblait que tous les éléments qui lui étaient passés par l'esprit le ramenaient toujours à ça. L'argent. L'importance de l'argent. L'argent était omniprésent dans cette affaire. Dieu sait comment, insidieusement, il semblait suinter de partout et jouer un rôle prépondérant. Rien jusqu'à présent, s'avouait Poirot, n'était venu le confirmer dans sa conviction que la mort tragique de Mrs Charpentier avait été l'œuvre de Norma. Pas de preuve, pas de mobile apparent. Et pourtant il lui semblait qu'il ne pouvait *pas* ne pas y avoir de lien. Cette fille lui avait dit « qu'il se pourrait qu'elle ait commis un meurtre ». Or, une mort violente était survenue un ou deux jours plus tôt. Une mort violente qui avait eu lieu dans l'immeuble qu'elle habitait. Ne serait-ce pas une trop grande coïncidence que cette mort par défenestration n'ait rien à voir avec ses dires ? Il repensa aux mystérieux malaises qui avaient affecté Mary Restarick. Une histoire si simple qu'elle en était classique. Une affaire d'empoisonnement où l'empoisonneur ne pouvait être qu'un familier, un membre de la maisonnée. Mary Restarick avait-elle tenté de se suicider, son mari avait-il essayé de la tuer, était-ce Sonia qui lui avait fait boire le bouillon d'onze heures ? Ou bien la criminelle n'était-elle pas plutôt Norma ? Force était pour Poirot de convenir que tout militait en faveur de la culpabilité de cette dernière.

« Oh ! et puis tant pis, se dit soudain Poirot. Puisque la logique ne me mène à rien, eh bien au diable la logique ! »

Il soupira, se mit sur ses pieds et pria Georges de lui appeler un taxi. Il ne fallait pas qu'il soit en retard à son rendez-vous avec Andrew Restarick.

19

Claudia Reece-Holland n'était pas à la firme ce jour-là. Ce fut une femme entre deux âges qui l'accueillit à sa place. Elle lui signala que Mr Restarick l'attendait avec impatience et le poussa aussitôt dans son bureau.

— Eh bien ? lança Restarick sans même lui laisser le temps de s'asseoir. Quelles nouvelles de ma fille ?

Poirot écarta les mains :

— Jusqu'à maintenant... rien.

— Mais enfin, mon vieux, il doit bien y avoir... je ne sais pas, moi... une piste quelconque ? Une fille ne peut pas disparaître comme ça sans laisser de traces.

— Les filles l'ont fait de tout temps et le feront encore.

— Avez-vous bien saisi qu'il ne s'agissait pas de regarder à la dépense ? Que jamais des frais ne seraient trop élevés ? Je... je ne peux pas continuer à rester comme ça dans le vague.

Il paraissait cette fois au comble du désarroi. Il semblait avoir maigri, et ses yeux cernés de rouge trahissaient ses nuits sans sommeil.

— Je mesure l'étendue de votre désarroi, mais je vous assure que j'ai fait l'impossible pour tenter de la retrouver. Ce genre d'enquête, hélas ! ne peut être mené à la va-vite.

— Peut-être fait-elle une crise d'amnésie, ou

bien... ou bien peut-être est-elle... je veux dire qu'il se pourrait qu'elle ait momentanément perdu la tête. Ou qu'elle soit malade.

Poirot avait tout de suite deviné ce que signifiait le « ou bien peut-être est-elle » laissé en suspens. Restarick s'était interrompu avant de formuler l'informulable « ou bien peut-être est-elle morte ».

Il s'assit face au bureau et déclara :

— Croyez-moi, je sais ce que vous éprouvez, mais je me dois de vous répéter que les résultats seraient plus rapides si vous vous adressiez à la police.

— *Pas question !*

Les deux mots avaient claqué comme un coup de canon.

— Ils ont de beaucoup plus grandes facilités, plaida Poirot. Leurs champs d'investigation sont sans limites. Et je vous assure que l'argent n'entre pas en ligne de compte. L'argent ne vous donnera jamais de résultats équivalents à ceux que vous fournira gratuitement une organisation sans faille.

— Inutile, mon vieux, d'essayer de me dorer la pilule. Norma est ma fille. Ma fille unique. La chair de ma chair, la seule que j'aie et que j'aurai jamais.

— Êtes-vous bien sûr de m'avoir tout dit — rigoureusement tout — sur le compte de votre fille ?

— Qu'est-ce que je pourrais vous dire de plus ?

— C'est à vous d'en décider, pas à moi. Y aurait-il déjà eu, par exemple, des incidents par le passé ?

— Quel genre d'incidents ? De quoi voulez-vous parler ?

— Je pense à des signes d'instabilité mentale.

— Vous pensez que... que...

— Comment le saurais-je ? Comment pourrais-je le savoir si vous ne me le dites pas.

— Et comment voulez-vous que je le sache, moi aussi ? s'exclama Restarick, soudain amer. Qu'est-ce que je sais d'elle ? Toutes ces années... Grace était une femme aigrie de nature. Elle était de celles qui ne pardonnent pas, qui ont la rancune tenace. Parfois j'ai l'impression que... que l'éducation de Norma aurait dû lui être retirée et confiée à quelqu'un de mieux qualifié.

Il se leva, arpenta un moment le bureau et revint s'asseoir, un peu apaisé :

— Il va de soi que je n'aurais pas dû quitter ma femme. Je le sais. Comme je sais que c'est moi qui lui ai volontairement laissé la charge de l'enfant. Mais j'avais, à l'époque, des excuses toutes trouvées. Grace était d'une haute élévation morale, et elle adorait Norma. Elle serait donc le meilleur des anges gardiens. Mais l'était-elle ? L'était-elle réellement ? Quelques-unes des lettres qu'elle m'a alors écrites exsudaient la haine et l'esprit de revanche. Rien là que de très naturel, en somme. N'empêche que j'aurais dû revenir, revenir plus souvent voir comment se développait l'enfant. J'imagine que j'avais mauvaise conscience. Mais bah ! il est un peu tard maintenant pour se chercher des excuses. (Il tourna brusquement la tête :) Oui, c'est vrai. J'ai immédiatement jugé, quand j'ai revu Norma, que tout dans son attitude trahissait la rébellion poussée jusqu'à la névrose. Mais tout en admettant que ma fille n'était pas entièrement normale, j'espérais tout de même que Mary et elle finiraient... finiraient par trouver un terrain d'entente. Et, pour lui éviter une confrontation permanente avec Mary, j'ai préféré lui trouver un petit travail et un logement à Londres, étant entendu qu'elle rentrerait à la maison pour les week-ends. Oh ! je crois que j'ai fait tout ce qu'il ne fallait pas faire. Mais où est-elle, monsieur Poirot ? Où est-elle ? Vous croyez qu'elle peut avoir perdu la mémoire ? Ce sont des choses qui arrivent.

— Oui, admit Poirot, c'est une éventualité. Étant donné son état, elle erre peut-être à l'heure actuelle sans même savoir qui elle est. À moins qu'elle n'ait été victime d'un accident. Ce qui est moins vraisemblable. J'ai effectué des recherches, je puis vous l'assurer, dans tous les hôpitaux et autres dispensaires.

— Vous ne croyez pas qu'elle puisse être... vous ne croyez pas qu'elle puisse être *morte* ?

— Elle serait plus facile à retrouver morte que vive, ça je peux vous l'affirmer. Je vous en prie, calmez-vous, Mr Restarick. Ne perdez pas de vue qu'elle peut avoir des amis dont vous ignorez jusqu'à l'existence. Des amis n'importe où en Angleterre, des amis qu'elle aurait rencontrés du temps de sa mère ou quand elle vivait chez sa tante, voire des amis d'amis remontant à l'époque du collège. Rechercher tout cela prend du temps. Il se pourrait aussi — préparez-vous à un choc — qu'elle soit allée s'installer chez un ami de cœur ou un flirt.

— Chez ce David Baker ? Si je pouvais imaginer un instant...

— Elle n'est pas chez David Baker. Ça, ironisa Poirot, j'avais quand même pensé à m'en assurer immédiatement.

— Comment saurais-je quels amis elle peut avoir ? soupira Restarick. Si je la retrouve, *quand* je la retrouverai — je préfère le formuler ainsi —, je compte bien l'arracher à tout ça.

— L'arracher à tout quoi ?

— À ce pays. Je suis malheureux comme les pierres, monsieur Poirot, malheureux comme les pierres depuis que je suis revenu ici. J'ai toujours détesté l'existence à Londres, la vie à la City, le ronron assommant de la vie de bureau, les incessantes consultations d'avocats et de banquiers. Rien ne me fera renier mes anciennes amours : voyager, ne pas rester en place, parcourir les terres sauvages les plus reculées. C'est ça, ma vie. Celle que je n'aurais jamais dû quitter. Dès le premier jour, j'aurais dû emmener Norma là-bas et, comme je viens de vous le dire, c'est ce que je ferai dès que je l'aurai retrouvée. J'ai déjà reçu diverses offres de rachat pour la firme. Ceux qui en veulent pourront avoir tout le fourbi à bon compte. J'empocherai l'argent, et en route pour un monde *vrai* et qui pour moi signifie quelque chose.

— Tiens donc ! Et que votre épouse va-t-elle dire de tout ça ?

— Mary ? Cette vie, elle la connaît. Elle vient de là-bas.

— Pour les femmes qui peuvent dépenser sans compter, Londres a bien des charmes.

— Elle se rangera à mon opinion.

Le téléphone sonna. Il décrocha :

— Oui ? Oh ! de Manchester ? Oui. Si c'est Claudia Reece-Holland, passez-la-moi. (Il attendit un instant, puis :) Allô ! Claudia ? Oui. Parlez plus fort... la communication est mauvaise, je ne vous entends pas. Ils ont accepté ?... Ah ! dommage... Non, je pense que vous avez très bien fait... D'accord... Oui, très bien. Revenez par le train du soir. Nous en discuterons plus avant demain matin.

Il raccrocha :

— En voilà, une fille compétente !

— Miss Reece-Holland ?

— Oui. Compétente comme pas deux. C'est fou le nombre de soucis dont elle me décharge. Je lui avais donné carte blanche pour résoudre cette affaire à Manchester. Je ne suis pas actuellement en état de me concentrer. Et elle a traité ça de façon sensationnelle. Elle est aussi fiable qu'un homme sur bien des points. (Il regarda Poirot et parut revenir à la réalité :) Ah ! oui, monsieur Poirot. Que voulez-vous, j'ai l'impression de perdre un peu la main. Avez-vous besoin de davantage d'argent pour vos frais ?

— Non, monsieur. Mais je vous promets de faire de mon mieux pour vous ramener votre fille saine et sauve. J'ai pris toutes dispositions pour garantir sa sécurité.

Il retraversa le secrétariat en sens inverse et, sitôt sur le trottoir, leva les yeux vers le ciel.

— Une réponse précise à une question tout aussi précise, fit-il entre ses dents, voilà ce qu'il me faut maintenant.

20

Hercule Poirot admira la façade de l'élégante demeure remontant à l'époque des rois George et sise au cœur de ce qui s'était encore récemment contenté d'être une grosse bourgade. Le progrès l'envahissait à grands pas, mais le nouveau supermarché, la gadgetterie, le magasin de mode, la succursale des cafés Peg et la banque toute neuve aux allures de palace avaient tous élu domicile sur Croft Road, laissant pour quelque temps encore l'étroite grand-rue à sa tranquillité.

Le marteau de cuivre ornant la porte et qui brillait comme un sou neuf arracha à Poirot un hochement de tête approbateur. Le détective pressa sur le bouton de sonnette à droite du battant.

La porte lui fut presque aussitôt ouverte par une grande femme aux cheveux gris d'allure tout à la fois énergique et distinguée :

— Monsieur Poirot ? Vous êtes très ponctuel. Entrez.

— Miss Battersby ?

— Cela va de soi.

Elle lui tint la porte, accrocha son chapeau à la patère du vestibule et le guida vers une pièce agréable donnant sur un étroit jardinet. Là, elle lui désigna un siège et s'assit elle-même dans une attitude d'expectative. Il sautait aux yeux que miss Battersby n'était pas femme à se perdre en préambules et autres mondanités.

— Vous êtes, si je ne m'abuse, l'ancienne directrice du collège de Meadowfield ?

— Oui. J'ai pris ma retraite il y a un an. J'ai cru comprendre que vous souhaitiez me voir au sujet de Norma Restarick, l'une de mes anciennes élèves.

— C'est exact.

— Dans votre lettre, poursuivit miss Battersby, vous ne m'avez fourni aucun détail complémentaire. Oh ! je sais bien évidemment qui vous êtes, monsieur Poirot. Mais j'ai besoin de quelques renseignements avant que nous ne poursuivions cette conversation. Envisageriez-vous, par exemple, d'embaucher Norma Restarick ?

— Cela n'est en rien dans mes intentions, non.

— Connaissant votre profession, il me faut, vous le comprendrez sans peine, en savoir un peu plus. Auriez-vous, dans cet ordre d'idées, une lettre d'introduction émanant d'un des membres de sa famille ?

— Encore une fois, non, répondit Poirot. Mais permettez-moi de m'expliquer.

— Je vous en saurai gré.

— Je suis, en réalité, actuellement employé par Mr Andrew Restarick, le père de miss Norma Restarick.

— Ah ! Il est, je crois, récemment rentré en Angleterre après de nombreuses années d'absence.

— C'est exact.

— Et vous ne m'apportez pas de lettre d'introduction de sa part ?

— Je ne lui en ai pas demandé.

Miss Battersby lui jeta un regard inquisiteur.

— Il aurait insisté pour m'accompagner, expliqua Poirot. Ce qui m'aurait gêné au moment de vous poser certaines des questions qui m'intéressent le plus, car vos réponses auraient pu le mettre mal à l'aise et lui faire de la peine. Il n'y a pas de raison d'ajouter à la détresse qui l'accable déjà.

— Est-ce qu'il est arrivé quelque chose à Norma ?

— J'espère que non... Ce n'est cependant pas

exclu. Vous vous souvenez de cette petite, miss Battersby ?

— Je me souviens de toutes mes élèves. J'ai une excellente mémoire. Et, en tout état de cause, Meadowfield n'a jamais été un bien vaste collège. Il n'a jamais compté plus de deux cents pensionnaires.

— Pourquoi vous en êtes-vous retirée, miss Battersby ?

— Vraiment, monsieur Poirot, je ne vois pas en quoi cela vous regarde.

— Non, bien sûr. Je ne faisais que lâcher la bride à ma curiosité personnelle.

— J'ai 70 ans. N'est-ce pas là une raison valable ?

— Pas dans votre cas, à mon humble avis. Vous me paraissez pleine d'énergie et de vigueur, et parfaitement capable de poursuivre votre directorat pendant nombre d'années encore.

— Les temps changent, monsieur Poirot. Et on ne saurait toujours goûter la façon dont ils le font. Je vais satisfaire votre curiosité : j'avais de plus en plus de mal à supporter les *parents*. Les visées qu'ils ont pour leurs filles sont à courte vue et très franchement stupides.

Miss Battersby était, comme l'avait appris Poirot en vérifiant ses qualifications, mathématicienne de renommée considérable.

— N'allez pas croire que j'aie sombré dans l'oisiveté, tint-elle à préciser. Je mène désormais une vie de travail qui me convient beaucoup mieux. Je prépare des étudiants de terminale à leurs examens. Et maintenant, si vous y consentez enfin, puis-je connaître les raisons de l'intérêt que vous portez à Norma Restarick ?

— Les raisons ne manquent pas de s'inquiéter à son sujet. Pour éclairer la situation dans toute sa brutalité, elle a disparu.

Miss Battersby n'en parut pas plus impressionnée qu'avant :

— Ah bon ? Quand vous dites « disparu », je présume que vous entendez par là qu'elle a quitté la maison sans dire à ses parents où elle allait. Oh ! je crois que sa mère est morte... donc sans dire à son père où elle allait. Cela n'a plus rien d'extravagant de nos jours, monsieur Poirot. Mr Restarick n'a pas signalé sa « disparition » à la police ?

— Il est intraitable sur la question. Il s'y refuse absolument.

— Je vous garantis que je n'ai aucune idée de l'endroit où peut se trouver cette petite. Je n'ai pas de ses nouvelles. Je n'en ai même jamais eu depuis qu'elle a quitté Meadowfield. Aussi ne puis-je vous apporter aucune aide d'aucune sorte.

— Ce n'est pas précisément ce genre de renseignement que je suis venu chercher. Ce que je souhaite savoir, c'est *quel genre de fille elle est au juste*... Ce que j'attends de vous, c'est le portrait que vous pouvez m'en faire. Pas sa description physique : sa personnalité et les facettes de son caractère.

— Norma, au collège, s'est toujours montrée parfaitement quelconque. Tout sauf une élève brillante, mais toujours raisonnablement appliquée.

— Pas du genre névrosée ?

Miss Battersby réfléchit un instant.

— Non, je ne dirais pas cela, déclara-t-elle enfin lentement. Pas davantage, de vous à moi, qu'on aurait pu s'y attendre compte tenu de son environnement familial.

— Vous faites allusion à l'état de santé de sa mère ?

— Oui. Elle nous est venue d'un foyer brisé. Le père, pour lequel je crois qu'elle éprouvait une véritable adoration, avait brusquement abandonné le domicile conjugal pour partir avec une autre femme — ce que la mère a tout naturellement fort mal pris. Et en clamant haut et fort son ressentiment à tout bout de champ, elle aura sans doute contribué à semer le trouble dans l'esprit de sa fille.

— Peut-être serait-il bon, à ce point de la conversation, que je vous demande votre opinion sur la défunte Mrs Restarick ?

— Ce que vous me demandez là, c'est mon opinion strictement personnelle ?

— Si vous n'y voyez pas d'objection.

— Pas la moindre. C'est sans hésitation aucune que je répondrai à votre question. L'atmosphère familiale joue un rôle prépondérant dans l'épanouissement d'une jeune fille et c'est un sujet que je me suis toujours efforcée de creuser autant que faire se pouvait au travers des maigres renseignements qui me parvenaient. Mrs Restarick était à mon avis une créature vertueuse et collet monté. Dévote jusqu'à l'ostentation, castratrice par conviction et tragiquement handicapée dans l'existence du fait de son absolue stupidité !

— Bigre ! laissa échapper Poirot.

— C'était aussi, disons-le tout net, une parfaite malade imaginaire qui ne pouvait se passer d'exagérer le moindre de ses maux. Une de ces femmes qui ne font que sortir de l'hôpital à seule fin de pouvoir mieux y rentrer. C'est la pire des ambiances pour une fille... surtout si la fille en question n'a pas de personnalité bien définie. Norma n'a jamais fait preuve d'aucune ambition intellectuelle ni même de simple confiance en soi. Ce n'est pas le genre de fille que j'aurais poussée à faire carrière. Un gentil petit travail sans histoire avant de se marier et d'avoir des enfants, voilà ce que je pouvais espérer de mieux pour elle.

— Vous n'avez à aucun moment remarqué chez elle... — pardonnez-moi mon insistance —... des signes d'instabilité mentale ?

— D'instabilité mentale ? s'étrangla miss Battersby. Foutaise !

— C'est donc votre verdict. Foutaise ! Et *pas* d'instabilité mentale ?

— N'importe quelle fille ou presque peut présenter des troubles du comportement, surtout au cours de l'adolescence et au moment de son entrée dans le monde des adultes. Elle est encore immature et a besoin d'être prise par la main lors de ses premiers émois sexuels. Les filles sont fréquemment attirées par des garçons peu recommandables et parfois même dangereux. Il n'y a aujourd'hui, semble-t-il, plus de parents — ou si peu — qui possèdent la force de caractère indispensable pour les tirer de ces mauvais pas. Résultat, elles s'enfoncent dans des périodes d'affreuse détresse et font neuf fois sur dix un mariage mal assorti qui les mènera très vite au divorce.

— Mais Norma n'a jamais montré aucun signe d'instabilité mentale ? insista Poirot, réitérant sa question.

— C'est une fille émotive, mais normale, martela miss Battersby. *Instabilité mentale !* Comme je vous l'ai déjà dit : foutaise ! Elle a probablement fugué pour épouser un garçon quelconque, et c'est la chose la plus naturelle du monde !

21

Installé dans son grand fauteuil cubique, les avant-bras reposant sur les accoudoirs, Poirot regardait la cheminée de son salon sans la voir. Sur une table basse, à portée de sa main, une série de documents dûment agrafés étaient disposés en petites piles bien nettes : les rapports de Mr Goby et les renseignements fournis par son excellent ami l'inspecteur Neele, auxquels venaient s'adjoindre quelques feuilles volantes répertoriées « Ouï-dire, ragots, rumeurs » avec mention de leurs sources.

Ces documents, il n'avait pour l'instant aucun besoin de les consulter : il les avait déjà épluchés avec soin et ne les avait gardés là qu'afin de pouvoir s'y reporter en cas de besoin. Persuadé que tout ce qu'il avait pu glaner finirait par composer un ensemble cohérent, il voulait maintenant s'appliquer à trouver un fil conducteur. Il y avait forcément un fil conducteur. Mais à partir d'où ? Et par quel bout le saisir ? Il n'était pas homme à se précipiter tête baissée sous le coup d'une intuition subite. Il n'avait rien d'un intuitif — il n'avait que des *impressions, des sentiments*. Et l'important n'était pas ces sentiments par eux-mêmes... mais ce qui avait bien pu les susciter. C'était leur cause qui était intéressante, cette cause qui, la plupart du temps, n'était pas celle qu'on croyait et à la recherche de laquelle il fallait consacrer tout ce qu'on possédait de savoir, d'intelligence et de logique.

Quelle *impression* lui faisait cette affaire ? Sous quelle *rubrique* pouvait-on la classer ? Il lui fallait partir du général pour atteindre au particulier. Cette affaire, quels en étaient les éléments saillants ?

L'argent était l'un d'eux, il en avait la certitude, encore qu'il ne parvienne pas à discerner *comment* il intervenait. Quoi qu'il en soit, d'une façon ou d'une autre, l'*argent*... Il pressentait aussi, avec une acuité croissante, que le *mal* rôdait dans les parages. Il le connaissait, le mal. Il l'avait souvent rencontré sur sa route. Il savait en détecter le goût, la saveur, en renifler la présence. L'ennui, c'est qu'il était dans l'incapacité de prévoir par quel flanc il allait attaquer. Il avait pris un certain nombre de mesures destinées à le combattre. Il espérait qu'elles seraient suffisantes. Quelque chose se tramait, quelque chose qui était en chemin *et ne s'était pas encore accompli.* Quelqu'un, quelque part, était en *danger.*

Toute la difficulté du problème, c'est que les faits pouvaient être une chose ou son contraire. Si la personne qu'il *estimait* en danger l'était bel et bien, rien n'était jusqu'à présent venu lui en expliquer le *pourquoi.* Pourquoi diable cette personne aurait-elle plus qu'une autre été en danger ? Il n'y avait aucune raison qui tienne ! Si en revanche la personne qu'il estimait en danger ne l'était *pas*... eh bien, en ce cas, il lui faudrait tout reprendre à l'envers. Tous les faits qui pointaient dans un sens devraient pivoter à 180° et être réétudiés en sens contraire.

Il laissa pour un temps cette question en suspens et en vint aux personnages... aux *gens.* Quel ensemble cohérent pouvaient-ils bien former ? Quels rôles jouaient-ils au juste ?

Primo : Andrew Restarick. Il était à présent à la tête d'une foule de renseignements sur Andrew Restarick. Il s'était tracé un tableau d'ensemble de sa vie avant et après son départ pour l'étranger. Un agité, un garçon qui avait toujours eu la bougeotte, qui n'avait jamais tenu en place mais qui, où qu'il aille, avait généralement su se faire apprécier. Dans le domaine particulier des affaires, il n'y avait jamais rien eu d'apparent à lui reprocher : ni preuves de combinaisons louches ni évidences de transactions douteuses. Tout au plus pouvait-on reprocher au personnage son caractère peu affirmé, ses faiblesses et son côté velléitaire.

Poirot se renfrogna, mécontent. Ce portrait ne cadrait pas avec l'Andrew Restarick qu'il avait rencontré. Faible et velléitaire, cet individu aux traits marqués, au menton jeté en avant et au regard dominateur ? Peu affirmé, cet homme d'affaires avisé et entreprenant qui avait fait merveille dans tout le Sud africain et jusqu'en Amérique latine ? Tout ce qu'il avait touché s'était changé en or. Ce n'était pas sous les traits d'un raté qu'il avait au bout du compte regagné l'Angleterre, mais en triomphateur. Comment alors parler de ses faiblesses ? À moins que... Oui, faible, sans doute l'avait-il été lorsqu'il s'agissait des femmes. Son premier mariage avait été une erreur et un désastre : il avait épousé une femme qui ne lui convenait en rien. L'avait-il fait à l'instigation pressante de sa famille ? Et puis il en avait rencontré une autre. Rien qu'une ? Ou bien n'y en avait-il pas eu plusieurs ? Difficile, après tant d'années, de trouver ce genre de renseignements. Quoi qu'il en soit, il ne s'était jamais montré époux notoirement infidèle. Il avait mené une vie de famille normale et, de l'avis général, avait toujours adoré sa fillette. Et puis il avait rencontré une créature dont il était suffisamment tombé amoureux pour quitter avec elle et foyer et patrie.

N'y avait-il pas eu pour lui d'autres motifs à ce départ ? Dégoût pour la routine bureaucratique, pour les affaires telles qu'on les entendait à la City, pour le ronron de la vie en Angleterre ? Poirot en était persuadé, comme il était persuadé que l'homme avait également été un solitaire. Tout le monde l'avait toujours apprécié, tant à Londres qu'à l'étranger, mais on ne paraissait pas lui connaître d'amis intimes. Cela dit, comment aurait-il eu le temps d'en avoir ? Toujours à courir le monde, il ne s'était jamais suffisamment attardé où que ce soit pour pouvoir y nouer des liens étroits. Il s'était invariablement lancé dans une succession d'entreprises qui, sitôt menées à bien, le laissaient sur sa faim. Ç'avait toujours été un nomade, un chevalier errant.

Cela ne concordait encore une fois pas tout à fait avec le portrait qu'il s'en était fait... Le *portrait* ? Le mot fit *tilt* dans son esprit et l'amena à se remémorer le tableau accroché au mur du bureau de Restarick. C'était le portrait du même homme quelque quinze ans plus tôt. Quelles modifications ces quinze années avaient-elles fait subir au personnage ? En somme, étonnamment peu ! Une touche de gris dans les cheveux, une lourdeur nouvelle au niveau des épaules, mais les détails saillants du visage étaient sensiblement les mêmes. Un visage décidé. Celui d'un homme qui savait ce qu'il voulait et qui avait l'intention bien arrêtée de l'obtenir. D'un homme prêt à prendre des risques. D'un homme peut-être sans foi ni loi.

Pourquoi, se demanda encore une fois Poirot, Restarick avait-il fait transporter ce tableau à Londres ? Il s'agissait de la moitié d'une paire représentant le mari et la femme, peints au même moment. Du seul point de vue artistique, ils auraient dû rester jumelés. Un psychologue se serait-il risqué à dire que Restarick avait ainsi inconsciemment voulu se dissocier de sa première épouse, s'en séparer de manière plus catégorique encore ? Était-il, bien qu'elle soit morte et enterrée, toujours à ce point désireux de la fuir ? Intéressante façon d'envisager les choses.

Les deux toiles avaient sans nul doute été sorties du garde-meuble en même temps que d'autres éléments de décoration parmi lesquels Mary Restarick avait dû choisir ceux qu'elle souhaitait inclure au mobilier de Crosshedges partout où sir Roderick avait fait place nette pour accueillir le couple. Poirot se demanda ce que la nouvelle épouse avait pu éprouver en faisant accrocher ces deux portraits jumeaux. Sans doute eût-il été plus naturel qu'elle fasse reléguer au grenier celui de la première ! Mais peut-être après tout n'y avait-il pas de grenier à Crosshedges. Et, de toute façon, l'installation chez « oncle Roddy » n'étant que provisoire en attendant de trouver à Londres un hôtel particulier digne de ce nom, le mal n'était pas grand. Et puis Mary Restarick avait tout l'air d'une femme intelligente et raisonnable... pas d'une de ces hystériques à la jalousie à fleur de peau.

« N'empêche que la plupart des femmes sont capables de jalousie, rumina Poirot, et souvent celles dont on s'y attendrait le moins. »

Avoir ainsi évoqué Mary Restarick l'amena à s'intéresser de plus près à son cas. Et il fut frappé de découvrir à quel point il avait peu pensé à elle jusque-là. Il ne l'avait vue qu'une fois et elle ne lui avait, Dieu sait pourquoi, guère fait impression. Elle paraissait sûre d'elle, certes... mais aussi — comment dire ? — artificielle. (« Mais ça, mon bon ami, se reprocha entre parenthèses Poirot, ça doit tenir à sa perruque ! »)

C'était absurde, vraiment, d'en savoir si peu sur quelqu'un. Sur une femme sûre d'elle et qui portait perruque, et qui était belle, intelligente et qui pouvait se laisser aller à la colère. Non, elle n'avait pas caché sa colère quand elle avait trouvé le Paon en train d'errer dans la maison sans y avoir été invité. Elle s'était montrée dure, tranchante. Ce qui était somme toute assez naturel. Ce n'est pas un garçon comme ça qu'une mère aurait souhaité voir épouser sa fille...

Poirot s'interrompit net dans ses pensées et secoua la tête, dépité. Mary Restarick n'était *pas* la mère de Norma. Le désespoir d'une mère, son angoisse à l'idée que sa fille fasse un mariage désastreux ou vienne lui annoncer la naissance imminente d'un enfant illégitime né d'un père réprouvé, rien de tout cela ne pouvait réellement l'affecter. Que ressentait au juste Mary à l'égard de Norma ? Sans doute estimait-elle en premier lieu qu'il s'agissait d'une enquiquineuse, qui n'avait rien trouvé de mieux que s'acoquiner avec un garçon impossible, source prévisible d'ennuis sans fin et de soucis majeurs pour Andrew Restarick. Mais outre cela ? Qu'avait-elle pu penser d'une belle-fille qui, selon toute vraisemblance, avait froidement tenté de l'empoisonner ?

Sa réaction semblait avoir été celle du bon sens. Elle avait voulu voir Norma quitter la maison, écartant du même coup toute menace de récidive. Et elle avait coopéré avec son mari pour étouffer dans l'œuf toute possibilité de scandale. Norma viendrait de temps à autre passer le week-end histoire de sauver les apparences, mais désormais sa vie se focaliserait sur Londres. Et même si les Restarick s'installaient enfin dans l'hôtel particulier de leurs rêves, la présence de Norma à demeure n'y serait pas souhaitée. La plupart des filles, de nos jours, vivent n'importe où sauf chez leurs parents. Le problème était donc réglé.

À ceci près que, pour Poirot, l'identité de la personne qui avait administré des rasades de désherbant à Mary Restarick était loin d'être déterminée. Restarick, lui, était persuadé que c'était sa fille...

Quant à Poirot, il s'interrogeait...

Son esprit jouait avec les possibilités qu'offrait en l'occurrence la fille au pair. Qu'est-ce que Sonia faisait au juste à Crosshedges ? Qu'est-ce qui l'y avait attirée ? Qu'est-ce qui l'y retenait ? Elle y avait certes sir Roderick qui lui mangeait dans la main... et il était possible qu'elle n'ait aucune intention de retourner jamais dans son pays. Peut-être ses projets étaient-ils strictement matrimoniaux : il ne se passe pas de jour sans que des vieux beaux de l'âge de sir Roderick épousent des tendrons. Mondainement parlant, elle pouvait réussir là sa vie : gagner une place enviée dans la société et s'assurer du même coup un veuvage doré qui ne se ferait pas attendre si longtemps que ça... Ou bien ses visées étaient-elles d'un tout autre ordre ? Quand elle s'était rendue à

Kew Gardens, ne l'avait-elle pas fait en dissimulant les documents égarés de sir Roderick entre les pages d'un livre ?

Qui sait si Mary Restarick ne s'était pas mise à se méfier d'elle, à douter de sa loyauté, à avoir des idées bien précises sur son emploi du temps au cours de ses jours de sortie et sur les gens qu'elle allait alors rencontrer ? Et ne serait-ce pas Sonia qui aurait par voie de conséquence administré à la maîtresse de maison et à petites doses cumulatives les substances qui ne laisseraient rien soupçonner d'autre qu'une banale gastro-entérite ?

Renonçant pour l'instant à pousser plus avant ses réflexions sur le petit monde de Crosshedges, Poirot le chassa provisoirement de son esprit.

Et, comme l'avait fait Norma, il abandonna la campagne pour se rendre à Londres et entreprit d'examiner le cas des trois filles qui y avaient partagé un appartement.

Claudia Reece-Holland, Frances Cary, Norma Restarick. Claudia Reece-Holland, fille d'un parlementaire bien connu et elle-même bien sous tous les rapports, beaucoup de classe, fort agréable à regarder, intelligente, cultivée, secrétaire de haut niveau. Frances Cary, fille d'un notaire de province, artiste, avait fait un temps le Conservatoire, puis s'était orientée vers les beaux-arts qu'elle avait également laissé tomber, travaillait actuellement pour une galerie de peinture. Gagnait un bon salaire, affectait le genre bohème et comptait de nombreux amis dans le milieu artiste. Connaissait David Baker, mais apparemment ne le fréquentait guère que de loin en loin. À moins cependant qu'elle n'ait été amoureuse de lui ? C'était le genre de garçon généralement honni par les parents et regardé de travers par la police, mais qui plaisait éminemment aux filles. Ce qu'elles pouvaient bien lui trouver demeurait pour Poirot un mystère. Mais ça n'en était pas moins un fait, et donc à accepter comme tel. Lui-même, que pensait-il de David ?

Un beau gosse à l'air impudent et narquois qu'il avait pour la première fois croisé au premier étage de Crosshedges où le lascar faisait une course pour Norma (à moins qu'il n'ait été en mission de reconnaissance pour son propre compte, le saurait-on jamais ?) Il l'avait revu lorsqu'il l'avait pris en stop. Un garçon qui avait de la personnalité et qui savait mener sa barque. Et pourtant il y avait en lui bien des côtés négatifs. Poirot choisit une des feuilles de papier sur la table à côté de lui. De mauvais renseignements, encore que rien de gravissime. Menus larcins sur des parkings, hooliganisme, vandalisme, deux mises à l'épreuve. Tout cela étant parfaitement au goût du jour et ne représentant pas non plus le comble de la noirceur pour Poirot. Il avait fait des débuts prometteurs en peinture et puis avait laissé tomber. Il n'était pas du genre à s'accrocher à un travail. Il était bouffi de vanité, il faisait la roue, c'était un paon qui se pavanait, ravi de lui-même et de son apparence. Était-il plus que cela ? Poirot se le demandait.

Il prit une feuille de papier sur laquelle étaient gribouillés les points saillants de la conversation que David avait eue avec Norma, dans le café — pour autant que Mrs Oliver ait pu se les rappeler. Et quelle était la valeur de tout cela ? se demanda Poirot en secouant la tête. Comment jamais savoir à partir de quoi l'imagination fertile de la digne romancière prenait le dessus ? Ce garçon était-il amoureux de Norma ? Souhaitait-il réellement l'épouser ? Ses sentiments à elle ne faisaient pas l'ombre d'un doute. Mais c'était lui qui avait suggéré le mariage. Norma possédait-elle de l'argent ? Elle était la fille d'un homme riche, ce qui n'est pas tout à fait la même chose. Poirot poussa une exclamation de dépit. Il avait omis de se renseigner sur les termes du testament de la défunte Mrs Restarick. Il fourragea parmi ses notes. Non, Dieu merci, Mr Goby n'avait pas négligé ce point essentiel. Outre une petite rente qu'elle possédait en propre, Mrs Restarick avait, sa vie durant, été largement pourvue par son mari. À sa mort, elle avait légué le tout à sa fille. Il n'y avait cependant pas là de quoi justifier un mariage d'intérêt. Fille unique, elle hériterait en outre, selon toute vraisemblance, une somme colossale au décès de son père, mais ça non plus, ce n'était pas tout à fait la même chose. Son père pouvait en effet très bien ne lui léguer que des broutilles s'il désapprouvait le mari qu'elle s'était choisi.

On aurait donc pu en conclure que David était somme toute amoureux d'elle, puisqu'il insistait quand même pour l'épouser. Et pourtant... Poirot secoua la tête. C'était bien la cinquième fois qu'il le faisait. Et pourtant rien de tout cela ne formait un ensemble satisfaisant. Il se remémorait le bureau de Restarick et le chèque que ce dernier avait rédigé — manifestement pour que le jeune homme débarrasse le plancher — et donc ce même jeune homme aurait dû, selon toute vraisemblance, se montrer tout aussi manifestement prêt à obtempérer. Eh bien, là encore, les choses ne collaient pas. Ce chèque était d'un montant énorme et n'importe quel garçon impécunieux et peu scrupuleux aurait sauté sur l'occasion. Or, pas plus tard que la veille, c'était lui qui avait suggéré un mariage précipité. C'était à s'y perdre. À moins, bien sûr, que cette dernière suggestion n'ait été que l'avancée d'un pion dans la partie qui consistait à faire monter les enchères.

Poirot revit en pensée Restarick assis devant lui, les lèvres serrées. Cet homme devait tenir énormément à sa fille pour être prêt à verser pour elle une fortune pareille ; et il devait avoir également très peur qu'elle ne tienne, quoi qu'il arrive, à épouser l'homme qu'elle aimait.

Cessant de penser à Restarick, il en vint à Claudia. Claudia et Andrew Restarick. Était-ce hasard, pur hasard, si elle était devenue sa secrétaire ? Qui sait s'il n'existait pas un lien entre eux. Claudia. Il réfléchit à son cas. Trois filles dans un appartement, l'appartement de Claudia Reece-Holland. C'était elle qui l'avait loué à l'origine, et qui l'avait d'abord partagé avec une amie, une fille qu'elle connaissait déjà, et puis avec une autre fille, la troisième fille. *La troisième fille,* songea Poirot. Oui, on en revenait toujours à ça. À la troisième fille. C'était là qu'il en revenait, encore et toujours. Là où il *fallait* qu'il en revienne. Là où tous les fils conducteurs envisagés le ramenaient inexorablement. À la troisième fille. À Norma Restarick.

Une fille qui était venue faire le siège de son appartement alors qu'il était en train de prendre son petit déjeuner. Une fille qu'il était allé rejoindre dans un café où elle venait de manger une portion de haricots sur toast avec le garçon qu'elle aimait. (Ils semblaient vraiment s'être donné le mot pour ne se rencontrer qu'à l'heure des repas, nota-t-il en passant.) Et que pensait-il d'elle ? Mais d'abord, qu'est-ce que les autres pensaient d'elle ? Restarick l'aimait d'un amour paternel, se faisait un sang d'encre à son sujet et mourait de peur qu'il ne lui arrive quelque chose. À côté de ça, il faisait plus que la soupçonner d'avoir essayé d'empoisonner la femme qu'il venait d'épouser : il en était intimement persuadé. Il avait même consulté un médecin pour lui demander son avis sur la question. Poirot aurait donné cher pour lui parler, à ce médecin, même s'il estimait que cela ne l'aurait pas mené loin. Les médecins rechignent à divulguer ce type de diagnostics à qui n'est pas dûment accrédité pour en avoir connaissance. Mais Poirot imaginait sans peine ce que le praticien avait dit. Il s'était montré prudent, comme seuls les médecins savent le faire. Il avait toussoté, bredouillé, tourné autour du pot, évoqué peut-être l'éventualité d'un traitement. Il s'était bien gardé d'insister sur l'aspect maladie mentale, tout en le laissant entendre à mots couverts. Il devait être en réalité parfaitement convaincu que la tentative d'empoisonnement était bien réelle et bien du fait de la jeune fille. Il en savait également long sur les filles hystériques, et notamment qu'elles étaient souvent capables de gestes qui n'avaient rien à voir avec la folie mais bien plutôt avec le coup de colère ou la crise de jalousie. Il ne devait pas s'agir d'un psychiatre ni d'un psychanalyste. Ce devait être un brave généraliste qui n'avait pas souhaité porter d'accusations sans preuves et avait préféré s'en tenir à quelques conseils de bon sens : *primo,* éloigner cette jeune personne et lui trouver un travail quelque part... à Londres par exemple, et ensuite... eh bien, ensuite, pourquoi ne pas consulter un spécialiste ?

Qu'est-ce que les autres pensaient de Norma Restarick ? Qu'en pensait Claudia Reece-Holland, par exemple ? Il n'en savait rien. Ce qui n'avait non plus rien d'étonnant étant donné le peu qu'il savait de la jeune femme elle-même. Ce qu'il y avait de sûr, cependant, c'est que Claudia était capable de garder un secret, de ne jamais rien révéler qu'elle n'ait précisément choisi de révéler. Elle n'avait manifesté nulle velléité de mettre Norma à la porte, ce qu'elle n'aurait pas manqué de faire si l'état mental de cette dernière l'avait inquiétée. Le sujet n'avait d'ailleurs même pas été effleuré lors de la discussion qu'elle avait eue avec Frances après que la deuxième fille eut si étourdiment laissé échapper que Norma n'avait pas regagné l'appartement à l'issue du week-end. Cette absence de Norma, Claudia en avait pourtant été très affectée. Il semblait donc que le rôle de Claudia dans toute l'affaire ait été plus important que les simples faits le laissaient supposer. Elle était intelligente, se dit Poirot, intelligente et éminemment capable... Il en revint à Norma, en revint à la troisième fille. Quelle place occupait-elle au juste dans le schéma d'ensemble ? Où venait s'emboîter *sa* pièce du puzzle pour que l'image se complète et devienne enfin cohérente ? Une Ophelia, tel était le premier jugement qu'il avait porté sur son compte. Mais il y avait toujours eu deux façons d'envisager Ophelia, comme il y avait deux façons d'envisager Norma. Ophelia était-elle folle ou simulait-elle seulement la folie ? Les comédiennes avaient eu de tout temps des opinions divergentes sur la façon de jouer le rôle...

ou peut-être serait-il plus exact de dire les metteurs en scène. Car c'étaient eux qui étaient censés émettre des idées. Hamlet était-il fou ou sain d'esprit ? À vous de choisir. Ophelia était-elle folle ou parfaitement sensée ?

Même en pensée, jamais Restarick n'aurait utilisé le mot « folie » en songeant à sa fille. Troubles mentaux était une expression que les gens préféraient d'ordinaire employer. Les autres formules utilisées à propos de Norma avaient été « fêlée ». « Elle est un peu fêlée. » « Elle ne tourne pas rond. » « Elle est pas vraiment à la question, si que vous voyez ce que je veux dire. » Les femmes de ménage étaient-elles bons juges ? Poirot penchait pour l'affirmative. Il y avait à coup sûr quelque chose de bizarre chez Norma, mais peut-être sa bizarrerie ne résidait-elle pas là où on le croyait. Il se remémora l'image qu'elle lui avait offerte quand elle était entrée dans son salon en traînant les pieds : une fille d'aujourd'hui, le genre « moderne », copie conforme de la plupart des filles qu'on pouvait croiser partout dans la rue. Longs cheveux lui pendouillant sur les épaules, jupe informe, genoux à l'air et pieds en dedans — tout ce qui, aux yeux timorés de Poirot, évoquait l'adulte tentant de se faire passer pour une enfant.

« *Je suis vraiment navrée. Vous êtes trop vieux.* »

Peut-être était-ce exact. Il l'avait considérée avec des yeux de vieillard, sans une once d'intérêt, ne voyant en elle qu'une fille apparemment dépourvue de coquetterie comme d'envie de plaire et que n'effleuraient même pas les simples notions de féminité, de charme, de mystère, de séduction. Qu'une fille qui n'avait rien à offrir sinon peut-être le sexe au pur niveau biologique. Ce qui fait qu'elle avait peut-être eu raison de le condamner ainsi sans appel : il ne pouvait l'aider pour la simple raison qu'il ne la comprenait pas, qu'il ne lui était même pas possible de la jauger. Il s'était décarcassé pour elle, mais avec quel résultat au bout du compte ? Qu'avait-il réellement fait pour elle depuis le moment précis où elle était venue lui demander du secours ? La réponse lui vint très vite à l'esprit. *Il avait assuré sa sécurité.* Il avait à tout le moins fait ça. Si tant est qu'elle ait eu besoin qu'on assure sa sécurité. C'était ça, le point crucial. Avait-elle eu oui on non besoin qu'on assure sa sécurité ? Cette confession aberrante ! Pas tant une confession, à tout prendre. Plutôt une déclaration : « *Il se pourrait que j'aie commis un meurtre.* »

C'était à cette phrase qu'il fallait qu'il s'accroche, parce que c'était le pivot de toute l'affaire. Et parce que c'était là son métier. Se colleter avec le meurtre, l'élucider, le *prévenir* ! *Être* le bon chien qui détecte le meurtre. Le meurtre annoncé. Le meurtre *où qu'il se cache.* Il l'avait cherché sans parvenir à mettre la main dessus. L'histoire du désherbant dans le potage ? L'histoire des jeunes hooligans s'entre-tuant au couteau à cran d'arrêt ? L'épisode grand-guignolesque des *taches de sang dans la cour* ? Celle du coup de revolver dans le hall de l'immeuble ? Du coup de feu tiré sur qui ? Et pourquoi ?

Ce n'était pas là ce dont il avait besoin. Rien dans ce lot d'incidents ne pouvait se rattacher de près ou de loin au « Il se pourrait que j'aie commis un meurtre » prononcé par Norma. Il avait tâtonné dans les ténèbres, essayant désespérément de se forger la représentation mentale du meurtre adéquat, calculant par quel biais la troisième fille avait pu y jouer son rôle et en revenant toujours à son lancinant point de départ : quelle pouvait bien être au juste la vraie personnalité de cette troisième fille ?

Et puis tout d'un coup, avec une petite phrase banale, Ariadne Oliver lui avait apporté la lumière. Du moins s'était-il laissé aller un temps à le croire. Le suicide supposé d'une femme au cœur des Résidences Borodene. Ça, enfin, c'était un fait qui collait ! Un drame qui s'était déroulé dans l'immeuble même où habitait la troisième fille. Il *fallait* que ce soit le meurtre auquel elle avait fait allusion. Il ne pouvait en aller autrement. Un autre meurtre, commis presque en même temps, aurait représenté une trop grande coïncidence ! Qui plus est, d'autre meurtre, il n'en avait été signalé aucun, il n'y en avait pas trace. Aucune autre mort violente qui aurait pu précipiter Norma chez lui après qu'elle eut entendu, au cours d'une réunion mondaine, son amie Mrs Oliver chanter ses louanges et vanter ses hauts faits à tous les échos. Et ainsi donc, quand Mrs Oliver lui avait par hasard signalé l'histoire de la femme qui s'était jetée par la fenêtre, en était-il aussitôt venu à la conclusion qu'il avait enfin mis la main sur ce qu'il avait si longtemps cherché.

Là se trouvait la pièce manquante. La réponse à sa perplexité. Là il allait enfin découvrir ce qu'il cherchait. Le « où », le « quand », le « pourquoi ».

— *Quelle déception !* laissa échapper tout haut en français Hercule Poirot.

Il tendit la main et choisit une liasse de feuilles impeccablement tapées. Le récit de la vie d'une femme. Les précisions, dans leur absolue crudité, sur les faits et gestes de Mrs Charpentier au cours de son existence. Une femme de 43 ans, d'un bon niveau social et dont on disait qu'elle avait été une jeune fille délurée avant de devenir une briseuse de ménages. Deux mariages... deux divorces... une créature qui aimait les hommes. Une femme qui au cours des dernières années avait bu plus que de raison. Une femme qui n'aimait rien tant que faire la fête. Qui, selon les ultimes rapports, fréquentait désormais des hommes beaucoup plus jeunes qu'elle. Poirot savait maintenant tout ou presque de cette femme qui avait vécu seule dans un appartement des Résidences Borodene. Il mesurait ce qu'elle avait été et ce qu'elle était devenue. Et il comprenait pourquoi elle avait pu vouloir se jeter par la fenêtre de son septième étage en s'éveillant à l'aube d'un matin cafardeux.

Parce qu'elle avait un cancer, ou qu'elle croyait en avoir un ? *Et pourtant, lors de l'enquête, le rapport des médecins avait formellement conclu que tel n'était pas le cas.*

Ce qu'il lui fallait, c'était un lien quelconque entre

cette femme et Norma Restarick. Or, il ne parvenait pas à le trouver. Il reprit la lecture des faits bruts.

À l'enquête, l'identification du corps avait été confirmée par un notaire. Louise Carpenter, encore qu'elle ait francisé son patronyme pour en faire Charpentier. Parce que ça sonnait mieux avec son prénom ? Louise ? Pourquoi ce Louise lui était-il familier ? Quelqu'un l'avait-il mentionné à un moment donné ? Il feuilleta les pages dactylographiées. Ah ! nous y voilà ! Rien que cette allusion : la femme pour l'amour de laquelle Andrew Restarick avait sacrifié son ménage s'appelait Louise, Louise Birell. Quelqu'un qui, en définitive, n'avait que peu compté après ça dans sa vie. Ils s'étaient fait des scènes continuelles et avaient fini par rompre moins d'un an plus tard. Toujours la même histoire, songea Poirot. Une histoire qui avait dû se répéter tout au long de la vie de cette femme. Un coup de foudre, la ruine d'un foyer, une courte période de bonheur et puis le temps des disputes, des récriminations... et de la rupture. Il était sûr, sûr et certain, que cette Louise Charpentier n'était autre que Louise Birell.

Seulement, même ainsi, où donc était le lien avec Norma ? Andrew Restarick et Louise Charpentier auraient-ils renoué dès le retour de l'homme d'affaires ? Poirot en doutait. Leur couple s'était disloqué il y a des années. Qu'ils aient pu par le plus grand des hasards se retrouver et se remettre ensemble semblait rigoureusement exclu ! Leur toquade mutuelle n'avait que peu duré, que peu compté. Difficile, en outre, d'admettre que Mary Restarick ait pu se montrer jalouse du passé de son mari au point de pousser son ancienne maîtresse par la fenêtre. Idée grotesque ! La seule personne qui aurait pu nourrir au cours de toutes ces années suffisamment de rancœur pour se venger ainsi de la femme qui avait brisé son foyer était la première Mrs Restarick. Mais, outre l'égale invraisemblance de la chose, il y avait, dans son cas, impossibilité absolue : la première Mrs Restarick était morte.

Le téléphone sonna. Poirot ne fit pas un geste. Ce n'était vraiment pas le moment d'être dérangé. Il avait l'intime conviction d'être, enfin, sur la bonne voie... Il fallait qu'il s'y maintienne... qu'il poursuive... La sonnerie s'interrompit. Ouf ! Miss Lemon allait en faire son affaire.

La porte s'ouvrit et miss Lemon entra :

— Mrs Oliver souhaiterait vous parler.

Poirot agita la main :

— Pas maintenant, pas maintenant, *je vous en conjure* ! Je ne peux pas lui parler maintenant.

— Elle dit qu'elle vient tout juste de repenser à quelque chose... quelque chose qu'elle avait oublié de vous dire. Au sujet d'une feuille de papier... une lettre inachevée qui s'était semble-t-il échappée d'un tiroir tombé d'un camion de déménagement. Une histoire assez incohérente, conclut miss Lemon, autorisant une note de désapprobation à percer dans sa voix.

Poirot agita la main de plus belle.

— *Pas maintenant* ! supplia-t-il. Je me jette à vos pieds, mais *pas maintenant*.

— Je vais lui dire que vous êtes occupé.

Miss Lemon opéra une retraite en bon ordre.

Le calme retomba dans la pièce. Poirot sentit la fatigue s'abattre sur lui en longues vagues successives. À trop réfléchir, on s'épuise. Il fallait qu'il se détende. Dans la vie, il faut se détendre. Se laisser aller... et c'est dans cet état de relaxation qu'il verrait les pièces du puzzle s'emboîter soudain comme par miracle. Il ferma les yeux. Toutes les données du problème étaient là. S'il était maintenant sûr d'une chose, c'est qu'il ne pouvait plus rien apprendre qui lui vienne de l'*extérieur*. La solution, c'est de l'*intérieur* qu'elle jaillirait.

Et brusquement, alors que ses paupières gonflées par le sommeil s'appesantissaient, la vérité lui apparut sans crier gare.

Tout était là... à son entière disposition ! Il allait bien sûr encore lui falloir en démêler l'écheveau. Mais maintenant, il *savait*. Tous les éléments épars se pressaient au complet, toutes les pièces s'emboîtaient. Une perruque, un tableau, 5 heures du matin, les femmes et leurs fantaisies capillaires, le Paon — l'ensemble ramenant en droite ligne à la phrase par laquelle l'histoire de la *Troisième Fille* avait commencé :

« *Il se pourrait que j'aie commis un meurtre.* » Mais bien sûr !

Une comptine absurde lui traversa soudain l'esprit. Il se la récita à voix haute :

Rub-et-dub-dub, trois hommes dans un tub
Qui croyez-vous qu'ils soient ?
Un boucher, un boulanger, un allumeur de réverbères...

Dommage qu'il ne parvienne pas à se rappeler le dernier vers.

Un boulanger — un Baker —, voilà qui collait à merveille. Mais pour ce qui est du boucher et de la suite...

Il s'essaya à un pastiche au féminin :

Rap-et-tap-tap, trois filles dans un appart
Qui croyez-vous qu'elles soitent ?
Une secrétaire, des beaux-arts une lauréate
Et la troisième est une...

Miss Lemon entra.

— Ah ! Voilà que ça me revient... *Et tous étaient sortis d'une itsy-bitsy-mini-PATATE !*

Miss Lemon le dévisagea non sans une certaine angoisse :

— Le Dr Stillingfleet insiste pour vous parler immédiatement. Il affirme que c'est *urgent*.

— Répondez au Dr Stillingfleet qu'il peut... *Le Dr Stillingfleet*, avez-vous dit ?

Il la bouscula pour courir empoigner le combiné :

— C'est moi ! Poirot à l'appareil ! Il est arrivé quelque chose ?

— Elle m'a fait le coup de filer.

— Quoi ?

— Vous avez bien entendu. Elle a filé. Filé par la grande porte.

— Et vous l'avez laissée faire ?

— Vous aviez une solution de rechange ?

— Vous auriez pu l'intercepter.

— Non.

— C'est de la folie que de l'avoir laissée partir.

— Non.

— Vous ne comprenez pas.

— Tels étaient les termes de l'accord. Elle était libre de me faire faux bond à tout moment.

— Vous ne mesurez pas l'étendue des catastrophes qui peuvent en résulter.

— Alors, là, d'accord. Je ne les mesure pas. Mais moi, je sais au moins où je mets les pieds. Et si je lui avais barré la route, tous les progrès que j'ai faits avec elle auraient été réduits à néant. Or, je vous prie de croire que j'en ai fait. Votre boulot et le mien n'ont pas grand-chose à voir. Nous ne sommes pas sur la même longueur d'onde. Je progressais à pas de géant. Je progressais à tel point que j'étais sûr et certain qu'elle ne me filerait *pas* entre les doigts.

— Tiens donc ! Et pourtant, mon bon ami, elle l'a fait.

— Franchement, je ne comprends pas. Je ne vois pas ce qui a pu motiver cette rechute.

— Il s'est passé quelque chose.

— Oui, mais quoi ?

— Quelqu'un l'aura vue, lui aura parlé, quelqu'un qui avait découvert l'endroit où vous la logiez.

— Je ne vois pas comment ça aurait pu se faire... Mais ce que vous ne semblez pas admettre, c'est qu'elle avait son libre arbitre. Qu'il fallait qu'elle ait son libre arbitre.

— Quelqu'un l'a relancée, quelqu'un qui savait où elle était. Elle n'a pas reçu une lettre, un télégramme, un coup de téléphone ?

— Non, rien du tout. Ça, j'en suis sûr.

— Alors comment... mais bien sûr ! Les journaux.

Vous avez les journaux, j'imagine, dans votre établissement ?

— Bien entendu. Je prône la vie quotidienne dans sa parfaite banalité. Ça fait partie de mon traitement.

— C'est comme ça qu'ils l'auront contactée. La vie quotidienne dans sa parfaite banalité. Quels journaux prenez-vous ?

— J'en prends cinq.

Il les énuméra.

— Quand est-elle partie ?

— Ce matin. À 10 h 30.

— Eh bien voyons ! Après les avoir lus ! Voilà qui devrait nous suffire pour nous mettre en branle. Lequel lisait-elle d'ordinaire ?

— Je ne crois pas qu'elle ait eu de préférence marquée. Tantôt l'un, tantôt l'autre, parfois la totalité... d'autres fois elle ne faisait qu'y jeter un œil.

— Bon, il ne s'agit plus de perdre de temps à bavarder.

— Vous croyez qu'elle a repéré une petite annonce, quelque chose dans ce goût-là ?

— Quelle autre explication voyez-vous ? Au revoir, je ne peux pas parler plus longtemps. Il faut que je fasse des recherches. Que je retrouve l'annonce éventuelle et que j'agisse rapidement. (Il raccrocha. Puis :) Miss Lemon, apportez-moi nos deux journaux, Le *Morning News* et le *Daily Comet*. Et envoyez Georges chercher tous les autres.

Tout en les ouvrant à la page des petites annonces et en épluchant celles-ci une à une, il laissait ses réflexions suivre leur cours.

Il arriverait à temps. Il *fallait* qu'il arrive à temps. Il y avait déjà eu un meurtre. Et il y en avait un autre en préparation. Mais lui, Hercule Poirot, il saurait l'empêcher... S'il arrivait à temps... Il était Hercule Poirot — le défenseur de l'innocent. N'aimait-il pas à répéter (et les gens en faisaient chaque fois des gorges chaudes) : « Le meurtre, je le désapprouve. » Ils prenaient ça pour un euphémisme, voire un trait d'esprit. Mais ce n'était ni l'un ni l'autre. C'était le simple énoncé d'une *réalité,* sans fioritures ni intention de dramatiser. Le meurtre, il le désapprouvait.

Georges revint avec une pile de journaux :

— Ce sont toutes les éditions du matin, monsieur.

Poirot leva les yeux sur miss Lemon, debout à côté de lui et brûlant, selon son habitude, de faire la démonstration de son efficacité :

— Vérifiez ceux que je viens de parcourir et voyez si je n'ai pas sauté quelque chose.

— Les annonces personnelles, vous voulez dire ?

— Oui. Je pense qu'il devrait y avoir nommément un David. Et puis un prénom de fille. Ou alors son surnom. Un sobriquet quelconque. Ils ne se risqueraient pas à utiliser celui de Norma. Un appel à l'aide, sans doute, ou l'indication d'un rendez-vous.

Miss Lemon obéit, non sans manifester un certain dégoût. Son efficacité, ce n'était pas dans un genre aussi trivial qu'elle aimait à la prouver, mais Poirot n'avait rien de plus reluisant à lui confier pour l'instant. Lui-même étala devant lui le *Morning Chronicle.* C'était là qu'il avait le plus de chances de trouver ce qu'il cherchait. Il y en avait trois colonnes. Il se pencha pour les déchiffrer.

Une femme qui souhaitait se défaire de son manteau de fourrure... Des passagers potentiels pour un voyage en voiture sur le Continent... Charmante maison ancienne à vendre... Hôtes payants... Enfants retardés... Chocolats faits maison... « *Julia. Jamais je n'oublierai. À toi pour la vie.* » Voilà qui correspondait mieux à ce qu'il cherchait. Il s'y attarda, mais passa outre. Mobilier Louis XV... Femme entre deux âges, pour aider à diriger un hôtel... « *Dans les ennuis jusqu'au cou. Impératif que je te voie. Viens à l'appartement à 16 h 30 sans faute. Notre code : Goliath.* »

Il entendit sonner alors qu'il enfilait son pardessus et vociférait : « Georges, un taxi ! » Et il émergea du salon au moment précis où son valet, ouvrant la porte palière, entrait en collision avec une Mrs Oliver survoltée. Le trio eut toutes les peines du monde à se désempêtrer dans l'étroit vestibule.

22

Son fourre-tout en bandoulière, Frances Cary bavardait avec l'amie qu'elle venait de rencontrer au coin de la rue tout en se dirigeant vers la lourde masse des Résidences Borodene.

— Vraiment, Frances, cet immeuble, ça doit donner l'impression de vivre en prison. C'est d'une gaieté !

— Alors là, pas du tout, Eileen. Je m'y sens comme un poisson dans l'eau. Les appartements sont archiconfortables, je t'assure, et en partager un avec Claudia est divin... elle est adorable et vous fiche une paix royale. Et elle a déniché une perle pour faire le ménage. La maison est parfaitement tenue.

— Et vous n'y êtes que deux ? Il me semblait pourtant que vous aviez une troisième fille ?

— Bah ! je crois qu'elle nous a laissé choir.

— Tu veux dire qu'elle ne peut plus payer sa part du loyer ?

— Oh ! non, ce n'est pas ça. Je crois plutôt qu'elle a suivi un jules quelconque.

Eileen se désintéressa de la question. Quelconques ou pas, les histoires de jules, on n'en voyait jamais le bout.

— Tu reviens d'où, là ?

— Manchester. Un vernissage. Gros succès.

— Tu vas vraiment à Vienne le mois prochain ?

— Oui, je crois. C'est quasiment décidé. Ça va être chouette comme tout.

— Ça ne serait pas atroce si des tableaux se faisaient chaparder ?

— Tu sais, ils sont tous assurés. Ceux qui ont de la valeur en tout cas.

— Et l'exposition de ton copain David, ça a marché ?

— Pas fantastique. Mais il a quand même eu une bonne critique dans *The Artist*, et ça, ça compte beaucoup.

Laissant son amie poursuivre seule son chemin jusqu'à sa petite maison dans les Mews voisins, Frances s'engouffra sous le porche des Résidences Borodene. Elle salua le portier, prit l'ascenseur jusqu'au sixième étage et s'engagea dans le corridor en fredonnant.

Elle mit la clé dans la serrure. Il n'y avait pas encore de lumière dans le petit hall. Claudia ne rentrerait pas du bureau avant une bonne heure et demie. Dans le salon dont la porte était entrouverte, en revanche, elle brillait déjà bel et bien !

— L'électricité est allumée, remarqua Frances à voix haute. C'est bizarre, ça !

Elle se débarrassa de son manteau, laissa tomber son fourre-tout, ouvrit en grand la porte du salon et entra...

Elle n'avait pas fait deux pas qu'elle s'arrêta net. Et elle ouvrit la bouche pour la refermer aussitôt. Elle se raidit, les yeux rivés sur la silhouette effondrée sur le plancher, puis les releva jusqu'au miroir mural qui lui renvoya son propre visage figé par l'horreur.

Alors seulement elle respira à fond. Sa brève paralysie envolée, elle renversa la tête en arrière et se mit à hurler. Trébuchant sur son fourre-tout en passant dans le hall, elle le chassa d'un coup de pied, se rua dans le corridor et s'en fut cogner frénétiquement à la porte de l'appartement à côté.

Une femme d'un certain âge vint lui ouvrir :

— Que diable se...

— Il y a quelqu'un qui est mort... quelqu'un qui est

mort. Et je crois que c'est quelqu'un que je connais... David Baker. Il est affalé sur le plancher... Je crois qu'il a été poignardé... il doit avoir été poignardé... Il y a du sang... du sang partout.

Elle s'effondra en sanglots hystériques. Miss Jacobs lui planta un verre dans la main :

— Restez là et buvez ça.

Frances obéit et but le breuvage à petites gorgées. Miss Jacobs sortit de chez elle, courut jusqu'à l'appartement voisin dont la porte était restée grande ouverte, traversa d'une enjambée le petit hall et s'arrêta sur le seuil du salon.

Elle n'était pas du genre à pousser des clameurs. Elle se contenta de rester sur le seuil, les lèvres hermétiquement closes.

Ce qu'elle avait sous les yeux tenait du cauchemar. Un garçon d'une grande beauté était étendu sur le sol, les bras en croix, ses longues boucles châtain lui cascadant jusqu'aux épaules. Il portait un gilet de velours rouge et sa chemise blanche était maculée de sang...

Avec un sursaut, elle se rendit également compte qu'un second personnage se trouvait dans la pièce. Une fille se tenait debout, plaquée dos au mur sous le gigantesque Arlequin qui semblait jaillir de son ciel peint.

Elle était vêtue d'une robe de lainage blanc et ses cheveux châtain clair lui tombaient librement de chaque côté du visage. À la main elle tenait un long couteau de cuisine.

Miss Jacobs la dévisagea d'un air hébété et elle dévisagea miss Jacobs d'un air peut-être plus hébété encore.

Puis, d'une voix lente et réfléchie, comme si elle répondait à une question qu'on ne sait qui lui aurait posée, elle articula :

— Oui, c'est moi qui l'ai tué... Le sang sur mes mains provient du couteau... Je suis allée dans la salle de bains pour les laver, mais, le sang qu'on a sur les mains, on ne peut jamais le faire disparaître, n'est-ce pas ? Et puis je suis revenue ici pour voir si c'était vraiment *vrai*... Et ça l'est... oui, ça l'est... Pauvre David... Mais j'imagine qu'il *fallait* que je le fasse.

Le choc força miss Jacobs à prononcer des mots incongrus dont elle mesura au fur et à mesure le grotesque :

— Ah bon ? Et pourquoi fallait-il que vous fassiez une chose pareille ?

— Je ne sais pas... Et pourtant, au fond, je crois que je le sais. Il était dans les ennuis jusqu'au cou. Il a souhaité me rencontrer ici... et je suis venue... Mais moi, je voulais me débarrasser de lui. Je voulais m'éloigner de lui. Je n'étais pas vraiment amoureuse de lui.

Elle posa soigneusement le couteau sur la table et s'assit sur une chaise :

— C'est redoutable, n'est-ce pas ? De haïr qui que ce soit... C'est redoutable parce qu'on ne sait jamais ce qu'on est capable de faire... Comme pour Louise... (Puis, avec plus de calme encore :) Vous ne croyez pas que vous feriez bien d'appeler la police ?

Obéissante, miss Jacobs composa le 999.

*

Ils étaient maintenant six dans la pièce sans compter l'Arlequin sur son mur. Des heures s'étaient écoulées. La police était venue et repartie.

Andrew Restarick avait tout de l'homme terrassé et répétait les mêmes mots : « Je ne peux pas y croire... Je ne peux pas y croire. » Appelé au téléphone, il était venu de son bureau, accompagné par Claudia Reece-Holland. Parfaite de sang-froid comme toujours, cette dernière n'avait depuis lors cessé de se rendre utile. Elle avait multiplié les coups de fil : à des avocats, à Crosshedges ainsi qu'à deux agences immobilières pour essayer de contacter Mary Restarick. Puis elle avait administré un calmant à Frances Cary et l'avait envoyée s'étendre.

Hercule Poirot et Mrs Oliver étaient assis côte à côte sur un canapé. Ils étaient arrivés ensemble en même temps que la police.

Le dernier à se présenter, après le départ de la police, avait été un homme aux cheveux grisonnants et aux manières affables, l'inspecteur principal Neele, qui avait salué Poirot d'un petit signe désinvolte de la tête avant d'être présenté à Andrew Restarick. Un grand rouquin planté depuis un bon moment devant la fenêtre s'absorbait dans la contemplation de la cour en contrebas.

Qu'est-ce qu'ils attendaient donc tous ? Mrs Oliver se posait la question depuis un bon moment. Le cadavre avait été emporté, les photographes et autres officiels avaient fait leur travail, et eux-mêmes, après avoir été parqués dans la chambre à coucher de Claudia, s'étaient vus réadmis au salon où ils s'étaient morfondus tandis qu'on guettait, supposait-elle, l'arrivée de l'homme de Scotland Yard.

— Si vous souhaitez que je me retire... hasarda-t-elle.

— Mrs Oliver, c'est bien ça ? Non, si vous n'y voyez pas d'objection, j'aimerais assez que vous restiez. Je sais que ça n'a pas dû être une partie de plaisir...

— Tout ça m'a semblé irréel.

Fermant les yeux, Mrs Oliver revit tout ce qui s'était passé depuis son arrivée à l'appartement. Le Paon, dont le cadavre si expressif l'avait fait songer à celui d'un comédien en scène. Et la fille... la fille s'était montrée différente... ce n'était plus la Norma un peu mocharde et mal dans sa peau dont elle avait fait la connaissance à Crosshedges... plus l'« Ophelia, le potentiel de sexualité en moins » que lui avait dépeinte Poirot... elle s'était muée en un personnage à la dignité tragique acceptant la malédiction qui scellait son destin.

Poirot avait demandé à donner deux coups de fil. Le premier, destiné à Scotland Yard, ne lui avait été autorisé qu'après que le sergent en place se fut livré à une tatillonne enquête téléphonique préliminaire.

Le détective avait alors été aiguillé jusqu'au téléphone placé dans la chambre de Claudia et à partir duquel il avait pu obtenir la communication après avoir refermé la porte sur lui.

Le sergent, qui n'en avait pas perdu ses soupçons pour autant, avait alors murmuré à son subordonné :

— Ils ont prétendu que c'était OK. Je me demande qui ça peut être. Ce zigoto a quand même une drôle d'allure.

— C'est encore un de ces étrangers, pas vrai ? Peut-être qu'il fait partie des Sections spéciales ?

— M'étonnerait. C'est à l'inspecteur principal Neele qu'il voulait causer.

L'assistant avait haussé les sourcils et réprimé un sifflement perplexe.

Après avoir passé ses coups de fil, Poirot avait rouvert la porte et fait signe de venir le rejoindre à une Mrs Oliver errant comme une âme en peine dans la cuisine. Et tous deux s'étaient assis côte à côte sur le lit de Claudia Reece-Holland.

— J'aimerais que nous puissions *faire* quelque chose, avait gémi Mrs Oliver, plus que jamais femme d'action.

— Patience, très chère madame.

— *Vous,* vous pouvez sûrement agir, non ?

— J'ai agi. J'ai téléphoné à toutes les personnes qu'il était nécessaire de prévenir. On ne peut rien faire de plus tant que la police n'aura pas terminé son enquête préliminaire.

— Qui avez-vous appelé après cet inspecteur ? Son père ? Est-ce qu'il ne pourrait pas venir verser une caution pour la faire libérer ou... je ne sais pas, moi ?

— Une libération sous caution après un meurtre ? Comme vous y allez ! avait ironisé Poirot. Quant à son père, la police l'a déjà prévenu. Ils avaient eu son numéro par Frances Cary.

— Où est-elle, celle-là ?

— En train de se rouler par terre dans l'appartement d'une voisine, une certaine miss Jacobs, d'après ce que j'ai compris. C'est elle qui a découvert le corps. Elle semble l'avoir mal supporté. Elle est sortie d'ici en hurlant.

— C'est celle qui joue les artistes, non ? Claudia n'aurait pas fait tant de manières.

— Je suis bien d'accord avec vous. C'est une fille qui... qui a vraiment les pieds sur terre.

— Alors, *qui* avez-vous appelé ?

— *Primo,* comme vous l'avez peut-être entendu, l'inspecteur principal Neele, de Scotland Yard.

— Est-ce que ses congénères et lui vont à leur tour venir fourrer leur nez dans l'affaire ?

— Ni ses congénères ni lui. Il se trouve seulement qu'il m'a fourni ces derniers temps quelques renseignements susceptibles de faire la lumière sur la question.

— Oh !... je vois... À qui d'autre encore avez-vous téléphoné ?

— Au Dr John Stillingfleet.

— Qui est cet hurluberlu ? Il va nous expliquer que cette pauvre Norma est maboule et ne peut s'empêcher de tuer amis et connaissances ?

— Ses titres lui permettraient éventuellement de témoigner en ce sens devant n'importe quel tribunal pour peu que le besoin s'en fasse sentir.

— Qu'est-ce qu'il peut bien savoir d'elle ?

— Énormément de choses, j'en suis persuadé. Il lui prodigue ses soins éclairés depuis le jour où vous m'avez signalé sa présence au *Merry Shamrock.*

— Qui l'a envoyée chez lui ?

Poirot avait souri :

— Moi. J'avais pris par téléphone certains arrangements avant de me rendre à l'adresse que vous m'aviez indiquée.

— Quoi ? Et pendant tout ce temps où j'étais tellement déçue par vous et où je vous sommais de faire quelque chose... vous aviez... vous aviez bel et bien fait quelque chose ? Et vous ne m'en avez jamais soufflé mot ! Vraiment, Poirot ! Pas un *mot* ! Comment avez-vous pu vous montrer si... si *infect* ?

— Ne montez pas sur vos grands chevaux, madame, je vous en conjure ! Ce que j'ai fait, je l'ai fait en estimant agir au mieux.

— C'est ce qu'on dit toujours quand on s'est rendu coupable d'une crasse particulièrement répugnante. Qu'est-ce que vous avez encore fait d'autre, pendant que nous y sommes ?

— Je me suis arrangé pour que son père fasse appel à mes services, ce qui m'a permis de prendre les mesures nécessaires à sa sécurité.

— À savoir ce Dr Stillingwater ?

— Stilling*fleet*. Oui.

— Et comment vous êtes-vous débrouillé pour obtenir ça ? Je n'aurais jamais cru qu'il était du genre à faire appel à un étranger.

— Je lui ai forcé la main. Je suis allé le trouver en arguant d'une lettre reçue de lui et me priant de le faire.

— Et il vous a cru ?

— Bien entendu. Je lui ai montré la lettre. Elle était tapée sur du papier à l'en-tête de sa firme et signée de son nom — encore que l'écriture, ainsi qu'il me l'a d'ailleurs fait remarquer, n'ait pas été la sienne.

— Vous voulez dire que vous aviez en fait écrit cette lettre vous-même ?

— Oui. J'avais fort justement jugé que ça éveillerait sa curiosité et lui donnerait l'envie de me voir. À partir de là, j'ai continué sur ma lancée.

— Vous lui avez annoncé ce que vous alliez manigancer avec ce Dr Stillingfleet ?

— Non. Ça, je ne l'ai dit à personne. Il y avait danger, comprenez-vous.

— Danger pour Norma ?

— Pour Norma, à moins que Norma n'ait été dangereuse pour une tierce personne. Depuis le début, il y avait toujours eu cette alternative. Les faits pouvaient signifier tout ou son contraire. La tentative d'empoisonnement sur la personne de Mrs Restarick n'était pas convaincante : elle était trop étalée dans le temps, ce n'était pas une tentative sérieuse de meurtre. Et puis il y avait une vague histoire de coup de feu tiré aux Résidences Borodene — ainsi qu'une affaire de couteau à cran d'arrêt et de taches de sang. Chaque fois que ces incidents se produisent, Norma ne sait rien, ne se souvient de rien, etc. Elle trouve de l'arsenic dans l'un ses tiroirs mais ne se rappelle pas l'avoir mis là. Elle affirme avoir des trous de mémoire, de longues périodes de blanc après lesquelles elle n'a aucune idée de ce qu'elle a pu faire. Ce qui nous amène à nous poser la question : est-ce que ce qu'elle nous raconte est *vrai,* ou bien est-ce que, pour une raison que nous ignorons, elle fabule ? Est-elle la victime potentielle d'un complot monstrueux jusqu'à la folie... ou bien n'est-ce pas plutôt elle-même qui mène le jeu ? Nous offre-t-elle sans le vouloir le spectacle d'une malheureuse qui souffre réellement de troubles mentaux, ou bien a-t-elle le meurtre en tête avec, pour sa défense, la notion de responsabilité atténuée ?

— Elle était différente, aujourd'hui, avait lentement murmuré Mrs Oliver. Vous avez remarqué ça ? *Très* différente. Plus du tout... plus du tout à côté de la plaque.

Poirot avait hoché la tête :

— Plus du tout Ophelia... et tout à fait Iphigénie.

Un certain remue-ménage, à la porte de l'appartement, avait soudain attiré leur attention à tous deux.

— Vous croyez que...

Mrs Oliver s'était interrompue. Poirot était allé à la fenêtre et avait regardé en bas, dans la cour. Une ambulance y était garée.

— Est-ce qu'ils sont en train de l'emporter ? avait chevroté Mrs Oliver. (Puis, dans un soudain élan de pitié :) Pauvre Paon !

— C'était un jeune homme en tous points détestable, avait rappelé Poirot.

— N'empêche qu'il était très décoratif... Et puis si *jeune.*

— Voilà qui semble désormais suffire à vous autres femmes, avait constaté Poirot.

Il venait d'entrebâiller prudemment d'un cran la porte de la chambre à coucher pour risquer un coup d'œil au-dehors.

— Excusez-moi, avait-il ajouté, si je dois vous quitter un instant.

— Où allez-vous ? l'avait aussitôt interrogé Mrs Oliver, soupçonneuse.

— J'avais toujours cru ce genre de question prohibé dans un pays si pudibond.

— Oh ! je vous demande pardon.

» Et le chemin qu'il prend, avait-elle soufflé *sotto voce* après son départ et l'œil à son tour vissé dans l'entrebâillement. Et le chemin qu'il prend, ce n'est *pas* celui des toilettes.

Elle était retournée à la fenêtre pour y observer le va-et-vient de la cour.

— Mr Restarick vient d'arriver en taxi, avait-elle annoncé à Poirot quand ce dernier avait réintégré sans bruit la chambre à coucher quelques minutes plus tard. Et Claudia l'accompagnait. Avez-vous pu vous faufiler jusqu'à la chambre de Norma ou Dieu sait où vous comptiez aller ?

— La chambre de Norma est occupée par la police.

— Quelle frustration pour vous ! Et qu'y a-t-il donc dans ce paquet noir que vous transportez comme si c'était le saint sacrement ?

Poirot lui avait renvoyé sa question :

— Et qu'y a-t-il donc dans ce sac de grosse toile orné de fresques de Persépolis ?

— Dans mon sac à provisions ? Rien que deux ou trois avocats pour mon déjeuner.

— En ce cas, si je puis me permettre, je vais vous confier ce paquet. Ne l'écrasez pas, ne le brutalisez pas, je vous en conjure.

— Qu'est-ce que c'est ?

— Quelque chose que j'espérais bien trouver... et que j'ai effectivement trouvé.

» Ah ! la situation commence à progresser, avait-il ajouté.

Il s'était référé à l'agitation croissante qui régnait depuis peu dans le reste de l'appartement. La voix de Mr Restarick, autoritaire et furibonde. Claudia, entrant dans sa chambre pour lancer des appels téléphoniques. Un coup d'œil furtif sur un sténographe de la police s'en allant recueillir le témoignage de Frances Cary dans l'appartement d'à côté. Une miss Jacobs dont nul ne semblait rien savoir. Des allées et venues de policiers en civil, et, en fin de compte, le départ de deux photographes avec armes et bagages.

Et puis, de façon tout à fait inattendue, la soudaine irruption dans la chambre de Claudia d'un grand gaillard dégingandé aux cheveux carotte.

Sans accorder la moindre attention à Mrs Oliver, il s'était adressé à Poirot :

— Qu'est-ce qu'elle a fait ? Commis un meurtre ? Qui est la victime ? Le petit copain ?

— Oui.

— Elle reconnaît les faits ?

— Il semble que oui.

— Ça ne me suffit pas. L'a-t-elle exprimé en termes explicites ?

— Je ne l'ai pas entendue le faire. Et je n'ai pas eu l'occasion de lui poser personnellement la moindre question.

Un policier avait passé la tête :

— Docteur Stillingfleet ? Le médecin légiste voudrait vous toucher un mot.

Le Dr Stillingfleet avait acquiescé et quitté la pièce.

— Alors, c'est ça, le Dr Stillingfleet, avait murmuré Mrs Oliver. (Puis, après un moment de réflexion :) Il n'a pas l'air de n'importe qui, dites-moi.

23

L'inspecteur principal Neele prit une feuille de papier posée devant lui sur la table et y porta quelques annotations. Puis son regard balaya les cinq autres personnes assemblées dans le salon. Son ton était tranchant et impersonnel :

— Miss Jacobs ?

Il regarda le policier debout près de la porte :

— Le sergent Conolly a recueilli sa déposition, je sais. Mais je voudrais néanmoins lui poser quelques questions à mon tour.

Miss Jacobs ne tarda pas à être introduite. Et Neele se leva courtoisement pour l'accueillir en lui serrant la main :

— Navré de vous importuner encore. Mais c'est cette fois à titre officieux. Je souhaite me faire une idée plus précise de ce que vous avez au juste vu et entendu. Je mesure à quel point cela a dû vous être pénible, mais...

— Pénible, non, décréta miss Jacobs en acceptant le fauteuil qu'il lui désignait. Ça a été un choc, bien entendu. Mais sans émotion aucune. Vous avez tout remis en ordre, à ce que je vois.

Il présuma qu'elle faisait allusion à l'enlèvement du cadavre.

Le regard critique de la digne personne effleura l'assemblée, trahissant un franc ébahissement en ce qui concerne Poirot (Seigneur Dieu, qu'est-ce que c'est que *ça ?)* et une curiosité mitigée en reconnaissant la célèbre romancière ; de la considération pour la nuque du Dr Stillingfleet, de la connivence à l'adresse de sa voisine Claudia et, en fin de parcours, de la compassion qu'elle décida tout aussitôt d'expliciter à Andrew Restarick :

— Vous devez être le père de la jeune fille. Rien ne vous servirait de recevoir les condoléances d'une totale étrangère. Passons-les donc sous silence. C'est un bien triste monde que celui dans lequel nous vivons aujourd'hui... du moins me semble-t-il. Les filles font trop d'études, de nos jours, voilà le fond de ma pensée. (Puis, sérieuse comme un pape, elle se tourna vers Neele :) Oui ? Je vous écoute.

— J'aimerais, miss Jacobs, que vous me disiez le plus simplement du monde ce que vous avez vu et entendu.

— Je crains que cela ne varie peu d'avec ce que j'ai pu dire précédemment, déclara miss Jacobs suscitant ainsi une certaine stupeur. Ainsi va le monde, voyez-vous. Chacun essaie de fournir une description aussi rigoureuse que possible et utilise, pour ce faire, plus de mots qu'il ne serait souhaitable. On n'en est, à mon avis, pas plus fiable pour autant. Je crois qu'on en arrive, hélas ! inconsciemment à ajouter des détails qu'on estime avoir pu entrevoir, ou dont on juge qu'on aurait dû les entrevoir... ou les entendre. Mais je vais faire de mon mieux.

» Cela a commencé par des hurlements. J'ai tout de suite sursauté. Je me suis dit que quelqu'un avait dû être blessé. Et je me dirigeais déjà vers ma porte quand quelqu'un s'est mis à tambouriner au battant tout en continuant à hurler. J'ai ouvert et vu qu'il s'agissait d'une de mes voisines immédiates : une des trois filles qui se partagent le 67. Je ne la connais que de vue, et regrette donc de pas pouvoir vous dire son nom.

— Frances Cary, lui souffla Claudia.

— Elle était incohérente et balbutiait des mots sans suite à propos de quelqu'un qui était mort... quelqu'un qu'elle connaissait... David Je-ne-sais-quoi... je n'ai pas saisi le nom de famille. Elle sanglotait et tremblait comme une feuille. Je l'ai fait entrer, lui ai donné un cognac et suis venue juger de la situation par moi-même.

Chacun put se convaincre que, quelles que puissent être les circonstances, c'était ainsi que miss Jacobs invariablement agirait :

— Vous savez ce que j'ai trouvé. Faut-il que je vous le décrive ?

— En termes brefs, si vous le voulez bien.

— Un jeune homme, un de ces jeunes gens modernes... vêtements tapageurs et cheveux longs. Il était écroulé sur le sol et visiblement mort. Sa chemise était raidie par le sang.

Stillingfleet s'agita. Tournant la tête, il regarda fixement miss Jacobs qui poursuivit :

— Et puis je me suis ensuite rendu compte qu'il y avait une jeune fille dans la pièce. Elle avait à la main un couteau de cuisine. Elle semblait parfaitement calme et maîtresse d'elle-même... c'était étrange au possible.

Stillingfleet s'enquit :

— Elle a dit quelque chose ?

— Oui, qu'elle avait du sang sur les mains et qu'elle était allée dans la salle de bains pour les laver... et puis elle a ajouté : « Mais le sang qu'on a sur les mains, on ne peut jamais le faire disparaître. »

— *Va-t'en, tache maudite,* en somme ?

— Je ne peux pas dire qu'elle m'ait particulièrement rappelée lady Macbeth. Elle était... — comment formuler cela ? — parfaitement impassible. Elle a soigneusement posé le couteau sur la table et s'est assise sur une chaise.

— Qu'a-t-elle dit d'autre ? demanda l'inspecteur Neele en déchiffrant un gribouillis sur sa feuille.

— Elle a fait une sorte de commentaire sur la haine. Sur le fait que c'était redoutable de haïr qui que ce soit.

— Elle a également parlé du « pauvre David »,

n'est-ce pas ? C'est du moins ce que vous avez déclaré au sergent Conolly. Et du fait qu'elle voulait se débarrasser de lui, s'éloigner de lui.

— J'avais oublié. Oui, c'est exact. Et elle a signalé qu'il avait souhaité la rencontrer ici et qu'elle y était venue... et puis elle a également dit quelque chose à propos de Louise.

— Qu'a-t-elle dit à propos de Louise ?

C'était Poirot qui, brusquement penché en avant, avait posé la question. Miss Jacobs lui répondit à contrecœur :

— Rien, en fait, elle s'est contentée de mentionner son nom : « Comme pour Louise », et puis elle s'est interrompue. Et c'est juste après qu'elle a parlé du fait qu'il était redoutable de haïr les gens.

— Et ensuite ?

— Elle m'a demandé, avec le plus grand calme, si je ne croyais pas qu'il serait bon que j'appelle la police. Ce que j'ai fait. Et nous sommes restées là jusqu'à son arrivée. J'estimais qu'il serait malavisé que je m'éloigne. Nous n'avons plus échangé un mot. Elle paraissait plongée dans ses pensées, et moi... eh bien, très franchement, je ne savais plus quoi dire.

— Vous avez donc pu vous rendre compte qu'elle présentait des troubles du comportement, n'est-ce pas ? intervint Andrew Restarick. Vous avez été à même de constater que la pauvre enfant ne savait ni ce qu'elle avait fait ni pourquoi elle l'avait fait ?

C'était là une plaidoirie... avec l'espoir au bout du chemin.

— Si c'est un signe de troubles du comportement que d'apparaître parfaitement calme et maître de soi après avoir commis un meurtre, alors j'en tomberai d'accord avec vous.

Le ton de miss Jacobs indiquait sans la moindre équivoque que, d'accord, elle ne l'était pas du tout.

Stillingfleet revint à la charge :

— Miss Jacobs, a-t-elle à un moment quelconque admis qu'elle l'avait tué ?

— Oui, bien sûr. J'aurais dû le mentionner plus

tôt... C'est la toute première chose qu'elle ait dite. Comme si elle répondait à une question que je lui aurais posée. Elle a articulé : « Oui, c'est moi qui l'ai tué. » Et elle a continué en expliquant qu'elle avait essayé de se laver les mains.

Restarick poussa un gémissement et Claudia lui tapota gentiment l'avant-bras.

Poirot reprit la parole :

— Miss Jacobs, vous nous avez dit que cette jeune fille avait posé son couteau sur la table. Étiez-vous à proximité ? L'avez-vous vu de manière très nette ? Donnait-il l'impression d'avoir été lavé ?

Miss Jacobs parut hésiter sur la conduite à tenir et se tourna vers l'inspecteur principal comme pour réclamer son arbitrage. Il était manifeste qu'elle jugeait intolérable l'intervention de cet amateur — étranger de surcroît ! — qui venait se mêler de ce qui ne le regardait pas.

— Peut-être serez-vous assez aimable pour répondre à cette question ? lui suggéra Neele.

— Non... je ne pense pas que le couteau ait été essuyé ou lavé. Il était tout entier maculé d'une substance épaisse et poisseuse.

— Ah ! fit Poirot en se renversant contre le dossier de son siège.

— J'aurais pourtant pensé que vous sauriez tout sur ce couteau, s'offusqua miss Jacobs en foudroyant Neele du regard. Ne l'auriez-vous donc pas fait examiner par vos techniciens de la police ? Dans la négative, vous me sembleriez coupable d'un laxisme inqualifiable.

— Bien sûr que si, la police l'a examiné, se défendit Neele. Mais nous... euh... nous aimons voir nos conclusions corroborées par nos témoins.

Elle lui lança un nouveau regard — le regard, cette fois, de celle à qui on ne la fait pas :

— Ce que vous entendez par là, m'est avis, c'est que vous aimez à mesurer la valeur des observations de vos témoins. À vous faire une idée de ce qu'ils inventent, de ce qu'ils ont réellement vu ou de ce qu'ils pensent avoir vu.

Il ne put retenir un sourire :

— Je ne suis pas effleuré par le doute en ce qui vous concerne, miss Jacobs. Vous ferez à la barre un excellent témoin.

— Je n'en tirerai aucun plaisir. Mais c'est là, j'imagine, le genre d'épreuve qu'on doit être prêt à subir sans le moindre état d'âme.

— Tout à fait d'accord avec vous. Merci, miss Jacobs. (Neele regarda à la ronde :) Plus de questions ?

Poirot fit signe que si. Miss Jacobs s'arrêta avant le seuil, mécontente :

— Oui ?

— Quand a été évoquée cette dénommée Louise... avez-vous compris à qui la jeune fille faisait allusion ?

— Comment l'aurais-je pu ?

— N'est-il pas envisageable qu'il se soit agi de Mrs Louise Charpentier ? Vous connaissiez Mrs Charpentier, n'est-ce pas ?

— Absolument pas.

— Vous deviez quand même bien savoir qu'elle s'était récemment jetée par la fenêtre de son appartement situé dans cet immeuble ?

— Ça, je l'ai su, cela va sans dire. Mais ce que je ne savais pas, c'est son prénom. D'autre part, je n'ai jamais eu le moindre rapport avec elle.

— Et sans doute n'avez-vous jamais souhaité en avoir ?

— Cette personne étant morte, je m'interdis de faire une telle déclaration. Mais cela ne m'empêchera pas d'admettre que c'est en effet exact. C'était une locataire des plus indésirables et nous avons été plusieurs à nous en plaindre souvent auprès du gérant.

— Quels étaient au juste vos griefs ?

— À parler franc, cette femme buvait. Son appartement était situé au-dessus du mien et ce n'était qu'orgies continuelles avec bouteilles brisées, meubles renversés, cris, chants et allées et venues jusqu'au petit matin.

— Sans doute était-ce une créature solitaire, suggéra Poirot.

— Elle donnait plutôt l'impression du contraire, grinça miss Jacobs. J'ai souligné dans ma déposition première qu'elle se faisait des montagnes sur son état de santé. C'était là pure imagination de sa part. Il semble avoir été prouvé qu'elle n'avait rien du tout.

Ayant ainsi définitivement réglé son compte à feue Mrs Charpentier, miss Jacobs se retira.

Poirot reporta son intérêt sur Andrew Restarick :

— N'ai-je pas raison de penser, Mr Restarick, que vous avez un temps été très proche de Mrs Charpentier ?

Restarick ne répondit pas tout de suite. Mais il ne tarda pas à pousser un profond soupir :

— Si. Il fut en effet un temps, il y a de nombreuses années de cela, où je l'ai connue de fort près... Mais pas sous le nom de Charpentier, je tiens à le souligner. Elle s'appelait Birell, Louise Birell, quand j'ai fait sa connaissance.

— Et vous étiez alors... euh... amoureux d'elle !

— Oui, j'en étais amoureux... Amoureux à en perdre la tête ! C'est pour elle que j'ai abandonné ma femme. Nous sommes partis pour l'Afrique du Sud. Hélas ! au bout d'un an à peine, nous ne pouvions plus nous supporter. Elle est retournée en Angleterre. Et je n'ai plus jamais entendu parler d'elle. Je n'ai même jamais su ce qu'elle était devenue.

— Et votre fille ? Elle aussi, elle avait connu Louise Birell ?

— Pas au point de s'en souvenir, en tout cas. Une enfant de 5 ans !

— Mais elle l'avait connue ? insista Poirot.

— Oui, admit lentement Restarick. Elle avait connu Louise. Ce qui revient à avouer que j'amenais Louise à la maison. Elle jouait souvent avec la petite.

— Il n'est donc pas à exclure que votre fille ait pu

en garder un souvenir très net, même après tout ce temps ?

— Je n'en sais rien. Je n'en sais tout bonnement rien. Je ne sais pas à quoi Louise ressemblait maintenant. Je ne sais pas à quel point elle avait pu changer. Comme je vous l'ai dit, je ne l'ai plus jamais revue.

— Mais vous avez néanmoins eu de ses nouvelles, n'est-ce pas, Mr Restarick ? susurra Poirot. Je veux dire... vous en avez eu depuis votre retour en Angleterre ?

De nouveau il y eut un silence, bientôt suivi d'un soupir à fendre l'âme :

— Oui... j'ai bien eu de ses nouvelles... murmura Restarick. (Puis, dans un subit élan de curiosité, il interrogea :) Comment avez-vous su ça, monsieur Poirot ?

Poirot sortit de sa poche une feuille de papier qu'il déplia soigneusement avant de la lui tendre.

Sourcils quelque peu froncés, Restarick la parcourut des yeux :

Andy chéri,

J'ai appris par la presse que tu es de retour. Il faut qu'on se revoie. Nous confronterons nos journaux de bord et nous confierons nos incartades respectives commises au cours de toutes ces années...

Le texte s'interrompait là pour repartir sur un tout autre ton :

Andy... Devine qui t'écrit ! Louise. Ne viens pas me dire que tu m'as oubliée !...

Autre interruption, suivie de deux variantes :

Mon cher Andy,

Comme tu le constateras d'après l'en-tête de cette lettre, j'habite le même immeuble que ta secrétaire. Le monde est petit, non ? Il faut qu'on se voie. Peux-tu venir prendre un verre lundi ou mardi de la semaine prochaine ?...

Andy, mon trésor, il faut que je te revoie... Personne d'autre que toi n'a jamais compté pour moi... Tu ne m'as pas vraiment oubliée toi non plus, n'est-ce pas ?...

— Comment vous êtes-vous procuré ça ? s'enquit avec curiosité Restarick.

— Cette feuille de brouillons de lettres ? Par le biais d'une amie, qui elle-même l'avait vue atterrir à ses pieds via un camion de déménagement, lui répondit Poirot en échangeant un sourire avec Mrs Oliver.

Restarick la dévisagea sans aménité aucune.

— Je n'y suis pas pour grand-chose, se défendit Mrs Oliver qui avait parfaitement interprété le regard de l'homme d'affaires. J'imagine que c'était *son* mobilier qu'on emportait, et les déménageurs ont laissé choir un bonheur-du-jour dont un des tiroirs s'est fracassé et une feuille s'en est venue voler dans mes pieds et je l'ai alors ramassée pour essayer de la leur rendre, mais ils étaient d'une humeur de dogue et n'ont rien voulu savoir, ce qui fait que je l'ai enfouie dans ma poche sans plus y penser. Et je ne suis plus non plus retournée y voir jusqu'à cet après-midi, quand j'ai décidé d'inspecter mon manteau avant de l'envoyer chez le teinturier. Ce n'est donc pas vraiment ma faute.

Elle s'interrompit, hors d'haleine.

— Est-ce qu'elle vous a finalement envoyé une lettre ? demanda Poirot.

— Oui... elle l'a fait... à partir d'une des versions les plus conventionnelles ! Je n'y ai pas répondu. J'avais trouvé plus sage de m'abstenir.

— Vous ne vouliez plus la revoir ?

— C'était la dernière personne que j'avais envie de revoir ! Ç'avait été une femme difficile... toujours et en toutes circonstances. Et puis il m'était revenu des racontars à son sujet... *primo*, le fait que c'était devenu une alcoolique. Et puis... d'autres choses déplaisantes encore.

— Sa lettre, vous l'avez gardée ?

— Non, je l'avais tout de suite déchirée !

Le Dr Stillingfleet intervint avec une question abrupte :

— Votre fille vous a-t-elle jamais parlé d'elle ?

Restarick parut peu enclin à répondre. Le Dr Stillingfleet le pressa :

— Si tel était bien le cas, ça pourrait constituer un élément significatif.

— Oh ! vous les médecins ! Oui, elle y a fait allusion une fois.

— Que vous a-t-elle dit au juste ?

— Un beau matin, elle m'a annoncé tout à trac : « L'autre jour, j'ai vu Louise. » J'ai failli tomber à la renverse. Je lui ai demandé où ça s'était passé et elle m'a répondu : « À la cafétéria de la Résidence. » Ne sachant plus où me mettre, je lui ai dit : « Je n'aurais jamais imaginé que tu te souviendrais d'elle. » À quoi elle m'a rétorqué : « Je ne l'ai jamais oubliée. Bien que j'eusse préféré de beaucoup qu'elle s'abstînt, maman n'a jamais cessé de me rafraîchir la mémoire. »

— Oui, commenta le Dr Stillingfleet. Je crois bien que nous tenons là un élément significatif.

— Et vous, mademoiselle, interrogea Poirot en se tournant brusquement vers Claudia, est-ce que Norma vous a jamais parlé de Louise Carpenter ?

— Oui... et ça s'est passé sitôt après le suicide. Elle m'a dit que c'était une « mauvaise femme ». Et elle l'a fait d'une manière et sur un ton extrêmement puérils, si vous voyez ce que j'entends par là.

— Vous-même, vous étiez à la Résidence, le soir où... ou plus exactement tôt le matin, quand Mrs Carpenter s'est suicidée ?

— Je n'avais pas passé la nuit là, non ! Je n'étais pas en ville. Je me rappelle être rentrée le lendemain et l'avoir appris en arrivant. (Elle se tourna à demi vers Restarick :) Vous vous souvenez ? C'était le 23. J'étais partie pour Liverpool.

— Oui, bien sûr. Vous me représentiez au conseil d'administration de la Hever.

— Mais Norma avait couché là ? insista Poirot.

— Oui.

Après son acquiescement, Claudia parut gênée.

— Claudia ?

Restarick lui posa la main sur le bras :

— Qu'est-ce que vous savez au juste sur Norma ? Il y a quelque chose. Quelque chose que vous nous taisez.

— Mais rien, voyons ! Qu'est-ce que je peux bien être censée savoir sur son compte ?

— Vous estimez qu'elle a perdu les pédales, n'est-ce pas ? intervint le Dr Stillingfleet sur le ton de la conversation. C'est aussi ce que pense votre copine aux cheveux noirs. Et ce que vous pensez *vous aussi*, fit-il en pivotant vers Restarick. Tous autant que nous sommes, nous nous comportons en gens de bonne compagnie, nous évitons le sujet et pourtant nous pensons tous la même chose ! Avec une exception notable : notre inspecteur principal. Lui, il n'a pas d'idée préconçue. Il compte les points : folle irresponsable ou meurtrière convaincue. Qu'en est-il de *vous*, madame ?

— Moi ? sursauta Mrs Oliver. Je... je ne sais pas.

— Vous réservez votre jugement ? Je ne vous en blâme pas. Le cas est difficile. En gros, les gens sont tous d'accord. Ils usent de termes différents, c'est tout. Une araignée au plafond. Timbrée. Travaille du chapeau. Dingue. Ondule de la toiture. Hystérique. Maboule. Et j'en passe. Est-il *une seule personne* pour estimer qu'elle n'est pas zinzin ?

— Miss Battersby, signala Poirot.

— Qui diable est miss Battersby ?

— Une directrice de collège.

— Si jamais j'ai une fille, je l'enverrai chez elle... Bon, moi, il va de soi que je joue dans une tout autre catégorie. Moi, je *sais*. Je sais tout sur cette fille !

Le père de Norma le fixa, les yeux hors de la tête.

— Qui est cet individu ? demanda-t-il à Neele. Que veut-il dire au juste quand il prétend tout savoir de ma fille ?

— Si j'en sais long sur son compte, répliqua Stillingfleet, c'est pour l'excellente raison qu'elle est restée placée sous ma responsabilité de professionnel tout au long de ces dix derniers jours.

— Le Dr Stillingfleet, expliqua l'inspecteur principal Neele, est un psychiatre de réputation internationale.

— Et comment a-t-elle pu tomber entre vos pattes sans que personne n'ait songé à me demander mon autorisation préalable ?

— Alors, là, interrogez Belles Bacchantes ici présent, rétorqua le Dr Stillingfleet avec une petite courbette en direction de Poirot.

— *Vous... vous...*

Si grande était la fureur de Restarick qu'il s'en étranglait.

Poirot, en revanche, se montra d'un calme olympien :

— Vous m'aviez signifié ma tâche. Vous m'aviez chargé de vous retrouver votre fille et de veiller à sa sécurité. Je vous l'ai retrouvée... et je suis parvenu à intéresser le Dr Stillingfleet à son cas. Elle se trouvait en danger, Mr Restarick, en très grave danger.

— Elle pouvait difficilement l'être autant que maintenant ! Arrêtée sous inculpation de meurtre !

— Techniquement, elle n'est pas encore inculpée, ronronna l'inspecteur principal.

Lequel poursuivit sur un tout autre ton :

— Dr Stillingfleet, dois-je comprendre que vous êtes prêt à nous livrer votre avis de spécialiste sur l'état mental de miss Restarick et sur son aptitude à évaluer la nature et la portée de ses actes ?

— Je pense que nous pouvons garder pour le prétoire les résultats d'expertise, répondit Stillingfleet. Ce que vous voulez savoir dès à présent, c'est tout bonnement si cette fille est folle à lier ou pas. Eh bien, d'accord, je vais vous le dire. *Elle a toute sa raison.* Elle est aussi saine d'esprit que n'importe lequel d'entre vous !

24

Tous ouvrirent des yeux comme des soucoupes.

— Vous ne vous attendiez pas à ça, hein ?

— Vous vous trompez, fulmina Restarick. Cette fille *ne sait même pas ce qu'elle a fait*. Elle est innocente... innocente comme l'enfant qui vient de naître. Elle ne peut pas être tenue pour responsable d'un meurtre qu'elle ne sait même pas qu'elle a commis.

— Vous me laissez le crachoir pour le moment, d'accord ? Je sais de quoi je parle, moi. Vous pas. Cette fille est saine d'esprit et responsable du moindre de ses actes. Dans quelques minutes, nous l'appellerons pour lui permettre de s'exprimer. Elle est jusqu'à présent la seule à n'avoir pas pu plaider sa propre cause ! Hé oui, la police la retient encore ici — bouclée à double tour dans sa chambre en compagnie d'une auxiliaire féminine. Mais avant que nous lui posions deux ou trois questions, j'ai à vous signaler un certain nombre de données dont vous pourrez faire votre profit.

» Quand cette fille m'a été confiée, *elle suait la drogue par tous les pores de sa peau.*

— Oui, et c'est *lui*, ce misérable dégénéré, qui la lui fournissait ! hurla Restarick.

— Que ce soit lui qui l'y ait initiée, ça ne fait pas de doute.

— Dieu soit loué ! s'exalta Restarick. Dieu soit loué pour ce miracle !

— Pour quel miracle au juste louez-vous donc si fort Dieu ?

— J'avais mal saisi le sens de votre discours. Quand vous avez monté en épingle sa parfaite santé mentale, j'ai cru que vous envisagiez du même coup de la jeter aux lions. Je vous ai mal jugé. Mais je suis maintenant d'accord avec vous. C'est sous l'empire de la drogue qu'elle a pu commettre des actes qu'elle n'aurait jamais commis spontanément, comme c'est le perpétuel abrutissement de la drogue qui les lui a fait oublier.

Spillingfleet haussa la voix :

— Si vous me laissiez parler, moi, au lieu de nous infliger votre délire verbal et votre prétention à tout savoir, nous pourrions sans doute progresser à grands pas. Avant tout, Norma *n'est pas une toxicomane.* Vous ne relèverez sur elle aucune trace de piqûre. Elle ne pratique pas la reniflette. Quelqu'un — peut-être ce garçon, peut-être quelqu'un d'autre — lui administrait de la drogue à son insu. Pas un simple mélange barbituré comme il est de bon ton d'en prendre aujourd'hui, non. Un assez fascinant cocktail de drogues variées : du LSD, qui vous plonge dans des séquences de rêves d'une extrême précision dans le détail et qui peuvent aller de la franche gaieté au plus affreux cauchemar ; du cannabis, qui provoque une distorsion du facteur temps, de telle sorte que la malheureuse en vienne à croire que tel événement s'est déroulé en une heure au lieu de quelques brèves minutes ; et puis tout un tas d'autres substances aux vertus fort curieuses et dont je me garderai bien de vous révéler les noms. Quelqu'un qui en savait long sur les drogues et leurs effets s'est donc appliqué à lui faire perdre complètement les pédales. Euphorisants, excitants, calmants, toute la panoplie a joué son rôle dans l'abrutissement de cette petite, dans son asservissement qui devait l'amener à se voir elle-même dans la peau d'une autre personne.

— C'est ce que je me tue à répéter ! l'interrompit

Restarick. Norma n'est pas responsable ! Quelqu'un l'hypnotisait pour lui faire commettre ces abominations.

— Vous n'y êtes toujours pas ! Personne n'aurait pu contraindre votre fille à faire *ce contre quoi s'opposait sa propre volonté* ! Ce qu'en revanche il leur était loisible, c'était de la *persuader* qu'elle l'avait bel et bien fait. Et maintenant nous allons l'accueillir et l'amener à comprendre ce qui lui est arrivé.

Il jeta un coup d'œil interrogateur à l'inspecteur Neele, qui acquiesça.

Tout en se dirigeant vers la porte, Stillingfleet tourna la tête pour s'adresser à Claudia :

— Où avez-vous fourré l'autre fille, celle que vous êtes allée chercher chez miss Jacobs et à qui vous avez administré un calmant ? Au fond de son lit dans sa chambre ? Vous feriez bien d'aller la secouer et de vous débrouiller pour l'amener elle aussi. Nous allons avoir besoin de l'aide de tout le monde.

Claudia le suivit hors du salon.

Stillingfleet ne tarda pas à revenir, poussant devant lui Norma et lui prodiguant des encouragements :

— Voilà... on est une grande fille... Personne ne va vous mordre... Asseyez-vous là.

Elle obtempéra. Sa docilité était encore assez effrayante.

La mine outrée, l'auxiliaire de la police resta à se balancer d'un pied sur l'autre devant la porte.

— Tout ce que je vous demande, c'est de nous dire la vérité. Ce n'est pas aussi difficile que vous le pensez.

Claudia entra à son tour avec Frances Cary. Cette dernière bâillait à fendre l'âme. Ses cheveux noirs, tombant comme un rideau, lui cachaient à demi la bouche et la majeure partie du visage tandis qu'elle continuait de bâiller éperdument.

— Il vous faudrait un dopant, lui fit remarquer Stillingfleet.

— Tout ce que je souhaite, c'est qu'on me

laisse retourner dormir, marmonna-t-elle d'une voix épaisse.

— Personne ici n'aura le loisir de fermer l'œil avant que je n'en aie terminé avec vous tous ! Et maintenant, Norma, vous allez répondre à mes questions... Cette femme qui habite la porte à côté nous a déclaré que vous reconnaissiez avoir tué David Baker. C'est exact ?

Docile, la jeune fille répondit :

— Oui, c'est vrai. J'ai tué David.

— Vous l'avez poignardé ?

— Oui.

— Comment le savez-vous ?

Elle parut quelque peu désarçonnée :

— Je ne comprends pas ce que vous dites. Il était affalé là, sur le plancher... mort.

— Où était le couteau ?

— Dans ma main. Je l'avais ramassé.

— Il y avait du sang, dessus ?

— Oui. Et aussi sur sa chemise.

— Comment était-il... ce sang sur le couteau ? Ce sang que vous aviez sur les mains et que vous avez voulu faire disparaître... Encore frais ? Ou évoquant davantage la gelée de groseille ?

— Plutôt comme la gelée de groseille... poisseux. (Elle frissonna :) Il a fallu que j'aille me laver les mains.

— Excellent réflexe. Eh bien, tout collait à merveille. La victime, en compagnie de son assassin — vous, en l'occurrence —, l'arme du crime à la main. Mais vous revoyez-vous effectivement *en train de le commettre,* votre meurtre ?

— Non... *Ça,* je ne m'en souviens pas... Mais j'ai pourtant bien dû le faire... Forcément, vous ne croyez pas ?

— Ce n'est pas à moi qu'il faut demander ça ! Je n'y étais pas. Que vous ayez tué, c'est vous qui le dites. Mais il y a également eu un autre meurtre avant celui-ci, n'est-ce pas ? Un meurtre assez nettement antérieur.

— Vous voulez dire... celui de Louise ?

— Oui. Celui de Louise... Quand avez-vous pour la toute première fois songé à la tuer ?

— Il y a des années. Oh ! des années.

— Quand vous n'étiez qu'une gamine ?

— Oui.

— Il vous a vraiment fallu attendre un bail, non ?

— J'avais même complètement oublié que je voulais le faire.

— Jusqu'à ce que vous la rencontriez et la reconnaissiez ?

— Oui.

— Quand vous étiez gamine, vous la haïssiez. Pourquoi ?

— Parce qu'elle nous avait pris papa... mon père.

— Et que ça avait rendu votre mère malheureuse ?

— Ma mère haïssait Louise. Elle disait que c'était une mauvaise femme, une garce.

— Elle en parlait beaucoup, j'imagine ?

— Oui. J'aurais préféré qu'elle se taise... Je ne voulais pas entendre tout le temps parler d'elle.

— Ça devait être monotone, je comprends ça. La haine, ce n'est pas créatif. Quand vous l'avez revue, est-ce que vous avez *réellement* eu envie de la tuer ?

Norma parut réfléchir. Une lueur d'intérêt lui éclaira le visage :

— Comment dire ?... Non, pas vraiment... Ça semblait si loin, tout ça. Je n'arrivais pas à m'imaginer... C'est pour ça qu'après...

— C'est pour ça qu'après, vous n'étiez pas sûre de l'avoir bel et bien fait ?

— Oui. J'étais travaillée par l'idée folle que je ne l'avais *pas tuée du tout*. Que ça n'avait été qu'un mauvais rêve. Qu'elle s'était peut-être tout bonnement jetée elle-même par la fenêtre.

— Eh bien... pourquoi ne pas l'admettre et en rester là ?

— Parce que je savais que je l'avais fait... Parce

que je... parce que j'avais *dit* que c'était moi qui l'avais fait.

— Vous aviez dit que c'était *vous* qui l'aviez fait ? À qui aviez-vous dit ça ?

Norma secoua la tête :

— Je ne dois pas... C'était quelqu'un qui essayait d'être gentil... de m'aider. Elle m'avait juré qu'elle ferait comme si elle n'était au courant de rien.

Elle poursuivit et, son agitation allant croissant, les mots se pressèrent de plus en plus vite entre ses lèvres :

— J'étais devant la porte de Louise, la porte du 76, je venais juste d'en sortir. J'avais l'impression d'avoir marché dans mon sommeil. On m'a dit... elle m'a dit... elle m'a dit qu'il y avait eu un accident. En bas, dans la cour. Que ça n'avait rien à voir avec moi... rien à voir avec moi. Ça, elle me l'a répété. Et puis que personne ne le saurait jamais... Et moi, je n'arrivais pas à me souvenir de ce que j'avais fait... mais il y avait ce machin dans ma main...

— Ce machin ? Quel machin ? Vous voulez dire du *sang* ?

— Non, pas du sang... un morceau de rideau déchiré. Quand je l'ai poussée par la fenêtre.

— Vous vous rappelez l'avoir poussée, n'est-ce pas ?

— Non, non. C'est ça qui était tellement atroce. Je n'avais gardé aucun souvenir de *rien*. C'est pour ça qu'il me restait une lueur d'espoir. C'est pour ça que je suis allée... (Elle se tourna vers Poirot :) C'est pour ça que je suis allée le trouver, *lui*... (Elle refit face à Stillingfleet :) Je ne me suis jamais souvenue des horreurs que j'ai pu commettre, d'aucune. Mais je me suis pourtant mise à avoir de plus en plus peur. Parce qu'il y avait de plus en plus de blancs dans mon emploi du temps... des blancs absolus... des heures entières dont je ne me rappelais rien, qui s'étaient écoulées sans que je sache où j'avais pu aller ni ce que j'avais pu y faire. Et puis je me suis mise à trouver des choses — des choses que j'avais bien dû cacher moi-même. Mary avait été empoisonnée par *moi*, c'était l'hôpital qui s'était aperçu que quelqu'un lui donnait du poison. *Et c'est à ce moment-là que j'ai retrouvé le désherbant que j'avais caché dans un de mes tiroirs.* À l'appartement, ici, ç'a été un couteau à cran d'arrêt. Et puis un revolver, dont je n'ai jamais pu me rappeler quand je l'avais acheté ! Oui, c'est vrai, j'ai tué des gens, mais je n'ai jamais gardé après le *souvenir* de les avoir tués, ce qui fait que je ne suis pas vraiment une meurtrière... je suis tout juste... *une folle* ! J'ai enfin compris ça. Je suis folle et je n'y peux rien. On ne peut pas vous en vouloir de ce que vous faites à partir du moment où vous êtes fou. Si j'ai pu venir ici et aller jusqu'à tuer *David*, ça *prouve bien* que je suis folle, non ?

— Être folle, ça vous plairait beaucoup ?

— Je... oui, je crois.

— Si l'idée vous séduit tant que ça, pourquoi avoir confessé à quelqu'un que vous aviez tué une femme en la poussant par la fenêtre ? D'ailleurs, à qui l'avez-vous dit, au fait ?

Norma tourna la tête et eut un instant d'hésitation. Puis elle leva la main et pointa un doigt :

— À Claudia.

— Ça, ce n'est absolument pas vrai. (Claudia lui lança un regard mauvais :) Jamais tu ne m'as dit une chose pareille !

— Si, je te l'ai dit ! Si !

— Quand ça ? Où ça ?

— Je... je ne sais plus.

— Elle m'a raconté qu'elle s'était entièrement confessée à toi, marmonna Frances d'une voix toujours aussi pâteuse. Franchement, je me suis aussitôt dit qu'elle sombrait dans la folie furieuse et qu'elle fabulait à perte de vue.

Stillingfleet porta son regard vers Poirot :

— Il se pourrait en effet qu'elle invente tout ça, commenta-t-il avec impartialité. Pas mal de détails plaident en faveur de cette solution. Mais si tel était bien le cas, il n'en faudrait pas moins que nous découvrions le mobile — un mobile très puissant — qui lui aurait fait désirer à ce point la mort de ces deux personnes, Louise Carpenter et David Baker. Une haine remontant à l'enfance ? Oubliée depuis des années ? Absurde. David... rien que pour « se débarrasser de lui » ? Ce n'est pas pour ce genre de bêtises que les filles tuent aujourd'hui. Il nous faut de meilleurs motifs que ça. Une somme d'argent à tomber à la renverse, ça oui ! L'appât du gain !

Il regarda autour de lui, et son ton se fit plus conventionnel et passe-partout :

— Il nous faudrait un peu plus d'aide. Nous déplorons toujours une absence. Votre épouse est bien longue à se joindre à nous, Mr Restarick.

— Je me perds en conjectures quant à l'endroit où elle peut bien se trouver. J'ai été longtemps pendu au téléphone. Claudia lui a laissé des messages dans tous les endroits imaginables. À l'heure qu'il est, elle aurait dû au moins nous rappeler de quelque part.

— Peut-être nous sommes-nous trompés de bout en bout, hasarda Poirot. Peut-être Madame se trouve-t-elle déjà partiellement parmi nous — si toutefois je puis m'exprimer ainsi.

— Que diable entendez-vous par là ? s'emporta Restarick, furieux.

— Puis-je abuser de vous, *chère* madame ?

Poirot s'était penché sur le giron de Mrs Oliver. Laquelle lui jeta un regard offusqué.

— Le paquet que je vous avais confié...

— Oh, ça !

Mrs Oliver plongea dans son sac à provisions. Et elle lui tendit le paquet enveloppé de papier de soie noir.

Il entendit, à côté de lui, le bruit d'une respiration haletante mais ne tourna pas la tête.

Il défit délicatement l'emballage de papier de soie et brandit... une perruque de cheveux blonds à la coiffure gonflante et aux boucles élaborées.

— Mrs Restarick n'est pas là, susurra-t-il, *mais sa perruque y est.*

— Où diable avez-vous trouvé ça, Poirot ? interrogea Neele.

— Dans le fourre-tout de miss Frances Cary dont on ne lui a pas laissé le loisir de la retirer. *Allons-nous essayer de voir comment elle lui va ?*

D'un geste preste, il balaya de côté la masse de cheveux noirs qui masquaient si efficacement le visage de Frances. Couronnée d'une sphère de cheveux d'or calamistrés avant d'avoir pu se défendre, elle le foudroya du regard.

Mrs Oliver ne put retenir une exclamation :

— Seigneur Dieu... mais c'est Mary Restarick !

Frances se tortillait comme une anguille pour se dégager. Et Restarick bondissait de son fauteuil pour lui venir en aide quand la poigne de Neele l'immobilisa :

— Pas de ça. Nous ne tolérerons aucune violence d'où qu'elle puisse émaner. De toute façon, voyez-vous, la partie est finie pour vous, Mr Restarick... ou ne vaudrait-il pas mieux que je vous appelle Robert Orwell ?

Un flot d'obscénités s'échappa des lèvres du triste individu. Et la voix de Frances s'éleva, tranchante :

— Tu ne peux pas la boucler, espèce d'abruti ?

Poirot avait abandonné son trophée, la perruque, pour s'en aller rejoindre Norma et lui prendre la main :

— Votre supplice a pris fin, ma chère enfant. La victime ne sera pas sacrifiée. Vous n'êtes pas folle, et vous n'avez jamais tué personne. Deux monstres sans entrailles ont comploté contre vous et, à grand renfort de mensonges et de drogues adroitement dosées, ont tenté de vous pousser au suicide, voire à la certitude de votre culpabilité et de votre démence.

Norma fixait avec effarement l'un des deux comploteurs :

— *Papa* ? Mon *père* ? Avoir voulu me faire ça à *moi*, sa fille ? Mon père qui m'aimait tant...

— Ce n'est pas votre père, ma chère petite... il

s'agit là d'un imposteur, venu ici après la mort de votre père se faire passer pour lui et mettre ainsi la main sur une immense fortune. Une seule personne était susceptible de le reconnaître... ou plutôt de découvrir que cet individu *n'était pas Andrew Restarick* : la femme qui avait été la maîtresse du véritable Andrew Restarick il y a de cela quinze ans.

25

Quatre personnes étaient réunies dans le salon de Poirot. Poirot lui-même, assis bien droit dans son fauteuil cubique, dégustait un sirop de cassis. Norma et Mrs Oliver avaient opté pour le canapé. La célèbre romancière, qui s'était ostensiblement mise sur son trente et un, arborait un ensemble de brocart vert pomme qui lui allait aussi mal que possible et avait le crâne surmonté d'une de ses coiffures les plus tarabiscotées. Quant au Dr Stillingfleet, il était vautré dans un fauteuil, ses longues jambes étendues devant lui jusqu'à occuper la moitié de la pièce.

— Bon, eh bien, ce n'est pas tout ! vitupéra Mrs Oliver d'un ton accusateur. Il y a une multitude de précisions que j'aimerais bien qu'on me fournisse !

Poirot se hâta de verser une huile apaisante sur les flots déchaînés :

— Mais voyons, chère, *chère* madame, réfléchissez un peu. Comment saurais-je exprimer ici l'étendue de ce que je vous dois ? Toutes, mais oui *toutes* mes idées les plus ingénieuses m'ont été suggérées par vous.

Mrs Oliver le considéra avec une méfiance accrue.

— N'est-ce pas vous qui m'avez familiarisé avec l'expression « troisième fille » ? Ç'a été mon point de départ et, au bout du compte, mon point d'arrivée : la troisième des trois filles qui se partageaient un appartement. Norma, j'y consens, n'a jamais cessé d'être, techniquement parlant, cette troisième fille... mais lorsque j'ai retourné les données du problème pour l'examiner *dans le bon sens,* tout s'est enfin mis en place. Le maillon manquant — la pièce du puzzle qui refusait de s'emboîter à sa place — n'a jamais cessé d'être le même : cette troisième fille.

» Il s'agissait toujours, si vous me suivez bien, *de la personne qui n'était pas là.* Elle n'était pour moi qu'un nom, sans plus.

— Je me demande comment j'ai pu ne pas établir le lien entre elle et Mary Restarick, se reprocha Mrs Oliver. J'avais fait la connaissance de Mary Restarick à Crosshedges, je lui avais parlé. Mais c'est vrai aussi que, quand j'ai rencontré Frances Cary pour la première fois, elle avait sa tignasse noire dans la figure. N'importe qui s'y serait laissé prendre !

— À nouveau c'est vous, madame, qui avez attiré mon attention sur la facilité avec laquelle une femme peut transformer son apparence en se contentant de changer tout simplement de coiffure. Frances Cary, rappelez-vous, avait suivi des cours d'art dramatique. Elle savait tout sur l'art de modifier son maquillage en un clin d'œil. Elle était à même de changer à volonté son timbre de voix. En tant que Frances, elle avait de longs cheveux noirs qui lui encadraient le visage tout en le dissimulant à demi, des tonnes de maquillage d'un blanc cadavérique, d'épais sourcils soulignés par un trait de mascara et la voix traînante. Dans son rôle de Mrs Restarick, avec sa perruque à la coiffure gonflante, aux ondulations un peu trop rigoureusement ordonnées, ses vêtements conventionnels, son léger accent afrikander et sa diction rapide, le contraste était total. Tout au plus m'a-t-elle cependant donné d'entrée de jeu une vague impression d'irréalité. Quel genre de femme était-elle au juste ? Je ne parvenais pas à le déterminer.

» Je ne me suis guère montré à la hauteur en ce

qui la concerne... Non... moi, Hercule Poirot, j'ai gravement failli là à ma réputation.

— Oyez tous, bonnes gens ! s'écria le Dr Stillingfleet. C'est bien la première fois que je vous entends avouer une chose pareille, Poirot ! Nous ne sommes pas au bout de nos émerveillements !

— Je ne comprends pas pourquoi elle tenait à assumer deux personnalités, bougonna Mrs Oliver. Ça m'a tout l'air d'une complication inutile.

— Non. Ça lui était au contraire d'une grande utilité. Ça lui fournissait un alibi permanent. Dire que j'ai eu ça devant les yeux depuis le début et que je n'y ai vu que du feu ! Il y avait la perruque... qui n'a jamais cessé de me troubler sans que j'arrive pourtant à découvrir *pourquoi* elle me troublait. Deux femmes... jamais, à aucun moment, vues ensemble. Leurs vies, si bien organisées que personne ne remarquait jamais les gigantesques trous dans leurs emplois du temps. Mary allait souvent à Londres faire du lèche-vitrines, rencontrer des agents immobiliers, visiter d'innombrables hôtels particuliers. Frances se rendait à Birmingham, à Manchester, s'envolait même parfois pour l'étranger, fréquentait Chelsea et son assez discutable coterie de jeunes peintres qu'elle employait à des tâches variées mais qui toutes tombaient sous le coup de la loi. Des encadrements de tableaux d'un genre assez particulier étaient fabriqués pour la galerie Wedderbum où de jeunes artistes « prometteurs » exposaient leurs toiles. Lesquelles toiles se vendaient comme des petits pains à l'étranger où on les expédiait soit directement aux acheteurs, soit en gros par le canal de prétendues « expositions »... avec, faut-il le préciser, leurs encadrements dûment truffés de sachets d'héroïne. Grand banditisme sous couvert de l'Art... copies adroites d'œuvres de vieux maîtres... elle gérait tout cela. David Baker était l'un des artistes auxquels elle faisait appel. Il possédait un extraordinaire talent de copiste.

— Pauvre David, murmura Norma. La première fois que je l'ai vu, je l'ai trouvé merveilleux.

— Ce portrait... fit rêveusement Poirot. Jamais au grand jamais il n'a cessé de venir me titiller l'entendement. Pourquoi Restarick l'avait-il accroché dans son bureau ? Quelle signification particulière revêtait-il pour lui ? Enfin ! je ne me vote pas de fleurs pour m'être montré si obtus.

— Je ne comprends toujours rien à cette histoire de portrait.

— C'était en réalité une idée géniale. Il lui tenait lieu de carte d'identité. Deux portraits jumeaux, le mari et la femme, par un peintre à la mode en son temps. David Baker, quand on les sort du garde-meuble, remplace le portrait de Restarick par celui d'Orwell en rajeunissant ce dernier d'une vingtaine d'années. Style, coup de pinceau, support, tout était convaincant, et personne n'irait jamais y voir un faux. Restarick l'accrocha au-dessus de son bureau. Quiconque avait connu Restarick autrefois et se serait risqué à s'exclamer « Je ne vous aurais jamais reconnu ! » ou « C'est fou ce que vous avez changé ! » n'aurait eu qu'à lever les yeux vers le portrait pour se convaincre que c'était lui qui ne se rappelait plus à quoi l'autre avait ressemblé dans sa jeunesse.

— C'était quand même un grand risque que Restarick... ou plutôt Orwell... prenait là en venant s'afficher à Londres, murmura pensivement Mrs Oliver.

— Moins que vous ne l'imaginez. Il ne s'est jamais posé en prétendant venant réclamer des droits. Il a tout juste offert l'image de l'associé à la tête d'une entreprise de grande renommée regagnant le siège de la firme pour régler la succession de son frère après des années de travail de représentation à l'étranger. Il ramenait avec lui une jeune femme épousée de fraîche date. Et il s'est installé à demeure chez un vieillard, oncle des Restarick par alliance, à demi sourd et aveugle mais extrêmement distingué, qui n'avait guère rencontré son neveu Andrew que trois ou quatre fois au temps de sa lointaine scolarité et l'avait accueilli sans se poser de questions. Il n'avait pas d'autre « parent » à l'exception de la fille de Restarick, qui n'avait plus vu son père depuis ses 5 ans. Les vieux employés de la firme au temps du départ du fils prodigue étaient tous morts et enterrés. Les plus jeunes, comme c'est aujourd'hui la mode, ne faisaient jamais de vieux os dans la même entreprise. Quant au notaire de la famille, il était mort lui aussi. Vous pouvez être sûrs qu'aucune précaution n'avait été négligée et que les moindres détails de l'opération avaient été étudiés *in situ* par l'infatigable Frances sitôt après qu'ils eurent décidé de leur coup.

» Ils s'étaient, semble-t-il, rencontrés au Kenya il y a de cela deux ans. Tous deux, bien qu'exploitant des filons différents, étaient des escrocs confirmés. Lui, en tant que prospecteur, avait trempé dans d'innombrables combines plus que douteuses. Restarick et Orwell sont un jour partis ensemble repérer des gisements dans une région particulièrement sauvage. Le bruit a couru peu de temps après que Restarick était mort — ce qui devait être exact mais a été démenti par la suite.

— Il y avait des tas d'argent en jeu, j'imagine ? commenta Stillingfleet.

— Des montagnes d'argent. Ç'a été un combat effarant... pour la mainmise sur des sommes effarantes. Le tour de passe-passe a réussi. Andrew Restarick, déjà richissime, héritait de surcroît l'entreprise et la fortune de son frère. Personne ne s'est interrogé sur l'identité de Restarick-Orwell. Tout allait donc pour le mieux dans le meilleur des mondes. Et puis soudain... le grain de sable est venu gripper les rouages de la machine. Un beau matin il a reçu une lettre d'une femme qui, pour peu qu'ils se retrouvent face à face, découvrirait tout de suite qu'il n'était pas Andrew Restarick. Et dans le même temps, un malheur n'arrivant jamais seul, David Baker s'est mis à le faire chanter.

— Il aurait pu s'y attendre, non ? fit remarquer Stillingfleet.

— Il ne s'y attendait pas, répondit Poirot. David ne s'était jusque-là jamais essayé au chantage. C'est l'immense fortune de cet homme qui lui sera montée à la tête, j'imagine. La somme qui lui avait été allouée pour falsifier le portrait lui avait paru outrageusement dérisoire. Il exigea plus, beaucoup plus. Aussi le pseudo-Restarick se mit-il à lui signer de gros chèques tout en prétendant le faire pour éviter à sa fille un mariage désastreux. Que David ait réellement souhaité épouser Norma, je n'en ai pas la moindre idée. Mais il n'est pas exclu qu'il serait allé jusqu'au bout. Toutefois, s'attaquer à des requins tels qu'Orwell et Frances Cary n'était pas chose à faire.

— Vous voulez dire que ces monstres d'insensibilité avaient froidement, comme d'un trait de plume, planifié la mort de deux individus ?

Mrs Oliver semblait au bord de l'écœurement.

— Ils ont d'ailleurs été à deux doigts de vous ajouter à leur liste, très chère madame, lui signala Poirot.

— Moi ? Vous croyez que c'est l'un d'eux qui m'a assommée ? Ç'a dû être Frances, je suppose. Et en tout cas pas ce pauvre Paon.

— Je ne crois pas que ç'ait été le Paon. Mais vous vous étiez préalablement rendue aux Résidences Borodene. Et ne voilà-t-il pas que vous suiviez Frances jusqu'à Chelsea — c'est du moins ce qu'elle a dû se dire —, tout en racontant une histoire à dormir debout pour justifier votre présence. Aussi s'est-elle glissée derrière vous et vous a-t-elle assené un gentil petit coup sur l'occiput, histoire de vous faire payer votre curiosité et de vous mettre hors jeu pour un temps. Vous ne m'aviez pas écouté quand je vous avais prévenue que le danger était grand.

— À la voir poser ce jour-là dans des attitudes à la Burne-Jones au beau milieu d'un studio crasseux, jamais je n'aurais cru ça d'elle ! Mais pourquoi...

Son regard se porta sur Norma, puis revint à Poirot :

— Ils se sont délibérément servis d'elle, ont pratiqué sur elle une sorte de lavage de cerveau, l'ont droguée, l'ont persuadée qu'elle avait assassiné deux personnes. Pourquoi ?

— Parce qu'il leur fallait une *victime*... répondit Poirot. (Il quitta son fauteuil et s'approcha de Norma :) Mon enfant, vous êtes passée par des épreuves épouvantables. C'est une chose qui ne vous arrivera jamais plus. Dites-vous bien que, désormais, vous pourrez toujours avoir confiance en vous. Avoir croisé d'aussi près le mal dans toute son horreur vous tiendra lieu d'armure pour vous épargner les mille et une blessures de la vie.

— Vous devez avoir raison, acquiesça Norma. Se dire qu'on est fou... en être réellement *persuadé*... c'est une sensation effrayante... (Elle frissonna :) Je n'arrive pas à comprendre, même maintenant, *comment* j'ai pu en réchapper, comment il a pu se trouver quelqu'un pour estimer que je n'avais pas tué David... alors que j'étais moi-même totalement convaincue de l'avoir fait.

— Il y avait un truc qui ne collait pas au niveau du sang, expliqua le Dr Stillingfleet aussi naturellement que s'il parlait de la pluie et du beau temps. Il commençait à coaguler. La chemise était « raidie par le sang », ainsi que nous l'a signalé miss Jacobs, et non pas *détrempée*. Or, vous étiez censée l'avoir poignardé guère plus de cinq minutes avant le grand numéro d'épouvante de Frances.

— Comment a-t-elle pu...

Mrs Oliver commençait à classer les faits par ordre chronologique :

— Elle était allée à Manchester et...

— Elle est revenue un train plus tôt qu'elle ne l'avait annoncé et, maquillage et perruque, s'est changée à bord en Mary Restarick. De la gare elle s'est rendue à pied aux Résidences Borodene où elle a pris l'ascenseur sous les traits d'une blonde inconnue. Elle a pénétré dans l'appartement où David l'attendait comme elle lui avait demandé de le faire.

Il ne se doutait de rien et elle l'a poignardé. Puis elle est ressortie guetter l'arrivée de Norma. Dès qu'elle l'a aperçue, elle s'est engouffrée dans des toilettes publiques où elle s'est rechangée, s'en est allée retrouver une amie au coin de la rue avec laquelle elle a cheminé en bavardant avant de lui dire au revoir aux portes des Résidences Borodene et a regagné le sixième étage pour y faire sa grande scène du II, en y prenant, je veux croire, un plaisir extrême. Étant donné l'heure à laquelle la police avait été appelée et était arrivée, elle ne s'est pas imaginé un instant que quelqu'un irait remarquer le décalage de temps entre meurtre réel et meurtre déclaré. Je tiens quand même à vous faire remarquer, Norma, que vous nous avez donné ce jour-là un sacré fil à retordre en venant bramer à tous les échos que c'était vous qui aviez zigouillé tout le monde !

— Je tenais à tout avouer, pour en être définitivement débarrassée... Est-ce que *vous*... est-ce que vous, vous avez réellement cru que je pouvais être coupable de tout ça ?

— Moi ? Vous me prenez pour qui ? Je ne sais pas de quoi mes patients sont capables ou pas ! Ce qui ne m'a pas empêché de trouver que vous nous compliquiez sacrément l'existence. D'autant que j'ignorais jusqu'à quel point Neele accepterait de se mouiller. En tout cas, sa prestation a été aussi peu orthodoxe que possible. Voyez la façon dont il a laissé la bride sur le cou à Poirot.

Poirot sourit :

— L'inspecteur principal Neele et moi sommes de vieilles connaissances. Qui plus est, il avait effectué pour moi de nombreuses recherches qui m'ont aidé à résoudre cette énigme. C'est ainsi que nous savons que vous n'avez jamais approché de la porte de Louise. Tout s'est passé devant la vôtre : Frances avait interverti le 6 et le 7, qui tenaient mal avant — et ont tenu encore plus mal après. Claudia n'était pas là, cette nuit-là. Frances en a profité pour vous droguer avec maestria de telle manière que toute l'affaire vous apparaisse comme le plus terrifiant des cauchemars.

» Il m'a fallu du temps pour le comprendre. Et puis la vérité m'est apparue brusquement. La seule personne qui pouvait avoir tué Louise Charpentier était la véritable "troisième fille", à savoir Frances Cary.

» Vous l'aviez d'ailleurs quasiment reconnue, vous savez, quand vous m'avez expliqué comment les visages n'étaient plus les visages et détaillé la façon dont les gens semblaient se changer en quelqu'un d'autre.

Norma dévisagea Stillingfleet, préoccupée.

— Vous avez été très désagréable et grossier avec la plupart des gens, lui reprocha-t-elle soudain non sans véhémence.

Il parut tomber de son haut :

— Désagréable et grossier ?

— Les choses que vous avez dites à tout le monde. La façon dont vous leur avez lancé leurs quatre vérités à la figure.

— Bah ! oui, peut-être bien... Peut-être bien que j'ai pris l'habitude d'être comme ça. Mais, bon sang de bonsoir, les gens sont tellement exaspérants ! (Il adressa à Poirot un sourire épanoui :) C'est une sacrée bonne femme, pas vrai ?

Mrs Oliver s'arracha à son canapé avec un soupir :

— Il faut que je rentre. (Elle regarda les deux hommes, puis Norma :) Qu'est-ce que nous allons faire d'*elle* ?

Le ton était si comminatoire que Stillingfleet et Poirot en demeurèrent saisis.

— Je sais qu'elle est logée chez moi pour le moment, poursuivit-elle. Et qu'elle s'en prétend très heureuse. Mais je vous signale néanmoins que cela pose problème, comme on dit aujourd'hui. Vous possédez des tas et des tas d'argent étant donné que votre père — le vrai — vous a tout laissé. Et c'est de là que vont naître les complications et les sollicitations en tout genre. Elle *pourrait* à la rigueur aller vivre chez le vieux sir Roderick, mais ça ne serait pas très gai pour une jeune fille, avec ça qu'il est déjà à moitié sourd, quasiment aveugle et égoïste comme pas deux. Au fait, qu'est-il advenu de ses fameux papiers qui avaient disparu, et de cette fille au pair qui aimait trop se promener à Kew Gardens ?

— Les papiers ont réapparu dans une pile qu'il pensait avoir déjà inspectée... C'est Sonia qui les y a dénichés, expliqua Norma avant d'ajouter : Oncle Roddy et Sonia vont bientôt se marier... la semaine prochaine, en réalité.

— Il n'est pire fou qu'un très vieux fou, commenta Stillingfleet.

— Tiens, tiens ! s'exclama Poirot. Ainsi donc, notre jeune personne préfère après tout la vie bourgeoise en Angleterre aux intrigues amoureuses dans les parcs et aux aléas de la politique internationale. C'est vrai qu'elle n'est au fond pas sotte du tout, cette petite.

— Amen, trancha Mrs Oliver. Mais pour en revenir à Norma, il va nous falloir être *pratiques*. Nous allons devoir échafauder des *plans*. Comment cette petite saurait-elle *toute seule* ce qu'elle doit faire ? Elle attend que quelqu'un le lui *dise*, conclut-elle en les toisant avec sévérité.

Poirot ne souffla mot. Il se contenta de sourire.

— Oh ! elle ? s'exclama le Dr Stillingfleet. Eh bien, puisqu'il le faut, je vais en effet vous le dire, Norma. Je m'envole mardi prochain pour l'Australie. Je veux commencer par jeter un coup d'œil... voir si ce qui a été organisé là-bas pour moi risque de fonctionner... tout ça. Ensuite je vous câblerai et vous viendrez me rejoindre. Puis nous nous marierons. Il vous faudra croire sur parole que ce n'est pas à votre argent que j'en ai. Je ne suis pas de ces praticiens qui rêvent de fonder d'époustouflants établissements de recherche et tout le tralala. Moi, ce n'est qu'aux *individus* que je m'intéresse. Je crois en outre que vous saurez me faire marcher droit. Le fait que je me montre parfois désagréable et grossier... franchement, je ne m'en étais jamais rendu compte. C'est quand même tordant, si on pense à la panade dans laquelle vous vous trouviez — comme une mouche engluée au fond d'un pot de miel — que ce ne soit pas *moi*, au bout du compte, qui vous aie au doigt et à l'œil mais bel et bien *vous* qui me meniez par le bout du nez.

Norma ne cilla pas. Elle se contenta de regarder très attentivement John Stillingfleet, comme si elle envisageait de son côté les choses sous un angle passablement différent.

Et puis elle sourit. D'un très joli sourire... comme celui d'une toute jeune nounou contemplant le dernier garnement confié à ses soins.

— Marché conclu, dit-elle. (Elle se dirigea vers Poirot :) Moi aussi, j'ai été grossière. Le jour où je suis venue vous trouver quand vous preniez votre petit déjeuner. Je vous ai dit que vous étiez trop vieux pour m'aider. C'était très insultant de dire une chose pareille. *Et ce n'était pas vrai...*

Elle lui posa les mains sur les épaules et l'embrassa sur les deux joues.

— Vous feriez bien de nous appeler un taxi, dit-elle à Stillingfleet.

Le Dr Stillingfleet hocha la tête et s'éclipsa. Mrs Oliver empoigna son sac à main et son étole de fourrure tandis que Norma enfilait son manteau et la suivait vers la porte.

— *Madame, un petit moment, je vous prie !* s'exclama Poirot qui, gagné par l'émotion générale, s'était mis à parler en français.

Mrs Oliver se retourna. Des recoins du canapé, Poirot avait extrait une opulente torsade de cheveux gris qu'il lui tendit avec une courbette.

— C'est typique de la camelote qu'on nous fabrique désormais, ça ne vaut pas tripette ! vitupéra-t-elle, outrée. Les épingles à cheveux, veux-je dire. Elles passent leur temps à tomber, et tout dégringole avec !

Et elle sortit, le front plissé par le mécontentement.

Trois secondes plus tard, elle repassa la tête par l'entrebâillement de la porte. Et elle murmura d'un ton de conspirateur :

— Juste un mot... — et ne vous inquiétez pas, je l'ai expédiée en bas —... cette petite, c'est exprès que vous l'avez envoyée à ce médecin-là ?

— Cela va de soi. Ses titres...

— Au diable ses titres ! Vous savez très bien ce que je veux dire. Elle et lui... C'est vous qui avez manigancé ça ?

— S'il faut vraiment que vous le sachiez... eh bien, oui.

— Je l'aurais parié ! triompha Mrs Oliver. Vous ne perdez jamais le nord, pas vrai ?

Composition réalisée par JOUVE

IMPRIMÉ EN FRANCE PAR BRODARD ET TAUPIN
La Flèche (Sarthe).
Imp. : 30472 – Edit. : 61448 - 06/2005
ISBN : 2 - 7024 - 2977 - 7
Édition : 06